기만의 살의

미키 아키코 장편소설 | 이연승 옮김

블루홀6

◈ 주요 등장인물 ◈

니레 이이치로 - 니레 가문의 선대 당주(사망)

니레 구와코 - 이이치로의 아내

니레 이쿠오 - 이이치로, 구와코의 큰아들(사망)

니레 지카코 - 이쿠오의 아내, 니레 집안의 며느리

니레 사와코 - 이이치로, 구와코의 큰딸

니레 하루시게 - 사와코의 남편이자 니레 집안의 데릴사위.
니레 법무세무사무소 대표 변호사

니레 요시오 - 이쿠오, 지카코 부부의 외동아들. 하루시게,
사와코 부부의 양자

오가 도코 - 이이치로, 구와코의 둘째 딸

오가 요헤이 - 도코의 남편. 니레 법무세무사무소 변호사

사쿠라 구니오 - 니레 법무세무사무소 세무사

효도 유타카 - 이이치로의 의원실 보좌관

이와타 스미에 - 니레 저택 가정부

기시가미 요시유키 - 하루시게의 변호인

마키무라 가즈히로 - 히가시이노하라 경찰서 형사과장

• 식 당 •

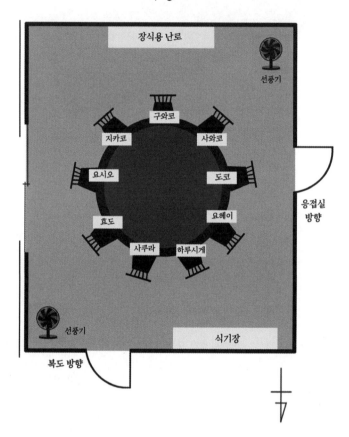

일러두기
본문의 주는 전부 독자의 이해를 돕기 위한 옮긴이 주입니다.

1966년 여름

돌이켜보면 1966년은 전쟁 전부터 존속한 옛 일본이 새로운 일본으로 바뀐 기점이라 할 것이다.

주민 등록상 일본 전체 인구가 1억 명을 넘겼고 미터법의 완전 시행으로 척관법*이 법적으로 금지됐다. TV가 급속도로 보급되어 덴쓰**가 매해 발표하는 '일본의 광고비' 부문에서 TV 광고비가 처음으로 신문 광고비를 앞선 해이기도 하다.

* 길이의 단위는 척(尺), 양의 단위는 승(升), 무게의 단위는 관(貫)으로 하는 도량형법.

** 일본 최대 광고 회사.

젊은이들 사이에서 미니스커트가 크게 유행했고 자동차는 '도요타 캐롤러', '닛산 서니', 식품은 '삿포로 이치반', '메이세이 차르멜라', '폿키' 등 지금까지도 사랑받는 국민 상품들이 처음 세상에 나온 해도 1966년이다.

문화 쪽에서는 비틀스가 일본을 처음 방문해 부도칸* 에서 공연했고 가수 미소라 히바리의 '슬픈 술'과 센 마사오의 '별빛의 왈츠'가 발표되는 등 엔카**와 대중가요의 전성기를 구가한 한편으로 TV에서는 '울트라Q'가 방영을 시작해 괴수 붐을 일으키며 사회 현상이 되었다.

세계로 눈을 돌리면 미국을 중심으로 한 서구 자유주의 진영과 소련을 중심으로 한 동구 사회주의 진영의 냉전이 이어졌고 베트남 전쟁이 치열하게 벌어졌다. 중국에서 마오쩌둥이 문화 대혁명을 주도하기 시작한 것도 그해 5월이다. 8월에는 베이징 천안문 광장에서 홍위병 백만 집회가 열렸다.

그 밖에 소련이 쏘아 올린 무인 달 탐사기가 달에 첫 연착륙하며 우주 개발 경쟁에서 소련이 미국을 앞서는 것이 증명됐다.

---

* 도쿄 지요다구에 있는 대형 유도 경기장. 공연장으로도 쓰이며 상징성이 있어서 록 밴드들이 이곳에서 공연하는 것을 염원으로 꼽는다.

** 우리나라의 트로트와 비슷하게 구성지고 애상적인 느낌을 주는 대중가요 형식.

그 시절을 겪은 사람들에게는 그야말로 격세지감이 겠지만 무엇보다 그해 사람들의 머릿속에 깊이 각인된 뉴스라면 수많은 승객과 승무원이 사망한 여객기 사고가 일본에서만 무려 네 건이 일어난 점을 꼽아야 할 것이다.

2월 4일 전일본 항공(ANA)의 보잉 727 여객기가 하네다 앞바다에 추락해 당시 여객기에 타고 있던 133명 전원이 사망했다. 그다음 달인 3월 4일에는 에어 캐나다 여객기가 하네다 공항 방조제에 충돌 후 불길에 휩싸여 총 64명이 사망했다. 바로 그 이튿날인 3월 5일에는 영국 해외 항공(BOAC) 여객기가 후지산 상공에서 공중분해돼 탑승자 124명 전원이 사망했고, 가슴 아픈 사고의 기억이 조금 흐려질 무렵인 11월 13일 또다시 전일본 항공의 여객기가 마쓰야마 공항 앞바다에 추락, 탑승자 50명이 모두 사망했다.

사람들은 비행기를 위험한 교통수단으로 인식해 두려움에 떨었지만 그해는 1월 1일을 기점으로 '1년에 한 번'으로 정해졌던 일본인의 해외여행 횟수 제한이 전격 철폐된 해이기도 하다.

전쟁 때부터 엄격히 규제된 해외여행이 전후 20년이 지나고서야 마침내 자유화되고 이후 해외여행 붐의 시

초가 됐다는 점에서도 1966년은 일본 전후 쇼와[*]사의 분기점이라 할 것이다.

그런 1966년의 7월, Q현 후쿠미시에 있는 니레 가문 저택에서 기괴한 사건이 일어났다.

이름하여 니레 저택 살인 사건. 당시 니레 가문은 후쿠미시에서 이름난 명문가로 사건이 단순히 니레 저택 안에서 일어났을 뿐 아니라 피해자와 가해자 모두 니레 집안사람이라는 점에서 집안 내 갈등이 초래한 사건임을 암시했다.

그날은 니레 가문의 선대 당주인 니레 이이치로의 오칠일[**]이라 새로운 당주 니레 하루시게를 비롯한 가족과 친분이 두터운 일부 관계자들이 모여 법요식을 치렀다. 그런 상황에서 벌어진 범행과 살인. 실제로 사건이 이보다 큰 모독도 없을 것이다.

고 니레 이이치로, 1902년생. 그는 후쿠미시 시의회 의원에 일곱 번 당선된 베테랑 정치인이자 지역은 물론 당내에서도 은연중에 영향력을 발휘한 권력자였으며

---

[*] 1926년부터 1989년까지의 일본 연호.

[**] 사람이 죽은 지 35일째 되는 날 치르는 재.

선대부터 이어진 니레 법무세무사무소를 Q현 제일가
는 명문 사무소로 끌어올린 실력 있는 변호사이기도
했다.

향년 64세. 당시 일본인 남성의 평균 수명이 68세였
다고 해도 때 이른 죽음이었다. 그는 골프를 치던 중에
심근경색을 일으켜 구급차로 긴급 후송됐지만 결국 열
시간 만에 사망했다. 글자 그대로 급사였다.

생전에 영향력이 컸던 만큼 그의 죽음은 주변 이들에
게 다양한 불안과 혼란, 또는 기대와 야망을 선사했다.
사회적 지위와 재력에 걸맞게 장례식도 호화롭게 치러
졌다.

1966년은 아직 목가적인 시대였고 특히 관혼상제에
는 오랫동안 이어져 온 구습이 남아 있었다.

일본은 지금도 의료 기관에서 사망하는 사람이 전체
의 40퍼센트에 미치지 못하고 60퍼센트가 넘는 사람
들이 자택에서 임종을 맞이한다. 장례식장에서 장례
를 치르는 것이 일반적으로 된 것은 1980년대 이후부
터고 그전에는 집 안에서 장례식을 치르는 것이 관례
였다.

따라서 이이치로의 장례식, 이후 일주일 단위의 법요
식도 당연히 니레 가문 저택에서 치렀는데 행사를 무사

히 마친 사람들이 보리소* 승려를 보내고 다과를 곁들여 한숨 돌리고 있던 자리에서 그 사건이 발생했다.

사건의 무대는 니레 저택 안에 있는 식당으로 고 이이치로의 취향에 맞춰 당시 일본, 그것도 지방 도시에서는 획기적일 만큼 모던한 분위기의 식당이었다.

전후戰後 얼마 되지 않아 지은 사저, 거기에 '저택'이라고 불릴 정도로 호화로운 집은 넓은 정원이 딸린 부지에 단층집 또는 최소 2층 높이의 목조 기와지붕 건물이 품격을 자랑하는 곳이 많다.

내부는 일본식 다다미방을 기조로 하여 응접실과 식당 등 일부 공간에만 서양식을 도입한 절충형 스타일이 많았고, 당시 일본인들의 외산품 추종 분위기와 맞물려 가구와 카펫 등을 수입품으로 치장하는 경우도 드물지 않았다.

니레 저택 안에 있는 식당이 바로 그 전형적인 사례였는데 양옆에 설치된 인테리어용 벽난로와 앤티크한 식기장이 놓인 실내는 흡사 영화에 등장하는 공간을 방불

---

* 집안에서 대대로 장례를 지내고 조상의 위패를 모시는 개인 소유의 절.

케 했다. 반짝반짝 윤이 나는 나무 바닥과 얼룩 하나 없는 회반죽 벽. 그리고 가운데에 떡하니 자리 잡은 특대형 나무 탁자 주변에는 똑같이 나무로 만든 등받이 의자가 빙 둘러싸는 형태로 놓여 있었다.

서양식 구조의 식당에 굳이 중화풍의 원탁을 배치한 이유는 그때그때 사람 수에 맞춰 의자 배치를 바꿀 수 있기 때문이었다. 실제로 사건이 발생한 그날도 아홉 개의 의자가 널찍한 간격으로 놓였다.

당시 저택 안에 있던 사람은 저택에서 일하는 가정부를 포함해 총 열 명.

고 이이치로의 아내인 구와코를 시작으로 큰딸 니레 사와코. 사와코의 남편이자 집안의 데릴사위였던 니레 법무세무사무소 대표 변호사 니레 하루시게. 이이치로의 둘째 딸인 오가 도코. 그녀의 남편이자 변호사인 오가 요헤이. 3년 전 병으로 사망한 이이치로의 큰아들 이쿠오의 아내 니레 지카코. 니레 법무세무사무소의 파트너 세무사 사쿠라 구니오. 그리고 이이치로의 의원실 비서였던 효도 유타카.

전부 고인의 가족 또는 업무와 관련해 친분이 두터운 이들이었다.

그 밖에는 이쿠오가 세상에 남기고 간 이이치로의 손

자 니레 요시오. 아홉 살 요시오는 어떤 사정으로 당시 법률상으로 하루시게, 사와코 부부의 양자였다.

원탁이니 상석은 따로 없지만 그전까지 이이치로가 앉았던 난로 앞 자리에는 당연한 것처럼 구와코 여사가 앉았다.

구와코의 좌우에 각각 사와코와 지카코가 앉았고, 사와코 옆에는 도코, 요헤이, 하루시게. 지카코 옆에는 요시오, 효도, 사쿠라 순으로 이어졌다. 구와코와 마주 보는 자리에 니레 법무세무사무소의 대표 변호사와 파트너 세무사가 어깨를 나란히 하고 앉은 모습이었다.

당시 구와코는 세상을 뜬 남편 대신 분위기를 이끌고 갈 마음이 전혀 없어 보였다.

1909년에 태어난 구와코는 당시 57세. 노쇠하지는 않지만 약한 몸을 타고났고 거기에 류머티즘을 앓았다. 그때도 큰딸인 사와코가 옆에서 냅킨을 둘러 주고 이마에 난 땀을 닦아 주는 등 어머니를 돌보느라 여념이 없었다.

가부장적인 남편과 오랜 세월 살았으니 가슴에서 돌덩이가 떨어져 나간 느낌 아니었을까. 거기서 오는 안도감과 행사 준비로 인한 피로가 겹쳤는지 구와코는 일찍이도 자리에 앉아 꾸벅꾸벅 졸고 있었다.

모든 이들이 자리에 앉은 것을 확인하고 가정부 이와타 스미에가 왜건에 음료와 간식을 실어 가져왔다.

동유럽 유명 자기 브랜드인 H사의 커피 잔과 커피 받침. 하얀 바탕에 장미가 그려진 고 이이치로의 애용품에는 진하게 내린 커피가 가득 담겨 총 여섯 명의 손님 앞에 놓였다.

평소 커피를 마시지 않는 구와코와 지카코, 요시오 앞에는 컵에 따른 차가운 보리차가 나왔다. 차에 곁들일 간식은 스미에가 직접 만든 고구마 맛탕. 노릇노릇하게 튀긴 고구마에 물엿과 간장, 설탕을 졸인 시럽을 뿌려 만드는 니레 집안 전통 간식거리였다.

가정부 이와타 스미에는 1905년생. 열다섯 살 때부터 저택에 살면서 니레 가문을 위해 일했다. 열여덟 살에 고향에 내려가 결혼을 했지만 고작 1년 조금 넘어 이혼, 그로부터 2년 후 다시 니레 저택에 돌아와 무려 40년이라는 세월 동안 집안을 떠받쳐 온 터줏대감이라 할 수 있었다.

큰딸 사와코와 둘째 딸 도코도 거의 스미에의 손에 자랐다고 해도 과언이 아니다. 스미에가 사람들에게 음료와 간식을 나눠 주는 모습에서도 연륜이 배어났다.

식당 안에 회전식 선풍기가 두 대 돌아가고 있었지만

7월 한여름이었다. 새카만 상복이 보기에도 갑갑하고 가만히 있어도 땀이 줄줄 흐르는 마당에 뜨거운 커피까지 나오니 오죽했을까. 남자들은 기모노 차림의 여자들을 곁눈질하며 하나둘 재킷을 벗고 넥타이도 느슨하게 풀기 시작했다.

남자들이 벗은 재킷은 도코와 지카코가 받아서 각자의 의자 등받이에 주름지지 않도록 정중히 걸었다. 등받이가 높은 영국산 의자는 아무래도 행거 역할도 하는 듯했다.

더위로 목이 말랐는지 모든 이들이 기다렸다는 듯이 잔과 컵에 손을 뻗었다.

효도는 커피를 블랙으로 마셨지만 그를 제외한 다섯 명은 크림과 각설탕을 잔뜩 넣었다. 또 홀짝거리며 커피를 마시는 효도와 달리 모두가 빠르게 잔을 비웠다. 다들 배도 고팠는지 경쟁하듯 고구마 맛탕을 집어서 입에 가져갔다.

집안의 새로운 당주가 된 니레 하루시게가 대화의 중심에 섰고 화제는 주로 2주 앞으로 다가온 사십구재 법요와 납골식이었다. 탈상이 얼마 안 남아서인지 모두 표정이 밝았다.

"그런데 이렇게 더워서야 원. 여름에 하는 법요식은

정말 지친다니까."

사쿠라가 등받이에 건 재킷 주머니에서 흰 손수건을
꺼내 이마에 난 땀을 닦았다.

이런 행사에 참가해야 하는 현실이 지긋지긋하다는
마음이 얼굴에서 읽혔다. 요란하게 코를 풀어 대는 통
에 옆에서 사와코가 눈살을 찌푸렸지만 전혀 개의치 않
았다.

1924년생인 사쿠라는 당시 나이 42세. 그는 니레 법
무세무사무소에서 세무 부문을 맡는 비상근 파트너 세
무사였다. 그래서 별로 눈치를 살필 이유가 없지만 만
약 그 자리에 이이치로가 있었다면 그런 행동은 하지
않았을 터였다.

그에게 호응하듯 이번에는 효도가 큰소리로 "앗, 그러
고 보니 티슈를 깜빡했군" 하고 외쳤다.

효도는 1932년생으로 당시 나이 34세. 똑똑하고 풍채
도 번듯한 그는 이이치로의 비서진 중 가장 실력이 뛰
어나서 이이치로의 사후 그의 후계자로 차기 시의원 선
거 출마가 거의 기정사실화된 상태였다.

"죄송해요. 미리 못 챙겨서."

지카코가 황급히 몸을 일으키더니 티슈 몇 장을 가져
와 효도의 재킷 주머니에 넣었다.

그런 두 사람의 모습이 마치 부부처럼 보이는데 그도 그럴 것이 두 사람이 한 지붕 아래에서 살기 시작한 지 벌써 1년 정도 되었다. 효도와 지카코가 사실혼 관계라는 것은 이이치로의 정치 후원회에서도 공공연한 비밀이었다.

이이치로는 생전 세상을 뜬 친아들의 아내, 즉 며느리와 자신의 보좌관을 짝지어 줌으로써 두 사람을 자신의 영향권에 두고자 했다. 한창때인 유능한 보좌관과 서른셋의 젊은 과부 조합. 결혼이라는 제도를 사람을 지배하는 수단으로 활용한 이이치로 나름의 노림수였던 것이다.

그렇게 생각하면 그전까지 세무사로서 변변한 경력이 없었던 사쿠라가 이이치로 법무세무사사무소의 파트너 세무사로 발탁된 것도 대략 이해할 수 있다. 그는 가정부 스미에의 사촌 오빠 아들이라는 점 때문에 연줄로 채용됐다.

물론 평소 엄격하고 냉정한 이이치로가 그저 정에 휘둘린 것은 아니다. 이이치로는 늘 자기 주변에 가까운 가족과 친인척만을 두었다. 철저히 계산한 결과인 것이 상상하기 어렵지 않다.

어쨌든 사쿠라와 효도는 이제 비위를 맞춰야 할 상관

이 없어서인지 마음이 가벼워 보였다.

식당 안에 어색한 분위기가 감돌 무렵, 일찍 커피 잔을 비운 도코가 "실례지만 담배 한 대 피워도 될까요?" 하더니 전통 문양이 그려진 가방에서 작은 남색 담뱃갑을 꺼냈다.

희고 가는 손가락으로 담배를 집어서 천천히 입에 가져가 문다. 1960년대를 대표한 고급 지컬런이었다.

그러자 옆에서 요헤이가 곧장 재킷 주머니에서 은색 라이터를 꺼내 아내의 담배에 불을 붙여 줬다. 사쿠라와 효도도 기다렸다는 듯이 바지 주머니를 뒤지기 시작했다. 두 사람도 애연가였다.

"아, 여깄습니다."

요헤이는 사쿠라와 효도에게 담배를 한 대씩 권하고 자신도 맛있게 담배를 피우기 시작했다.

마치 그 안에서 자신의 위치가 어떤지를 잘 아는 것처럼 보였는데 당시만 해도 가부장적인 남편상이 일반적이어서 언뜻 부부애가 좋다고 생각할 수 있지만 보기에 따라서는 비굴하게 느낄 사람도 있었을 것이다.

실력 있는 변호사지만 집안과 사무소에서는 항상 넘버 투. 요헤이의 위치가 그렇게 굳어진 데는 물론 이유가 있었다.

요헤이는 니레 가문에 처음 들어올 때부터 아내인 도코와는 격이 달랐다. 그는 원래 니레 법무세무사무소에서 일하던 사무직원이었기 때문이다.

1927년생인 요헤이는 도코보다 열두 살 많은 39세였다. 타고난 노력파라 고등학교를 졸업하자마자 곧장 니레 법무세무사무소에 취직했는데 성실하게 일하는 모습이 이이치로의 눈에 띄어 그의 권유로 야간대학 법학부에 진학했다.

그러나 사법시험은 법학부를 나왔다고 즉시 합격할 정도로 만만하지 않다. 그는 졸업 후에도 계속 사무소에서 일하면서 틈틈이 공부해 마침내 경쟁률 20 대 1이 넘는 난관을 돌파했고 2년의 사법 연수를 마친 후 정식 변호사 자격을 취득한 5년 전부터 니레 법무세무사무소의 전속 변호사가 되었다.

당연히 이이치로의 신뢰도 두터웠다. 매사 근면 성실한 생활 태도도 인정받았다. 그러나 인간으로서의 평가까지 좋았느냐고 하면 그건 또 다른 문제다. 사무소의 정식 후계자와 언제든 해고할 수 있는 직원. 그 둘 사이에는 양쯔강보다 크고 깊은 강이 흘렀다.

당시만 해도 이이치로의 큰아들인 이쿠오가 건재했고 능력도 뛰어났다. 아버지를 뒤이어 변호사가 된 그는 아내 지카코와의 사이에서 요시오라는 아들도 얻어 공사 모두 물 흐르듯이 순조로웠다. 니레 가문의 앞날도 번창할 것처럼 보였지만 불행히도 이쿠오는 서른셋이라는 젊은 나이에 병사했다. 니레 저택 사건이 일어나기 3년 전이고 사인은 지주막하 출혈이었다.

외아들을 잃은 이이치로가 얼마나 낙심했을지는 길게 설명하지 않아도 될 것이다. 어쨌든 그렇게 하루아침에 후계자를 잃어버린 상황에서도 그의 머릿속 아들을 대신할 후보 중에 요헤이는 없는 듯 보였다고 한다.

명망 있는 사무소답게 간판이 필요하다고 생각했을까. 이이치로는 법조계 지인과 친구들을 동원해 대대적인 인재 발굴에 나섰다. 그 결과 수많은 경쟁자를 뚫고 뽑힌 사람이 바로 젊은 엘리트 변호사 하루시게였다.

하루시게는 1937년생으로 당시 나이 29세. 옛 제국대학 출신으로 학교에서는 일찍이 미래의 교수 감으로 촉망받았지만 알다시피 학자는 벌이가 신통치 않다. 그는 집안 사정 때문에 어쩔 수 없이 변호사의 길을 선택한 젊은 인재였다.

아무리 좋게 봐줘도 잘생겼다고 하기 어려운 요헤이와 달리 훌쩍한 키와 이목구비가 뚜렷한 얼굴이 사람들의 눈길을 끌었다. 어려서부터 교육을 잘 받았고 일찍 아버지를 여의어 집안 구성원이 어머니와 둘뿐이라는 점도 좋은 점수를 줬다. 물론 이이치로의 속내가 단순 후계자 찾기에 그친 것은 아니다. 하루시게를 집안에 들인 것은 어디까지나 그가 구상한 '집안 재구성 계획'의 일부였다.

니레 가문에는 세상을 떠난 아들 이쿠오 외에도 사와코와 도코라는 두 딸이 있었다.

큰딸 사와코는 1934년생으로 당시 32세. 스물셋의 나이에 시집을 갔지만 아이를 낳지 못해 5년 만에 이혼 후 집에 돌아온, 그 시절 말로 소박데기 딸이었다.

하루시게를 그런 사와코와 결혼시켜 니레 가문의 데릴사위로 들이는 동시에 사무소 후계자로 삼는다. 이이치로의 노림수는 명쾌했다.

또 당시에는 그런 일이 흔했다. 실제로도 모든 일이 순조롭게 진행됐지만 이이치로의 계획은 그로써 끝이 아니었다. 가장 마지막에는 눈에 넣어도 아프지 않은 손자 요시오를 니레 법무세무사무소의 계승자로 만드는 것이 이이치로의 최종 목표였고 데릴사위는 그사이를 메꾸는 대타였던 것이다.

실제로도 이이치로, 구와코 부부가 하루시게를 데릴사위로 들이는 것과 하루시게, 사와코 부부가 요시오를 양자로 거두는 것은 한 세트였고, 혼담에 한번 응한 이상 처음부터 하루시게에게 양자 결연을 거부할 권리는 없었다.

물론 양자 결연이라 해도 하루시게 부부가 직접 양육을 맡지는 않았다. 이쿠오가 세상을 떠날 때 요시오는 고작 여섯 살이었고 사건이 일어났을 때도 아홉 살이었으니 어머니의 손에서 분리되기는 이른 시기였다.

결국 요시오의 보호와 양육은 그대로 친모인 지카코가 맡게 되었고, 그 대신 후쿠미시에서 손꼽히는 자산가 집안답게 지카코 앞으로는 남편 명의의 호화 저택과 앞으로 평생 쪼들리지 않을 생활비가 보장됐다고 한다.

자존심이 강한 남자라면 거절했을 법도 한 굴욕적인 결혼 조건이었지만, 하루시게는 혼담이 진행되는 동안에 한 번도 망설이는 모습을 보이지 않았다. 이이치로가 지원해 준 파격적인 결혼 준비금과 평생 그의 어머니에게 생활비를 보내 주겠다는 약속도 등을 떠밀었을 것이다.

1964년 4월에 하루시게와 사와코의 혼인 관계가 성립했다. 당시 하루시게의 나이 27세, 사와코 30세, 요시오 7세. 결혼과 동시에 니레 법무세무사무소에 들어온 하루시게는 당시 사무소 선배인 요헤이의 상사가 되었다.

한편 니레 집안의 둘째 딸 도코는 1939년생으로 사건 당시 27세였다. 사교적이고 화려한 언니와 다르게 내성적인 그녀는 성격 때문에 손해를 봤다고 해야 할 것이다. 그런 모습이 수더분한 요헤이와 언뜻 잘 맞아 보이기도 했지만 두 사람이 맺어진 것에는 역시 이이치로의 입김이 가장 크게 작용했다. 언제든 필요할 때 꺼내서 쓸 수 있는 두 명의 이인자. 도코는 아버지의 그런 목적 때문에 요헤이와 약혼 후 결혼하게 되었다.

예로부터 사람을 손아귀에 넣을 수단으로 결혼제도가 동서고금을 통틀어 보편적으로 쓰여 왔다고 하지만 이이치로의 그런 강압적인 태도가 결국 비극을 부른 원인이 된 것은 부정할 수 없을 것이다.

그날 법요식 참석자들은 저마다 다른 기대와 감정을 품고 있었다. 공적으로든 사적으로든 주변 사람들을 좌지우지해 온 권력자의 급작스러운 사망. 앞으로 사태는 과연 어떻게 흘러갈 것인가. 그러나 의심과 걱정은 해도 속내를 겉으로 드러낼 정도로 그들은 어리석지 않았다.

겉으로 보기에는 화기애애하던 티타임에 이변이 생긴 것은 바로 그런 때였다.

그전까지 아무 문제도 없었던 사와코가 돌연 구역질

을 하며 고통을 호소한 것이다.

병약한 어머니와 달리 사와코는 체력적으로 건강했
다. 그런 그녀에게 닥친 이변에 모두 놀랐지만 처음에
는 그저 더위와 과로가 불러온 일시적인 컨디션 난조쯤
으로 이해했다.

그러나 아무리 시간이 흘러도 증세는 나아지기는커
녕 점차 악화했다.

사와코를 식당 옆 응접실에 데려가 삼인용 소파에 눕
힐 즈음에는 구토와 심한 복통까지 호소했다.

도코와 지카코가 부축해서 간 화장실에서 고통에 겨
운 아내의 비명이 들리자 하루시게는 이제 구급차를 불
러야겠다며 전화기 쪽으로 향했다.

전화기는 응접실 앞에 있는 받침대에 있었다.

"원인은 잘 모르겠지만 너무 힘들어하니 빨리 좀 부탁
드립니다."

활짝 열린 응접실 문 너머에서 하루시게의 목소리가
울려 퍼졌다.

구급차 대신 택시로 병원에 가는 사람도 많은 지금과
달리 당시는 긴급 상황이 발생하면 일단 경찰서와 소방
서 같은 '관청'에 신고해야 한다는 인식이 강했다. 니레 저택에서 119에 전화를 건 것은 그때가 처음이었다고 하지만 상황은 잘 전달됐다.

통화를 마친 하루시게는 "곧 구급차가 올 거야. 조금만 더 힘내" 하고 아내에게 밝게 말했다.

이후 환자를 돌보는 건 여자들에게 맡기고 하루시게를 비롯한 남자들은 식당에 앉아서 한숨 돌렸지만 나쁜 일은 겹치기 마련이다. 딸에 대한 걱정과 아침부터 쌓인 피로가 겹쳤는지 이번에는 구와코가 속이 좋지 않다는 말을 꺼냈다.

다행히 사와코만큼 상태가 나빠 보이지는 않지만 나이가 나이이니 신경 쓰일 수밖에 없었다. 구와코는 스미에의 도움을 받아 저택 안쪽에 있는 안방에서 쉬기로 했다.

그동안 구급차가 도착했다. 신고 13분 만에 구급대원들이 사와코를 들것에 실어 간 후에는 식당 안에 요헤이, 사쿠라, 효도, 요시오까지 남자 네 명만 남게 되었다.

사와코의 남편 하루시게는 원래라면 병원에 함께 가야 하지만 그날은 집 안에 손님이 와 있었다. 또 병간호 때 남자는 어차피 거치적거린다는 이유로 사와코를 돌보는 건 결국 도코와 지카코가 맡기로 했다.

사실 그때만 해도 사람들의 얼굴에도 그다지 긴박감

이 없었다.

하루시게는 현관 앞에서 구급차가 사라질 때까지 지켜보다가 식당으로 돌아갔다.

"아내는 지금 막 구급차를 타고 병원에 갔습니다. 신경 쓰이게 해서 죄송합니다."

하루시게는 그렇게 운을 떼고 고개를 숙였다.

"그런데 처형은 왜 갑자기 그렇게 됐을까요? 아까만 해도 아무렇지 않았는데."

요헤이가 물었다.

"그걸 모르겠네요. 본인도 뭐가 문제인지 모르는 것 같고."

하루시게가 대답하자 이번에는 옆에서 사쿠라가 "우리는 아무 문제 없으니 식중독 같은 건 아니겠지" 하고 모두의 심정을 대변했다.

그날 점심은 승려를 포함해 모두 같은 도시락을 먹었다. 아침은 각자 집에서 해결하고 왔지만 구와코와 하루시게에게 별문제가 없었으니 음식이 원인일 확률은 낮아 보였다.

"급성 위염이라도 왔으려나."

"피곤해서 그럴 거예요. 처형은 아침부터 바쁘게 일했으니."

하루시게와 요헤이는 서로 마주 보며 고개를 끄덕였다.

그때 옆에서 그 모습을 지켜보던 요시오가 따분해하며 "전 저기서 놀면 안 돼요?" 하고 어리광 섞어 효도를 보챘다.

"그래. 나도 잠깐 바깥 공기 좀 쐬고 와야겠다. 같이 갈까?"

효도는 선뜻 승낙했다.

꼭 실제 부자지간 같은 대화를 들으니 두 사람의 공동생활이 지금까지는 순조로워 보였다.

효도와 요시오가 사라지자 식당에는 하루시게, 요헤이, 사쿠라 세 명만 남았다. 공교롭게도 그들은 이이치로가 세상을 뜬 후 니레 법무세무사무소를 맡게 된 변호사와 세무사였고 니레 집안과 피가 한 방울도 섞이지 않은 사람들이기도 했다.

식탁에 있는 잔과 접시는 모두 깨끗이 비워져 있었다. 티타임도 끝났지만 아무도 자리에서 일어나려 하지 않았다. 눈치만 살피듯 서로 고개를 두리번거렸다.

이이치로의 급사 후 하루시게가 새 소장으로 부임하기로 결정되었지만 사무소를 앞으로 구체적으로 어떻게 운영할지는 미정이었다. 장례식과 법요식 준비로 신경 쓸 겨를이 없어서 상의할 짬도 없었다.

"원래는 사십구재까지 마치고 하려고 했는데 모처럼 이렇게 모인 김에 사무소 문제를 상의해 보고 싶군."

사쿠라가 신중하게 입을 열었다.

"우선 이름 말인데, 한 가지 제안을 할까 해. 알다시피 우리 사무소 이름은 니레 법무세무사무소지만, 니레 집안과 관련된 두 사람은 법무 쪽만 맡고 세무 관련 일은 모두 내가 맡고 있어. 그 말은 곧 사무소 이름과 실제 돌아가는 상황이 일치하지 않는다는 뜻이야. 이건 좀 문제가 있지 않을까?

지금까지는 이이치로 선생님이 계셨으니 어쩔 수 없었지만 이제는 현실을 반영해 니레, 사쿠라 법무세무사무소라고 불러야 할 것 같은데 다들 어떻게 생각해? 지금까지 쓰던 이름을 그대로 쓰면 사람들이 나를 동업자가 아닌 고용된 세무사라고 오해할 소지가 있다고."

이미 오래전부터 담판을 지을 기회만 재고 있었는지 사쿠라의 목소리에 망설임이라고는 없었다.

하루시게와 요헤이가 마주 보며 침묵하고 있자 사쿠라는 다시 "그리고 또 하나. 이제는 경비 분담 방식도 바꿔야 한다고 봐" 하고 거침없이 말을 이었다.

"지금까지의 방식은 이이치로 선생님이 일방적으로 정한 것이고 합리적인 근거가 있었던 것도 아니야. 이대로 가다가는 세무 쪽 부담이 너무 커져."

단정 짓는 말투에도 상대의 눈치를 보는 기색은 없다. 자신감과 확신이 흘러넘쳤다.

반면 하루시게와 요헤이의 얼굴에는 당황하는 기색이 역력했다.

"선생님이 무슨 말씀을 하고 싶으신지 알겠지만 지금 여기서 나눌 이야기는 아닌 것 같네요."

하루시게가 떨떠름하게 반응하자 옆에서 요헤이도 "맞아요" 하고 고개를 연신 끄덕였다.

그러나 사쿠라는 두 사람이 그렇게 반응할 것도 예상하고 있었던 듯했다.

"그래서 내가 아까 사십구재가 끝나고 이야기하려고 했댔잖아. 물론 한시가 급한 문제는 아니긴 해. 그래도 이대로 있다가는 그동안 쌓인 불만이 언제 어떻게 터질지 모르는 상황이라고."

사쿠라는 의미심장한 미소를 지어 보였다.

"나는 그렇다 치더라도 효도는 과연 언제까지 얌전히 있을까? 이이치로 선생님이 그의 능력을 높이 산 건 사실이지만 선생님이 보좌관 나부랭이에게 진심으로 자기 자리를 물려줄 마음이 있었다고는 보지 않아. 그를 후계자로 지목한 건 요시오가 성인이 될 때까지의 임시

방편이겠지.

선생님은 심지어 그 포석으로 집안 며느리인 지카코 씨를 그에게 바치기도 했어. 선생님이 아니고서야 누가 그렇게까지 할까 싶은데 아무튼 그것도 다 선생님이 살아계실 때의 이야기지. 눈치 빠른 효도가 모를 리 없으니 조만간 어떤 움직임을 보일 게 뻔해."

사쿠라는 비밀 이야기를 하듯 목소리를 낮췄다.

"무슨 움직임 말이죠?"

하루시게가 물었다.

"효도는 아마 조만간 지카코 씨와 정식으로 결혼할 거야. 그렇게 니레 가문에 들어가서 니레 성을 받아 니레 집안의 일원으로 이이치로 선생님의 정식 후계자가 되는 거지. 처음에 기반만 잘 굳히면 그 뒤로는 탄탄대로야. 난 결국 그가 니레 집안의 돈줄을 빼먹을 만큼 빼먹고 지카코 씨와 이혼할 거라고 예상해."

"그렇군요……."

"선생님이 살아 계실 때 무슨 수를 쓰셨든 돌아가신 마당에는 다 소용없어. 선생님이 의도한 대로 상황이 굴러갈 리 없다는 말이야. 이봐, 하루시게 변호사. 당신도 꼭 남의 일이라고 할 수는 없지 않겠어?"

식당 안에 어색한 분위기가 감돌았고 사쿠라와 하루

시게는 입을 다물었다. 요헤이는 조금 전부터 말없이 두 사람의 얼굴을 번갈아 봤다.

무거운 침묵을 깬 것은 갑작스럽게 울려 퍼진 전화벨 소리였다.

하루시게는 안도한 얼굴로 현관으로 향했다.

"아아, 형수님."

문 너머로 들리는 통화 소리를 들으니 전화를 건 사람은 지카코인 듯했다. 그렇다면 사와코 옆에는 도코가 있을 것이다. 예상과 다르게 뭔가 심각한 이야기를 나누는 것 같았는데 식당에 있는 두 사람에게 구체적인 내용까지 들리지는 않았다.

정적이 이어졌다.

잠시 후 하루시게가 심각한 표정으로 식당에 돌아오자 그전까지 부루퉁하게 있던 사쿠라와 요헤이가 자세를 가다듬었다.

"무슨 일인가요?"

요헤이가 묻자 하루시게는 고개를 흔들었다.

"지카코 형수님한테 전화가 왔는데 조금 전 의사가 와서 설명했다고 하네요. 사와코의 상태가 아주 안 좋다고 합니다. 심지어 의식도 흐려졌다고."

"원인이 뭐죠?"

"그건 아직 검사 중이라고 합니다. 아무튼 그대로 병원에 입원하기로 한 것 같아요. 얼른 저녁 먹고 저도 병원에 가 봐야겠습니다. 두 사람에게는 그전까지 조금만 더 지켜봐 달라고 부탁했습니다."

"고생이 많군. 얼른 가 보는 게 좋겠어. 나도 이만 슬슬 실례할까."

사쿠라가 무거운 목소리로 말했다.

일종의 휴전 선언이었지만 어차피 물은 엎질러졌다. 태연해 보이는 그의 얼굴 뒤에는 강렬한 의심과 불안감이 자리 잡고 있을 게 분명했다.

또다시 어색한 침묵이 식당을 지배했다.

니레 사와코가 사망한 것은 그날 밤 10시가 조금 지난 시간이었다.

사인은 급성 비소 중독. 치사량을 훌쩍 뛰어넘는 아비산을 입으로 섭취한 것이 원인으로 토사물에서도 고농도의 비소가 검출됐다.

비소 자체는 독성이 그리 강하지 않지만 비소 산화물인 아비산은 단 0.15그램으로도 성인을 죽음에 몰고 가는 맹독이다. 무미 무취의 하얀 가루로 물에도 잘 녹는다. 동서고금을 통틀어서 독살에 흔히 쓰인 성분이었다.

감식 결과 티타임 때 사와코가 마신 커피 잔에서 비소가 검출돼 사와코 본인을 포함해 누군가 의도적으로 그녀가 마신 커피에 아비산을 넣은 게 거의 확실해졌다.

또 그때 함께 커피를 마신 다른 다섯 명(하루시게, 요헤이, 도코, 사쿠라, 효도)의 커피 잔, 보리차를 마신 나머지 세 사람(구와코, 지카코, 요시오)의 컵, 그리고 접시에 남은 고구마 맛탕 시럽에서는 비소가 검출되지 않았다.

문제의 커피 잔이 아직 식탁에 있을 때 어떻게 경찰이 재빨리 저택에 들이닥칠 수 있었을까. 현실에서는 보기 드문 일이지만 진실은 단순했다. 사와코를 진찰한 의사가 경찰에 신고했기 때문이다.

해당 지역을 관할하는 히가시이노하라 경찰서 형사가 니레 저택을 찾은 것은 지카코에게서 전화가 걸려온 지 채 2, 3분도 지나지 않았을 때였다.

정식으로 영장을 발부받아 하는 수사는 아니었다. 누가 봐도 그럴 시간은 없었으니 어디까지나 임의 참고인 조사와 가택 수색이지만 그래도 명색이 경찰인 만큼 그는 고압적으로 굴며 식당을 뒤지기 시작했다. 집안 당주가 현직 변호사인 걸 알면서도 강행 돌파했으니 경찰로서도 단단히 마음먹은 결정이었다고 할 수 있다.

어쨌든 경찰과 병원 모두 행동이 빨랐다. 처음부터

사태는 심상치 않았고 며칠이 지나자 그들이 그렇게 빠르게 움직인 이유도 밝혀졌다.

그중 하나가 바로 병원에 실려 온 사와코가 극심한 구토와 설사, 복통 같은 소화기 증상에 더해 호흡 곤란과 마늘향 날숨, 청색증, 혈압 저하 등의 전형적인 비소 화합물 중독 증세를 보였다는 점이다.

당시에는 흰개미 구충제로 아비산이 널리 쓰여서 누구나 마음만 먹으면 비소를 구할 수 있었다. 니레 저택에도 쓰다 남은 아비산이 창고에 보관돼 있었던 게 밝혀졌다. 즉 그날 니레 저택에 있던 사람 모두가 비소를 손에 넣을 수 있었다는 뜻이다.

같은 시간에 같은 음식물을 섭취한 다른 이들에게는 별 이상이 없고 오직 사와코만 비소 중독 증세를 보였다면 그때 그녀가 마신 커피에만 비소가 섞였던 게 아닐까. 의사가 당연히 그렇게 의심할 만했고 그렇다면 경찰도 한시 빨리 현장을 확보해야 했다.

그리고 또 하나 의사를 놀라게 한 것이 병원에서 사와코가 입에 담은 말이었는데, 오히려 이것이 경찰을 움직이게 한 결정타가 됐을 가능성이 크다.

비소 중독 의심 증세가 보이는 만큼 우선 환자 본인에게 이야기를 들어야겠다고 판단한 의사는 도코와 지카코를 잠시 병실에서 내보냈다. 그러자 사와코는 의식이 몽롱한 상태로 의사에게 이렇게 호소했다고 한다.

"살려 주세요. 절 죽이려고 해요."

비소 중독의 신경계 증상 중 하나인 섬망* 때문일 수는 있어도 도저히 흘려들을 수 없는 말이었다. 베테랑인 담당의는 주저 없이 경찰에 사건을 통보했다.

만약 누가 사와코의 커피에 독을 탔다면 병원에 함께 온 지카코나 도코가 아니란 보장도 없었다. 결과적으로 병원은 두 사람에게 사와코의 상태를 거짓으로 설명한 셈이었는데 거기에 경찰의 조력이 있었는지는 밝혀지지 않았다.

그리고 당시 니레 저택에 남아 있던 사람들이 그런 사정을 알 리 없었다.

"도련님. 경찰이 찾아오셨는데……."

스미에가 부랴부랴 식당으로 달려와 상황을 전하자 하루시게, 요헤이, 사쿠라는 당혹감을 감춘 채 서로 무의미한 눈싸움을 벌였다.

"경찰?"

---

* 심한 과다 행동과 생생한 환각, 초조함과 떨림 등이 나타나는 상태.

"뭐지?"

"응? 무슨 일이죠?"

그렇게 한마디씩 하고 응접실로 향한 이들은 무려 여섯 명이나 되는 경찰을 보며 간담이 서늘해졌다.

심지어 그뿐만이 아니었다. 현관 밖에는 경찰차 여러 대와 경찰이 더 서 있었다. 꼭 살인 사건 현장처럼 어수선한 분위기. 뭔가 심상치 않은 일이 일어나고 있는 것만은 분명했다.

워낙 놀라서인지 긴장해서인지 하루시계의 뺨이 바르르 떨렸다. 집안을 책임져야 할 당주이니 그럴 만도 했다.

"그럼 난 이만."

사쿠라가 어물쩍 집 밖으로 나가려고 하자 경찰관 한 명이 다가와 "아뇨, 잠깐만 기다려 주십시오" 하고 그를 불러 세웠다.

"사정이 생겨서 지금부터 여러분께 이야기를 들어야 합니다. 죄송하지만 지금 이 안에 계신 분들은 모두 저희 지시에 따라 주십시오."

책임자처럼 보이는 사람이 말했다. 히가시이노하라 경찰서 소속 50대 남자 경찰관으로 이름은 도모리라고 했다.

제복이 아닌 평범한 양복 차림인 것을 보니 파출소 순경이 아닌 강력계 형사인 게 확실했다. 살집이 약간 있고 눈매도 서글서글하지만 말과 행동에서는 책임자다운 관록이 느껴졌다.

니레 집안에 대해서도 잘 아는지 말투는 그야말로 정중했다. 그러나 그 안에서는 단호한 결의도 읽혔다.

"그리고 또 하나. 불편하시겠지만 사태가 워낙 긴급한 탓에 지금부터 임의로 저택 내부를 수색코자 합니다. 모쪼록 양해 부탁드립니다."

사전 연락도 없이 들이닥친 경찰의 무리한 요구에도 천성이 신사인 하루시게는 불쾌한 내색을 보이지 않았다.

"전 이 집안 당주인 니레 하루시게라고 합니다만, 도대체 무슨 일이 일어난 겁니까?"

그는 초조함을 감춘 채 애써 침착하게 물었다.

"듣고 놀라실 수 있지만, 실은 조금 전 니레 사와코 씨께서 실려 간 이노하라 종합 병원에서 신고가 들어왔습니다. 담당의가 들려준 사와코 씨의 증세로 보아 저희는 이번 일에 범죄가 연루됐을 가능성이 있다고 봤습니다.

조금 더 자세히 말씀드리면, 사와코 씨는 최근 몇 시간 이내에 상당량의 독극물을 섭취했을 가능성이 큽니다. 지금 이 시간에도 병원에서 적절한 조치를 취하고 있지만 예단할 수 없는 상황으로 보입니다.

 이야기를 들어 보니 오늘 이 저택에서 고 니레 이이치로 씨의 오칠일 법요식을 치렀고 이후 가족 지인분들이 모여 티타임을 가졌다고 하는데 시간상 그때 독극물을 섭취한 것으로 추정됩니다.

 아무튼 그런 연유로 여러분께 사정을 전해 듣고 현장을 조사하게 됐습니다. 모쪼록 넓은 이해와 협력 부탁드립니다."

 도모리는 거절은 용납하지 않겠다는 듯이 말했다.

 생각지도 못한 전개에 모두 말문이 막힌 것처럼 보였다. 복도에서 상황을 지켜보던 스미에를 포함해 모든 이들이 아연실색한 얼굴로 제자리에 굳어 있었다.

 "거듭 말씀드리지만 매우 긴급한 상황입니다. 사와코 씨께서 쓰러지신 건 단순히 몸이 안 좋아서가 아니라 사고 또는 사건 때문일 가능성이 매우 큽니다. 지금 바로 수사하지 않으면 증거가 유실돼 사태를 돌이킬 수 없게 됩니다. 일분일초도 허투루 쓸 수 없는 상황이라 여러분의 협조가 꼭 필요합니다."

 정중하게 포장하기는 했어도 한마디로 '지금 너희 중에 사와코가 마신 커피에 독을 탄 범인이 있다'라는 으름장처럼 들렸다.

"알겠습니다."

하루시게는 잠시 고민하다가 고개를 끄덕였다.

경찰이 이렇게까지 하는 이상 저항해야 소용없다. 변호사인 그는 그간의 경험으로 판단했을 것이다. 다행인지 불행인지 식당에는 조금 전 티타임의 흔적도 고스란히 남아 있었다.

"자유롭게 조사하셔도 됩니다만 형사님의 말씀이 사실이라면 저도 넋 놓고 있을 수는 없습니다. 일단 병원에 가 봐야……. 뒷일은 여기 있는 제 동서 요헤이 변호사와 상의해 주시겠습니까?"

그러나 니레 집안 당주의 그런 요청은 채 대답을 듣기도 전에 묻혀 버렸다.

"큰일이에요! 요시오가 쓰러졌어요!"

효도가 느닷없이 새파랗게 질린 얼굴로 달려와 그렇게 외친 것이다.

평소의 침착한 모습은 온데간데없고 얼마나 당황했는지 앞으로 쓰러질 것처럼 발걸음이 꼬였다. 응접실 한쪽에 선 낯선 이들에게 눈길을 줄 여유도 없어 보였다.

"응? 그게 무슨 소립니까?"

하루시게가 되물었다.

"저도 잘 모르겠는데 어쨌든 상태가 안 좋아 보여요!

빨리 구급차를 불러야 할 것 같습니다!"

그는 그렇게 말하고 곧장 현관으로 달려갔다.

"또 누가 쓰러졌다고?"

하루시게와 요헤이가 얼굴을 마주 보기도 전에 형사들의 낯빛이 변했다.

니레 가문의 손자 니레 요시오가 급성 비소 중독으로 사망한 것은 그로부터 몇 시간이 흐른 밤 9시가 넘어서였다. 사와코의 사망보다도 한 시간 이른 죽음이었다.

고 이이치로의 제단은 안채 입구 쪽 5평짜리 객실과 4평짜리 방을 터서 급조한 큰방에 마련돼 있었다.

Q현에서는 예로부터 사십구재를 마치기 전까지 제단을 그대로 두는 게 관례였다. 일주일 단위로 법요식도 치러야 해서 그 기간에는 공물로 올린 생화와 과일 향이 뒤섞인 공기가 방 안을 가득 메웠다.

장례식 당일에는 방 안에 적갈색 방석이 가득 깔렸는데도 부족해 툇마루와 복도까지 사람들이 늘어섰다고 하지만 이제는 두 번 다시 못 볼 풍경이었다. 지금은 묘하게 화려한 흰색 나무 제단만이 정적 속에서 존재감을 드러냈다.

요시오는 장례식장으로 쓰인 그 큰방 다다미 위에서

몸을 웅크린 채 쓰러져 있었다.

의식을 잃었는지 아무리 불러도 반응이 없었다. 사와 코처럼 극심한 구역질과 복통에 시달렸는지 화장실까지 미처 가지도 못하고 쓰러져 온몸이 분비물 범벅이 된 채로 코를 찌르는 악취를 풍겼다.

어린아이라 증세가 더 심각했던 걸까. 아니면 더 많은 양을 섭취했을까. 어쨌든 누가 봐도 위급한 상황이고 급성 비소 중독이 거의 틀림없어 보였다. 형사들은 구급차가 도착하기 전에 큰방에 모여서 현장을 조사하기 시작했다.

성과는 금세 나왔다. 요시오의 바지 주머니에서 구겨진 초콜릿 포장지 몇 장이 나온 것이다.

시중에 흔한 납작한 초콜릿 상자나 그 안에 든 포장지는 아니었다. 가로세로 10센티미터 남짓에 불과한 작고 약간 두꺼운 은박지였는데 겉면이 금색인 것이 있는가 하면 붉은색이나 파란색인 것도 있었다.

형태로 보아 견과류나 크림, 누가 등 속 재료에 따라 포장지 색이 다른 한입 크기의 고급 초콜릿이 분명해 보였다. 거칠게 뜯었는지 끝부분이 약간 찢어진 것도 있었다.

"혹시 이런 초콜릿 포장지를 전에도 보신 분 계십니

까?"

도모리가 묻자 니레 집안사람들은 모두 당연한 듯이 고개를 끄덕였다.

"이이치로 선생님께서 커피와 함께 즐겨 드시던 초콜릿입니다. 유럽에서 들어온 수입품이고 시중에 흔히 파는 게 아니라 늘 한 번에 여러 상자를 사 두셨죠."

효도가 확신에 차서 대답했지만 이내 고개를 다시 갸웃거렸다.

"하지만 저나 지카코가 준 건 아닙니다. 애 엄마가 평소 이런 쪽에 엄해서 충치가 생긴다며 절대 못 주게 했거든요. 아이가 멋대로 꺼내 먹지 못하게 부엌 가장 높은 선반에 보관해 뒀다고도 들었습니다."

그러자 스미에도 옆에서 거들었다.

"맞아요. 초콜릿과 캐러멜 같은 건 절대 주지 말라고 제게도 신신당부하셨죠."

그렇다면 비소는 보리차가 아닌 초콜릿에 섞였을 수 있고 증상이 나타난 시간을 고려하면 그 가능성이 커 보였다.

요시오는 범인이 건넨 독이 든 초콜릿을 이곳에 들어와 몰래 먹은 게 아닐까. 형사들의 눈빛이 더 날카로워졌다.

효도가 말하기를 자신과 요시오는 함께 식당을 나가 금세 헤어졌다고 했다.

이이치로가 세상을 떠난 후 니레 저택에는 총 네 명이 살았다. 구와코와 가정부 스미에, 그리고 하루시게, 사와코 부부였다. 구와코는 저택 안쪽에 있는 안방을 썼고 하루시게, 사와코 부부는 별채에 있는 방 두 개를 썼다. 요헤이, 도코 부부와 지카코는 따로 살아서 저택에 별도로 방이 없고 요시오도 마찬가지였다.

평소라면 그냥 대충 어느 다다미방 같은 곳에 들어가서 놀았겠지만 제단이 마련된 이 방은 넓은 툇마루까지 있어서 아이 혼자 시간을 보내기에 좋은 공간이었다. 집에서 가져온 만화책을 읽었는지 주변 바닥에는 만화책이 네다섯 권 떨어져 있었다.

"혼자 잠시 정원을 어슬렁거리다가 다시 요시오를 찾으러 왔을 때 이렇게 쓰러져 있었습니다."

효도가 설명했다.

"그동안 요시오를 보신 분 없습니까?"

도모리가 주위를 둘러보며 물었지만 앞에 나서는 사람은 없었다.

"스미에 씨도요? 직접 보지는 못했다고 하더라도 뭔가 이상한 낌새는 없었나요?"

저택에서 일하는 가정부라면 혹시 뭔가 목격하지 않았을까. 도모리는 기대에 차서 스미에를 지목했다.

"저는 마님이 몸을 눕히시기 전까지 환복을 돕고 이부자리를 깔아 드리느라 조금 전까지 줄곧 안방에……."

스미에 역시 고개를 흔들 뿐이었다.

이 자리에서 당장 아이에게 초콜릿을 준 사람을 찾기는 어려워 보였다.

그동안 구급차가 도착해서 요시오를 들것에 실었다. 저택 내부가 소란스러워졌다.

"저도 같이 구급차를 타고 가도 될까요?"

효도는 자신이 당연히 요시오의 보호자라고 생각하는 듯했다.

"아니, 어차피 나도 병원에 가야 하니 내 차로 같이 갑시다."

하루시게가 제안했지만 옆에서 도모리가 "아뇨. 그건 좀 곤란합니다" 하고 단칼에 잘랐다.

"어차피 지금 병원에 아이의 어머니가 있으니 여러분은 조금만 더 조사에 협력해 주시죠."

"하지만 요시오뿐만 아니라 제 아내도 위험한 상황입니다. 조금 전 형사님 입으로도 예단할 수 없다고 하셨잖습니까."

당장에라도 현관으로 달려가려는 하루시게를 등 뒤에서 다른 형사가 팔을 붙들어 잡았다.

그러자 하루시게도 그제야 상황이 뭔가 심상치 않게 돌아간다고 느낀 듯했다.

"지금 뭐 하시는 겁니까?"

하루시게는 그날 처음으로 항의하듯 목소리를 높였다.

"모쪼록 협력 부탁드립니다."

조각상처럼 굳은 도모리의 얼굴을 보며 하루시게는 결국 한숨을 내쉬고 "알겠습니다" 하고 대답할 수밖에 없었다.

갈등을 꺼리는 성격인지 아니면 뭔가 다른 꿍꿍이가 있어서인지 몰라도 도모리의 말과 행동에서는 속내가 읽히지 않았다.

"한마디로 지금 여러분은 저희를 사건의 용의자로 보고 있다고 생각해도 되겠죠?"

"이해해 주셔서 감사합니다."

팽팽한 긴장감이 감도는 곳에서 두 남자는 잠시 말없이 서로를 노려봤다.

이후 조사를 통해 밝혀진 사실 중 수사진이 주목한 것은 크게 두 가지였다.

하나는 사와코 살해에 관련된 것으로, 당시 식당에 있던 여섯 명 앞의 커피 잔 중에 문제의 아비산이 검출된 잔만 손잡이 안쪽이 약간 깨져 있었다는 충격적인 사실이었다. 문제의 잔이 우연이 아니라 누군가의 의도로 사와코 앞에 놓였음을 암시했다.

가정부 스미에의 증언에 따르면 잔 손잡이 안쪽이 깨진 것을 처음 발견한 사람은 사와코 본인이었다.

"어머. 이게 뭐람. 이 부분이 깨졌네."

사와코는 법요식을 마친 후 부엌에서 차와 간식을 준비할 때 손님용 잔을 식기장에서 꺼내 온 스미에에게 핀잔을 줬고 확인해 보니 커피 잔 손잡이 안쪽에는 분명 흠집이 나 있었다.

스미에는 이이치로 씨가 즐겨 쓰는 잔이라 제 딴에는 조심히 다뤘지만 아무래도 지난번 설거지 때 흠집이 난 것 같다며 자책했다.

그 무렵 사실 스미에는 부쩍 눈이 침침해진 것을 느꼈다. 작은 무늬와 색이 잘 구분되지 않았는데 의사는 노화에 따른 백내장이라고 했다.

"죄송합니다. 전혀 몰랐네요……."

어쩔 줄 몰라 하는 스미에를 보며 사와코는 한숨을 푹 내쉬었다.

"큰일이네, 정말. 그러니까 설거지할 때는 늘 조심해 달라고 했잖아요. 수입품이라 쉽게 구하지도 못하는데."

그러더니 사와코는 마지못해하며 이렇게 지시했다고 한다.

"뭐 어쩔 수 없죠. 일단 오늘 이 잔은 제 앞에 놔 주세요. 무슨 일이 있어도 효도 씨 앞에는 안 돼요. 지카코가 남 흉보는 걸 엄청 좋아해서 괜히 책잡히면 큰일이거든요."

깨진 식기로 손님을 대접할 수 없다는 건 주부라면 누구나 갖출 만한 센스지만 수사진의 관심은 그보다 당시 사와코와 스미에가 주고받은 대화를 엿들은 사람이 있었느냐에 쏠렸다.

흠집은 한눈에 알아볼 정도로 눈에 띄지도 않았다. 더욱이 그 잔이 누구 앞에 놓일지 제삼자가 예측할 수는 없었다.

만약 그날 그 잔이 사와코 앞에 놓일 것을 미리 알고 있었던 사람이 있었다면? 또 그가 잔에 아비산을 넣은 범인이라면 그는 사와코에게 명백한 살의를 품고 있었다는 뜻이다.

그러나 모든 게 그렇게 쉽게 풀린다면 고생하는 사람도 없었을 것이다.

"그때 부엌에는 사와코 님과 저뿐이었습니다. 나중에 도코 님이 도와주러 오시긴 했지만 도코 님 앞에서 잔 이야기를 꺼낸 적은 없답니다. 될 수 있으면 도코 님과 마님께는 비밀로 하고 싶었으니까요."

스미에는 딱 잘라 말했다.

누가, 언제, 어떤 식으로 문제의 커피 잔에 아비산을 넣었는지가 밝혀지지 않는 이상 수사 진전은 바랄 수도 없는 상황. 그날 스미에가 부엌에 잔을 가져온 다음 커피를 따라서 사람들에게 나눠 주기까지의 시간은 대략 30분. 그동안 저택 안에 있던 사람들이 어떻게 움직였느냐가 사건을 해결할 열쇠가 될 터였다.

그러나 커피를 다 끓였을 때 부엌에 있던 사람은 스미에 혼자이고 다른 사람들은 모두 식당 원탁을 둘러싸고 있었던 것은 주지의 사실이다. 경찰은 만약 그들 중에 누가 커피 잔에 아비산을 넣었다면 그 시점은 잔에 커피를 따르기 전으로 추정했다.

거기서 수사는 또다시 암초를 만났다. 법요식이 끝나고 티타임 시작 전까지 어디서 뭘 했는지는 오로지 당사자의 진술에 의지해야 했기 때문이다.

스미에가 줄곧 부엌을 지켜보고 있었던 것도 아니라 결국 드넓은 저택의 면적과 가족들 사이의 미묘한 거리감이 예상치 못한 복병이 되었다.

　저는 주지 스님을 보내드린 뒤로 줄곧 큰방에 있었습니다. 제단에 놓인 공물을 정리하고 꽃을 손질했지요. 원래라면 이건 맏며느리인 지카코가 할 일이지만 이쿠오가 죽고 나서 그 애는 집안일에는 거의 손을 놓은 것 같더군요. 아무래도 자기를 이 집안 손님쯤으로 생각하는 것 같았습니다.
　아무튼 그래서 전 그때 부엌에 갈 짬이 없었습니다. 그리고 평소에도 부엌일은 거의 제 딸 사와코에게 맡기고 저는 거의 안방에만 있답니다.

　참고인 조사에서 구와코는 그렇게 진술했다.
　명망 있는 니레 집안의 안방마님다운 자부심이 엿보였지만 짧은 진술에서는 당시 며느리와의 갈등도 읽혔다.
　그러나 수사진 사이에서는 구와코가 친딸 사와코와 손자 요시오를 죽였다고 보기는 어려우니 사실상 용의자 명단에서 제외해도 괜찮을 거라는 의견이 대다수였다.
　그녀의 증언에 등장한 니레 집안 며느리 지카코는 그날 대부분의 시간을 정원에서 보냈다고 했다.

　저도 그때 일을 도우려고 부엌에 갔는데 사와코 아가씨가 저는 안 와도 된다고 해서……. 아뇨, 그때 커피 잔이 싱크대 위에 나란히 놓여 있었던 건 맞지만 전 정말 몰랐어요. 손잡이 안쪽에 흠집이 있는 걸 언뜻 보고 어떻게 알겠어요?

결국 어쩔 수 없이 정원에 나가 연못의 잉어들에게 먹이를 줬답니다. 그사이에 누구를 만나지는 않았냐고요? 중간에 요시오가 잠깐 나왔는데 금세 다시 사라졌지요. 그 후에 아이가 어디서 뭘 했는지는 저도 모르고요. 다른 사람은 못 만났으니 제가 계속 정원에 있었다는 걸 증명할 수는 없겠네요.

하지만 맹세컨대 정원에 나간 이후로 부엌에 다시 돌아가지 않았어요. 또 누구 앞에 어떤 잔이 놓일지 모르는데 여섯 개의 잔 중 하나에만 독을 집어넣다니, 아무리 생각해도 이상하지 않나요? 그리고 요시오 일을 말씀하시는 거면 제가 왜 제 아들을 죽이겠어요?

지카코는 아들이 죽은 것으로 모자라 살해 의혹까지 받게 되자 화를 감추지 못했다. 그녀는 씩씩거리며 해명했지만 실은 이야기를 들을 필요도 없었다. 지카코에게 요시오는 세상 하나뿐인 소중한 외아들이었다. 사와코를 떠나 요시오까지 죽일 동기를 고려하면 지카코 범인설에는 무리가 있어 보였다.

그렇다면 효도는 어떨까. 그 역시 지카코와 마찬가지

로 알리바이는 부실하지만 그렇다고 진술이 딱히 미심쩍은 것도 아니었다.

지카코, 요시오와 달리 니레 저택은 제게 남의 집이나 마찬가지입니다. 정원이면 모를까 집 안을 아무렇지 않게 돌아다니는 건 이상하죠. 그때 전 마침 시간이 난 김에 선생님 서재에 가서 장서들을 정리했습니다. 돌아가신 지 얼마 안 돼 책이 난잡하게 널려 있었거든요.

그러는 동안 화장실에 가려고 딱 한 번 부엌 앞을 지나기는 했는데 안에 들어가지는 않았습니다. 참, 그러고 보니 그때 부엌에서 요시오가 나오는 모습을 본 기억이 나네요. 아마 차가운 음료라도 마시러 가지 않았을까요. 말은 걸지 않아서 아이가 그 뒤로 어디 갔는지는 모릅니다. 그 밖에는, 글쎄요……. 제 알리바이를 증명하고 싶어도 안타깝지만 만난 사람이 없네요.

남은 네 사람 중 요헤이와 사쿠라는 그동안 응접실에서 담배를 피우며 잡담했다고 진술했다. 실제로도 다른 곳에서 그 두 사람을 봤다는 증언은 나오지 않았다.

저와 사쿠라 씨는 법요식이 끝나고 차를 마시러 식당에 가기 전까지 응접실에서 한 발짝도 움직이지 않았습니다. 하늘에 맹세컨대 사실입니다. 저택 안에서 재떨이가 있는 곳은 응접실과 식당뿐이고 피곤해서 별로 움직이고 싶지도 않았거든요. 실은 제가 요새 몸이 좀 안 좋습니다. 아내가 주는 한약을 먹고 있긴 한데 잘 듣지도 않고요. 금연이 중요하다는 건 저도 압니다만…….

요헤이의 진술은 사쿠라의 진술과도 일치했다. 두 사람 다 애연가라 응접실에서 시간을 보냈을 만하고 그 나이대 남자들이 굳이 부엌 주변을 어슬렁거리거나 안을 들여다볼 이유가 없으니 일단은 알리바이가 인정됐다고 할 수 있다.

반면 도코와 하루시게는 그날 부엌에 들어갔었다고 인정했다.

그날은 정말 찌는 듯이 더웠어요. 안 그래도 불편한 상복까지 입고 있으니 땀이 뻘뻘 나 세면대 앞에 가서 화장을 고쳤죠. 그래서 다과 준비가 조금 늦어졌고요.

제가 부엌에 갈 때만 해도 사와코 언니는 없었고 스미에 씨, 저희는 할머니라고 부르는데 아무튼 할머니 혼자 커피를 끓이고 뜨거운 물수건을 준비하느라 바쁘게 움직이고 계셨죠. 저는 그 옆에서 고구마 맛탕을 접시에 옮겨 담고 냄비 닦는 걸 도왔답니다. 아무것도 안 하고 있다가 식당에 가면 나중에 언니에게 또 무슨 소리를 들을지 모르니까요.

혼자만 남아 있던 시간이 있었느냐고 물으신다면, 뭐 없었다고 할 수는 없겠네요. 주방용품 창고가 옆에 있어서 할머니가 계속 부엌을 들락날락했거든요. 커피 잔은 싱크대 위에 나란히 있었는데 뭐 특별한 물건도 아니니 손을 대기는커녕 제대로 보지도 않았어요. 더욱이 손잡이 안쪽에 흠집이 있다는 걸 제가 알았을 리 없죠.

또 다른 사람이 부엌에 오지는 않았냐고요? 그 뒤로 언니가 돌아오기는 했는데 언니 말고는 아무도……. 그때 언니 모습이요? 제 눈에는 평소와 다를 바 없던데요. 언니는 자기가 이 집안의 대들보라고 생각하는 사람이었어요. 부엌을 늘 제 구역인 것처럼 드나들고 관리했답니다.

도쿄의 진술에서는 평소 자매 사이에 알력 다툼이 있었던 게 엿보였고 그녀가 마음만 먹으면 범행을 저지를 수 있었던 것도 사실이었다.

그러나 그 정도로 도쿄를 의심하는 것은 성급했고 동기 면에서도 도쿄를 범인으로 보는 건 다소 무리가 있었다. 사와코와 요시오를 죽여 봐야 하루시게가 버티고

있는 한 니레 저택은 물론 니레 법무세무사무소에서도
도코 부부가 실권을 쥐기는 어렵기 때문이다.

그렇다면 처음부터 사와코가 아닌 하루시게를 죽이
는 편이 효율적이지 않을까. 수사진들 사이에서도 그런
의견이 다수였고 결론도 자연히 나왔다.

결국 가장 유력한 용의자는 니레 가문의 당주 하루시
게로 수렴했지만 당사자인 하루시게는 경찰에 다음과
같이 진술했다.

법요식이 끝나니 긴장이 풀려선지 피로가 확 몰려왔습니
다. 그래서 별채에 있는 제 방에 가서 잠시 쉬고 있는데 중간
에 목이 말라 아내와 교대하듯 부엌에 갔죠. 낮 시간이라 맥
주를 마시기는 뭐해서 사이다라도 한잔하려고 했습니다. 아
내는 역시 주부라 집 안에 손님들이 오면 늘 솔선수범해서
움직이는 타입이었습니다. 그런데 그날은 별채에 온 걸 보면
너무 더워서 한숨 돌리고 싶었을까요. 대화를 주고받지는 않
았지만 평소와 다른 낌새는 못 느꼈습니다.

부엌에 가니 스미에 씨는 보이지 않았고 대신 요시오가 병
에 든 오렌지주스를 마시고 있더군요. 아마 허락 없이 냉장
고에서 꺼내 마셨겠죠. 평소 지카코 형수가 그런 쪽에 엄격
해서 초등학교 4학년인데도 주스 하나 마음대로 못 마시게

한다고 들었거든요.

그래서 그때도 저한테 혼날 거라고 지레 겁먹지 않았을까요. 요시오는 당황했는지 주스를 탁자에 흘리고 말았습니다. 처음에는 부엌에 있는 행주로 닦으려 했지만 그럼 하얀 행주가 주황색으로 물들어 버리니 몰래 주스를 마신 것도 들키지 않겠습니까? 그래서 제 손수건으로 닦아 주려고 했는데 하필 그때 손수건을 깜빡하고 와서……. 어쩔 수 없이 화장실에서 휴지를 가져와 닦았습니다.

커피 잔 말인가요? 그때 싱크대 위에 빈 커피 잔들이 있었던 건 맞습니다. 하지만 자세히 본 건 아니에요. 작은 흠집 같은 건 눈에 잘 띄지도 않고 그걸 떠나 제가 잔에 비소 같은 걸 넣을 이유가 없잖습니까. 잘못하다가는 제가 그 커피를 마실 수도 있는데요.

그 후 요시오가 부엌에서 나갔고 저도 얼마 지나 별채로 돌아갔습니다. 그사이에는 아무도 못 만났고요. 그래서 뭐, 굳이 알리바이를 물으신다면 없다고 할 수 있겠군요.

아무튼 그때 다시 저와 교대하듯 사와코가 다과 준비를 하러 부엌에 갔습니다. 지금 돌이켜보면 그때가 아내와 둘만 남은 마지막 시간이었는데 별생각 없이 지나쳐 버렸네요. 그렇지만 아무리 곱씹어도 이번 사건을 예상케 한 징후 같은 건 없었다고 말씀드립니다.

하루시게의 진술에도 특별히 미심쩍은 부분은 없었다. 범행 기회가 있었다고 해도 범행을 저질렀다고 단정할 근거가 나오지 않은 것이다.

그러나 문제는 사건이 비단 사와코 한 명의 사망으로 그치지 않았다는 점이었다. 요시오가 같은 기회에 같은 독극물을 마시고 사망한 것으로 보아 두 사건이 밀접히 관련됐을 뿐 아니라 동일범의 소행일 가능성을 강력히 암시했다.

또 그 무렵 수사진이 파악한 사실이 하나 더 있었다. 그것은 하루시게에게 그야말로 치명적인 수준으로 모자라 그를 옴짝달싹 못하게 옭아맬 수도 있는 것이었다. 경찰 내부에서는 그 시점에 이미 결론이 나왔다고 해도 과언이 아니다.

계기가 된 것은 요시오의 바지 주머니에서 나온 초콜릿 포장지였다. 그날 무더웠던 날씨 때문에 포장지에는 녹은 초콜릿이 약간 묻어 있었다.

그 초콜릿에서 아비산 성분이 나오면서 누군가가 요시오에게 독이 든 초콜릿을 준 것이 판명됐지만 사안은 거기서 그치지 않았다.

범인이 초콜릿에 아비산을 넣을 때 힘을 세게 준 탓인지 여러 초콜릿 포장지 중 한 장의 끝부분이 약간 찢겨 있었는데, 무려 그 찢긴 은박지 조각이 하루시게의 상복 재킷 주머니에서 발견된 것이다.

경찰은 니레 저택에 들어가자마자 가장 먼저 식당에 있던 남자들의 소지품과 재킷을 확보했다.

결과적으로 니레 집안의 당주 하루시게가 경찰의 사실상 강제 수사에 이의를 제기하지 않은 것이 화를 불렀고 그것은 수사진에는 생각지도 못한 행운, 그리고 하루시게에게는 일생일대의 실수가 되었다.

그로써 니레 저택에서 일어난 비소 중독사 수사는 큰 전환을 맞게 되었다.

하루시게는 용의자로 전락한 뒤에도 경찰의 예상과 달리 범행을 강하게 부인했다.

아내 사와코와 양자 요시오 모두 나의 소중한 가족이고 내가 그들에게 살의 따위를 품었을 리 없다. 터무니없는 누명이다. 당시 재킷 주머니에 은박지 조각이 들어 있었던 것은 나는 모르는 일이고 누가 나를 함정에 빠뜨리려고 벌인 짓이 분명하다. 하루시게는 그렇게 주장했다.

그러나 경찰과 주변 사람들의 반응은 극히 싸늘했다.

니레 집안의 데릴사위는 그에게 대단히 매력적인 조

건이었겠지만 이혼 전력이 있는 여자와 결혼해야 하는 상황에는 불만이 있었을 게 뻔하다. 더욱이 사망한 이쿠오의 아들과 양자 결연까지 맺어야 했으니 오죽했을까. 장인이 살아 있을 때는 어쩔 수 없이 얌전히 지냈지만 그동안 불만이 차곡차곡 쌓였을 것이고 마침내 눈치를 봐야 할 존재가 사라지자 본성을 드러냈다. 하루시게를 바라보는 이들의 견해는 대부분 그렇게 일치했다.

니레 가문의 당주라고 해 봐야 직계도 아니다. 의지할 아내까지 죽은 마당에 가족 중 그를 편들어 줄 사람은 없는 것이 실정이었다.

그런 고립무원 속에서도 범행을 줄곧 부인해 온 하루시게에게 엎친 데 덮친 격으로 불륜 의혹이 터졌다. 경찰이 입수한 방대한 자료 중에 그의 불륜 현장을 찍은 것으로 보이는 사진이 한 장 나온 것이다.

구체적으로 설명하면 러브호텔이 늘어선 번화가 한복판에서 어깨를 맞붙인 채 걷는 남녀의 뒷모습 사진이었다.

뒷모습인데도 남자 쪽이 하루시게로 판명된 것은 헤어스타일과 체형에 더해 수입산 양복, 목에 두른 외국 브랜드 머플러가 하루시게의 소지품과 정확히 일치했기 때문이다.

한편 상대는 보통 여자가 아닌 듯했다. 검정 펠트 모자와 화려한 갈색 파마머리가 존재감을 강렬히 드러냈는데 1966년 당시 후쿠미시에서는 사람들 눈에 두드러질 만한 차림새였다.

사망 전에 사와코는 사진을 책장 속 책 사이에 몰래 꽂아 두었다. 흥신소 보고서 같은 건 나오지 않았으니 사진을 찍은 사람이 사와코 본인일 가능성도 있었다.

이로써 그녀가 구급차로 실려 간 이노하라 종합 병원에서 담당 의사에게 "살려 주세요. 절 죽이려고 해요" 하고 호소한 이유도 대략 짐작이 됐다.

그렇게 몰아치는 역풍에 마침내 두 손을 들었는지 니레 하루시게가 동료 변호사와 수사본부가 차려진 히가시이노하라 경찰서에 출두한 건 사건이 일어난 지 3주가 흘렀을 때였다.

사와코와 요시오 살해. 그는 두 사건을 모두 자신의 범행으로 인정했지만 동기에 대해서만큼은 언급을 삼갔다.

"이 모든 게 이기적이고 못난 제 탓입니다. 죽은 두 사람에게는 어떤 잘못과 책임도 없습니다."

그는 의혹을 키운 불륜 사진 속 여자의 정체도 입을 걸어 잠그고 철두철미하게 똑같은 말만 반복했다.

수사진도 당혹감을 감추지 못할 정도로 롤러코스터 같은 전개였지만 적어도 범행에 관해서만큼은 하루시계의 진술은 처음부터 끝까지 일관됐다.

문제의 커피 잔 손잡이에 흠집을 낸 사람은 나다. 전날 밤에 그렇게 해 두었다. 그러면 완벽주의 기질이 있는 아내가 그 잔을 손님 앞에 내지 않고 직접 쓸 거라고 예상했다. 하루시계의 진술이 정말 사실이라면 모든 게 그의 의도대로 됐다고 할 수 있었다.

커피 잔 밑바닥은 하얗고 아비산 가루도 흰색이라 잔에 넣어도 잘 눈에 띄지 않는다. 백내장을 앓는 스미에가 알아보지 못할 것도 전부 계산한 것인 듯했다.

요시오에게 준 초콜릿은 부엌에 있는 상자에서 대충 다섯 개를 집어 은박 포장지를 뜯고 이쑤시개로 초콜릿에 구멍을 뚫어서 아비산 가루를 넣었다고 했다.

"요시오, 잠깐 이리 와 볼래? 맛있는 걸 줄게."

의붓아버지이자 고모부인 하루시계가 그렇게 말했다면 아이는 의심 없이 달려갔을 것이다.

"자, 초콜릿이야. 엄마가 알면 혼나니 나중에 혼자 몰래 먹어라."

재킷 주머니에 넣어 둔 초콜릿을 요시오의 손에 쥐여 준 것까지는 좋았지만 설마 자신의 주머니에 찢어진 은박지 조각이 남을 줄은 꿈에도 모르지 않았을까.

엘리트 변호사가 걸려든 덫은 의외로 단순한 실수가 빚은 것이었다.

체포 후 기소된 하루시게는 법정에서도 주장을 굽히지 않았고 결국 1심에서 선고된 무기 징역이 확정됐다.

명문가 독살 사건은 그렇게 세간을 떠들썩하게 했지만 막상 끝나고 나니 수많은 뉴스 중 하나에 불과했다. 당사자들의 심정 따위는 아랑곳하지 않고 세상에서 거의 잊힌 채 그 후 40년이 넘는 세월이 흘렀다.

신
— 하루시계가
서 도코에게

도쿄 님께

갑작스럽게 편지를 보내 무례를 범하는 점, 모쪼록 넓은 마음으로 양해 부탁드립니다.

얼마나 놀라셨을까요. 아니, 놀람과 곤혹을 넘어 화를 내실지도 모르겠습니다.

잊을 수 없는 1967년의 마지막 재판 이후 벌써 40년이 넘는 세월이 흘렀습니다.

2008년인 지금껏 속세와 연을 끊고 살다가 어느 날 갑자기 용궁성도 아닌 교도소에서 돌아온 우라시마 다

로゚. 지금 저를 나타낼 말은 그것밖에 떠오르지 않네요.

무기 징역. 그것이 제게 주어진 형벌이었습니다.

그토록 흉악한 짓을 저질렀는데 사형이 아니라니 이해할 수 없다. 세간에서 비난의 목소리가 많았다는 이야기는 들었습니다. 무기 징역은 목숨이 보장되는 데 그치지 않습니다. 언젠가 가석방을 받아 세상에 돌아올 가능성도 있는 것입니다.

저 역시 남의 일이었다면 똑같이 생각했을지도 모릅니다.

그러나 현실은 그렇게 만만하지 않더군요. 무기 징역을 사는 수형자가 가석방되는 게 얼마나 어려운지 세상 사람들은 상상도 못 할 것입니다. 그전까지 변호사 나부랭이였던 저조차 인식 부족을 통감했을 정도니까요.

전만 해도 지금보다는 제법 느슨했다고 합니다. 개중에는 고작 십여 년을 살고 가석방된 사람도 있고 그런 사례가 세간의 오해를 산 경향도 있지만 사실 가석방 요건은 매년 엄격해지고 있는 것이 현실입니다.

* 거북이를 구해 준 보답으로 용궁성에서 3년을 지내고 세상에 돌아오니 3백 년이 지나 있었다는 내용의 일본 전래 동화 속 주인공.

실제로 최근 몇 년간 무기 징역수가 가석방된 확률은 채 1퍼센트도 되지 않습니다.

또 같은 무기 징역이어도 사형에 가까운 무기 징역과 유기 징역에 가까운 무기 징역은 대우가 전혀 다르고, 더욱이 타인의 목숨을 고의로 앗아 간 살인범에게는 심사 기준이 차원이 다르게 엄격합니다. 감히 단언하자면 사람을 둘이나 죽인 죄수는 가석방 가능성이 제로에 가깝다고 해도 과언이 아닐 것입니다.

제 경우에도 저를 위해 다방면에서 열심히 뛰어 준 변호인의 헌신적인 노력이 가장 큰 영향을 미쳤지만 거기에 몇 가지 우연이 더 겹치지 않았다면 결코 이런 결과를 얻을 수 없었을 것입니다.

물론 가석방은 어디까지나 가석방입니다. 무죄 석방이 아닌 것은 당연하고 형기를 마친 만기 출소와도 근본적으로 다릅니다.

저는 지금 제 신원 인수인을 맡은 기시가미 요시유키 변호사의 집에서 신세를 지고 있습니다.

가석방은 변호인이 아닌 가족이나 친척이 신원 인수인을 맡아 집에 돌아가는 것이 일반적이지만 제게는 가족이라 부를 사람도 집도 이제는 없습니다. 있다고 해도 은혜를 원수로 갚은 제가 이제 와서 뻔뻔하게 얼굴을 들이밀 수는 없겠지요.

물론 변호인에게도 가족과 삶이 있어서 언제까지나 그의 호의에 기대 살 수는 없습니다. 되도록 빨리 다른 집을 구해 나가서 남은 생을 보호 관찰 대상자로 조용히 지낼 생각입니다.

듣기에는 그럴싸하지만 그렇다면 먹고사는 데 필요한 돈 같은 건 어떻게 마련할 것인가. 도코 님이 묻는 목소리가 제 귀에 들리는 것 같네요. 의문스러운 것이 당연하겠지요.

그러나 걱정하지 않으셔도 됩니다. 다행히 사치만 부리지 않으면 앞으로도 입에 풀칠은 할 기반이 아직 제게 남아 있기 때문입니다.

도코 님도 아시다시피 저는 경찰 체포 시점에 이이치로 씨의 유산 상속을 포기했지만 그전까지 개인적으로 모아 둔 돈이 조금 있었습니다. 그 돈이 지금도 고스란히 남아 있어서 얼마나 의지가 되는지 모릅니다.

이 역시 변호인이 저를 위해 노력해 준 결과겠지요. 사실 그때 전 배상금으로 제가 가진 모든 재산을 바치고 빈털터리가 돼도 할 말이 없는 상황이었습니다. 원만하게 합의해 주신 니레 집안 분들께 정말 감사하다는 말밖에 드릴 말씀이 없네요.

삶의 대부분을 죄인으로 살다가 죽을 사람에게 편지를 받고 반가워할 분은 없을 것입니다. 저 역시 잘 알고 있으며 다만 도코 님의 평온한 일상에 파문을 일으키는 것이 저의 본의가 아님을 모쪼록 알아주시기를 바랄 뿐입니다.

40년이라는 시간은 강산이 네 번 바뀔 정도로 아득한 시간입니다. 사건 이후 도코 님이 얼마나 고생하며 사셨을지는 상상만 해도 가슴이 멥니다.

의지하는 남편을 잃고 어머니와 언니까지 떠나보낸 뒤에도 니레 저택을 혼자서 꿋꿋이 지켜 온 도코 님이 간신히 손에 넣었을 편안한 노후 생활. 이제 와서 낯짝 두껍게 제가 그 안에 발을 들일 마음은 추호도 없습니다.

도코 님. 여기까지 읽어도 도코 님은 제가 이 편지를 보낸 이유를 가늠하지 못하시겠지요. 제가 이렇게 펜을 든 것은 도코 님께 반드시 전해야 할 말이 있어서입니다.

마지막으로 도코 님을 만난 날을 언급하자면 어언 42년 전으로 시계추를 돌려야 합니다.

앞으로 살면서 두 번 다시 이 사람과 엮일 일은 없다. 그런 굳은 결의를 가슴에 품은 채 짧은 인사 한마디 없이 도코 님께 이별을 고한 그날의 심경은 지금도 잊을 수 없습니다.

제가 체포, 구속된 후 재판 기간 내내 도코 님이 저와 제 변호인에게 여러 번 접촉을 시도하고 제가 교도소에 들어간 뒤에도 거듭 찾아와 면회를 신청하셨다는 이야기를 들을 때마다 저는 환희와 안도감에 도취되었습니다. 동시에 속으로 얼마나 도코 님께 사죄하고 또 사죄했는지 모릅니다.

그러나 이제는 당신을 만나서는 안 된다. 하루아침에 수치스러운 범죄자로 전락한 저는 공적으로든 사적으로든 도코 님과의 연을 완전히 끊는 것 외에는 도코 님을 지킬 방도가 없었습니다.

도코 님의 면회를 계속 거절하고 심지어 편지조차 받지 않았던 것은, 조금이라도 타협하면 그런 제 결심이 무너질까 봐 두려웠기 때문입니다.

그러나 마음을 속이기는 역시 어려운 법입니다. 그날 이후 오늘날까지 전 단 하루도 잠들기 전에 당신을 떠올리지 않은 적이 없으니까요. 그것만은 단언할 수 있습니다.

우리가 처음 만난 날을 당신은 기억하시나요.

연보라색 기모노를 입은 도코 님이 봄날 오후의 부드러운 햇살을 맞으며 정원에 홀로 서 있는 모습을 본 것은 제가 니레 저택을 처음 찾은 날이었습니다.

그때 마치 제가 보는 순간을 노린 것처럼 당신도 저를 향해 고개를 돌리셨지요. 머뭇거림이라고는 없는 야무진 눈빛으로 저를 응시하시던 모습이 마치 어제 일처럼 떠오릅니다.

도코 님. 당신은 그때 이미 미래의 형부가 자신의 운명을 좌우할 존재가 되리라 느끼셨나요.

당시 제 나이 스물여섯. 그때 저는 새내기 변호사로 사회에서는 인정받았지만 진짜 사랑을 알지도 못한 채 머리만 자란 애송이에 불과했습니다.

그리고 도코 님은 스물넷. 몸은 자랐어도 얼굴에 아직 앳된 기운이 남아 있던 당신은 연하게 찍어 바른 연지가 새하얀 볼을 물들였고 등까지 닿는 검은 머리카락이 바람에 산들거렸습니다.

과거에 한 차례 결혼을 경험하고 성숙한 여인의 면모를 풍기던 스물아홉 사와코는 선명한 붉은 기모노에 위로 올린 머리가 잘 어울리기는 했지만, 그 고운 미모도 한 송이 등나무 꽃 같았던 도코 님의 청초함 앞에서는 화려하지만 표독스러운 꽃을 피운 거베라 같았다고 해야 할까요.

어쨌든 우리 둘의 눈이 처음 마주친 그 순간부터 우리

는 서로에게 떼려야 뗄 수 없는 존재가 됐다고 지금도 저는 믿습니다.

이이치로 씨의 의향과 상관없이 우리는 맺어져야 한다. 그 확신은 시간이 갈수록 제 가슴에서 퍼져만 갔지요.

인간은 삶의 기로에 섰을 때야말로 본능에 따라야 하는 법입니다. 그러나 어리석게도 저는 타산과 타협의 길을 택했고 그것이 성인으로서 나아가야 할 마땅한 길, 즉 이성적인 선택이라고 굳게 믿고 말았습니다.

그리고 저의 모든 불행도 그 첫 번째 실수에서 비롯됐습니다.

자, 이쯤에서 확실히 말씀드리지요. 저는 죄가 없습니다.

제 발로 경찰서를 찾아가 죄를 인정한 것으로 모자라 항소 한번 없이 무기 징역을 받아들인 사람이 이제 와서 무슨 소리냐, 잠꼬대 같은 말을 한다고 생각하실 거란 건 압니다. 실제로 재심을 청구할 때 저와 변호인에게는 갖가지 비난이 쏟아졌습니다.

그러나 그날 사와코와 요시오를 죽인 사람은 제가 아닙니다. 다시 한번 말씀드리지만 저는 무죄입니다. 그리고 도코 님. 실은 도코 님도 제가 무죄인 것을 알고 계실 것입니다.

설마 잊지는 않았겠지요. 그 사건이 일어나기 직전 우리는 우리의 미래를 진지하게 상의한 적이 있습니다. 앞으로 어떤 난관이 닥치든 꺾이지 말고 두 사람의 세계를 끝까지 지켜 나가자. 서로 그렇게 굳게 다짐했지요.

그런 제가 당신과 한마디 상의 없이 결의를 단번에 무너뜨리는 그런 만행을 저질렀겠습니까.

우리 두 사람이 원치 않은 결혼을 강요당했다는 것. 그리고 그 결정을 후회해도 이미 일어난 일은 되돌릴 수 없다는 것. 냉혹한 현실 앞에서 당시 우리는 어찌할 바를 모르며 당황했습니다.

물론 모든 것을 내팽개치고 아무도 모르는 먼 곳으로 훌쩍 떠나는 선택지도 있었겠지요. 아니, 오히려 그것이 당시 우리에게 남은 유일한 정답이었다는 것을 지금은 아주 잘 압니다.

그러나 사와코와 요헤이 씨에게는 죄가 없었습니다. 그들은 무엇 하나 잘못한 게 없었다는 말입니다. 우리 사정 때문에 애먼 제삼자들이 피해를 봐서는 안 된다. 우리에게는 그 정도 양심은 있었습니다.

또 당시 니레 집안사람들은 하나같이 이이치로 씨가 원할 때 언제든 부릴 수 있는 장기말에 불과했습니다. 서로를 헐뜯고 원망할 처지가 아니었던 것입니다.

그러나 다행히, 아니 다행이라고 하면 조금 어폐가 있 겠지만 어쨌든 이이치로 씨의 급작스러운 사망으로 상 황은 백팔십도 달라졌습니다. 모두가 그의 굴레에서 벗 어나게 된 것입니다.

독재 군주나 마찬가지였던 가장의 죽음은 가족의 삶 에도 극적인 변화를 가져왔습니다. 아내 구와코 씨는 물론이고 다른 이들도 각자의 자리에서 가슴을 쓸어내 렸겠지만, 누구보다도 이이치로 씨의 죽음을 크게 실감 한 사람은 바로 저일 것입니다. 그때 저는 불과 스물아 홉이라는 젊은 나이에 니레 가문의 당주가 됐으니까요. 이보다 더 큰 삶의 변화가 있을까요.

그리고 그전까지 우리가 가슴속에 꼭꼭 숨겨 온 비밀 도 새로운 전개를 맞게 되었습니다.

이제는 모든 게 밝혀져도 두렵지 않다. 그렇다면 지 금 괜한 소동을 일으켜 상황을 악화시키는 것보다는 현 재 상태 그대로 조용히, 그러나 단호하게 관계를 지속 해 가는 것이 니레 가문과 우리 두 사람에게 최선의 길 이었던 것만은 분명합니다.

우리의 미래는 활짝 열려 있었습니다. 조금만 참으 면 우리는 명실상부한 하나가 될 수 있었습니다. 그런 상황에서 제가 왜 사와코와 요시오를 죽인다는 말인가요. 누구보다 저를 잘 알던 당신이 그걸 몰랐을 리 없습니다.

세상이 모두 날 손가락질해도 변호인과 당신만큼은 나의 무죄를 믿어 줄 것이다. 그런 확신이 없었다면 저는 오늘날까지 목숨을 부지하지도 못했을 것입니다.

그렇다면 왜 그리 순순히 범행을 인정했느냐고 제게 따지고 싶으신가요. 당연히 그 안에는 도코 님은 모르는 이런저런 사정이 있었습니다.

물론 완벽히 이해하기는 어려울 수도 있습니다. 그때 저는 왜 그런 돌발적인 행동에 나섰는가.

본론에 들어가기에 앞서 우선 한 가지 설명할 것이 있습니다.

제 아내 사와코와 양자 요시오가 다른 날도 아닌 이이치로 씨의 기일에 독살된 것은 저에게 그야말로 청천벽력 같은 일이었습니다.

왜 이런 일이 일어났는가. 아무리 궁리해도 답은 나오지 않았지요. 분노와 슬픔을 느끼기도 전에 저는 머리를 싸매고 말았습니다.

원한이라면 원한, 강도라면 강도. 그런 동기가 있었다면 아무리 잔악한 사건이어도 그나마 이해의 여지는 있을 것입니다. 그러나 범인이 누군지 모를 뿐만 아니라 범행 동기도 전혀 가늠할 수 없는 상황. 그것만큼 무서운 게 또 있을까요.

그중에서도 특히 저를 두렵게 한 것은 두 사람의 목숨을 앗아 간 범인이 다른 누군가가 아닌 그날 그 저택에 있던 사람들 중 한 명이라는 사실이었습니다.

도대체 그는 누구인가. 간단히 계산하면 그날 니레 저택에 있었던 열 명 중에 피해자 둘과 저희 두 사람을 제외하면 여섯 명이 남습니다. 그러나 아무리 생각해도 그 여섯 명 중에 범인이 있을 것 같지 않더군요. 그들은 니레 집안의 구성원이나 마찬가지일 정도로 가까운 사람들이었으니 당연하겠지요.

히가시이노하라 경찰서 형사들이 저택에 처음 들이 닥쳤을 때 갖가지 의문이 머리에 가득했던 저는 니레 집안의 당주로서 경찰에 맞서며 무리한 수사에 이의를 제기하는 의무조차 망각하고 말았습니다. 당주로서, 변호사로서도 실격이라 해야 할 것입니다.

그 뒤로는 더 최악의 상황이 저를 기다리고 있었습니다.

죽은 요시오의 바지 주머니에서 나온 한입 크기 초콜릿의 포장지. 그 포장지의 찢긴 조각이 하필 제가 입고 있던 상복 재킷 주머니에서 나오는 바람에 저는 순식간에 피해자 유족에서 가장 유력한 용의자로 둔갑해 버리고 만 것입니다.

거기에 불운은 원래 겹치는 법이라고 했습니다. 티타임이 시작되기 전 목이 말라 사이다라도 마시려고 부엌에 들른 사실도 제게는 몹시 불리한 요인이 되고 말았습니다.

그때 하필 스미에 씨가 부엌을 비운 건 누가 봐도 우연이고 제가 예측할 수도 없었지만, 어쨌든 제게는 당시 부엌에 혼자 있었던 시간이 존재한다는 사실만이 주홍글씨처럼 새겨지고 말았습니다.

니레 집안의 재산을 노리고 접근해 결혼 후 아내를 제거하려고 그녀의 커피 잔에 아비산을 넣었다. 마지못해 양자로 들인 처조카 또한 독이 든 초콜릿을 먹여 살해했다. 경찰 눈으로 보면 분명 저만큼 살해 동기와 기회를 다 갖춘 사람은 없었을 것입니다. 니레 하루시게 범인설에 달려든 것도 당연하다면 당연합니다.

결국 저는 그 엄연한 사실들 때문에 다시는 헤어날 수 없는 나락에 떨어지고 말았습니다.

그러나 거듭 말씀드렸듯 그날 요시오에게 독 초콜릿을 준 사람은 제가 아닙니다. 신 앞에 맹세컨대 사실일뿐더러 저는 애초에 이이치로 씨가 즐겨 먹었다고 한 그 초콜릿을 만져 본 적도 없습니다.

누군가가 나를 몰락시키려고 일부러 내 재킷 주머니에 은박지 조각을 몰래 넣었다고 생각할 수밖에 없는 상황. 그것은 바꿔 말해 범인이 노린 사람은 사와코와 요시오뿐 아니라 저까지 포함한 3인 가족 전부였다. 아니, 오히려 진짜 타깃은 저였음을 암시한다고 해석할 수도 있습니다.

즉, 당시 제 주변에는 저의 파멸을 호시탐탐 노리는 사람이 있었고 저는 그런 것도 모르고 니레 집안의 새 당주가 되어 득의양양했던 것입니다. 이보다 더 어수룩한 인간이 있을까요.

그러나 다시 생각해도 분노를 금할 길이 없습니다. 증오하는 당사자만 살해했다면 차라리 낫습니다. 도둑에게도 할 말은 있다고 하듯 어쩌면 살인범에게도 사람들이 수긍할 만한 변명의 여지가 있을 것입니다.

그러나 아무 죄 없는 가족을 희생양 삼고 심지어 가장에게는 처자식을 살해했다는 누명까지 씌워 일가족을 말살한다니요. 이 얼마나 비열한 간계입니까. 정말 치가 떨릴 지경입니다.

또 이 계략이 그야말로 교묘한 것은 무엇보다 저 혼자 힘으로 의혹을 푸는 것이 거의 불가능하다는 점입니다.

저를 덫에 빠트린 자가 직접 자백이라도 하지 않는 이상 그날 재킷 주머니에 독이 든 초콜릿 포장지 조각을 넣은 사람이 제가 아니라고 증명하는 건 지극히 어려운 일입니다. 이른바 악마의 증명이라는 것으로 누구든 자신이 어떤 행동을 한 것을 증명할 수는 있어도 하지 않은 것을 증명하는 건 불가능함을 의미합니다.

거기에 저를 더욱 궁지에 몰아넣는 일까지 일어났습니다. 경찰이 집 안을 수색했을 때 사와코의 책장에서 저의 불륜을 암시하는 결정적인 증거 사진이 나온 것입니다.

누가 봐도 러브호텔촌임을 알 만한 호텔가에서 어깨를 찰싹 맞붙인 채 걷는 남녀. 그렇습니다. 도코 님도 모르시진 않겠지요. 그것은 우리의 마지막 밀회일에 저와 당신의 뒷모습이 찍힌 사진이었습니다. 부인할 수 없는 뚜렷한 불륜 증거였습니다.

사와코가 저의 비밀을 눈치채고 있었다는 것. 또 증거 사진까지 있으면서 일절 내색하지 않고 태연하게 행동했다는 것. 저는 그 사실을 깨닫고 놀라 벌어진 입을 다물 수가 없더군요.

그 모든 걸 종합해서 생각하면 사와코가 그날 구급차로 실려 간 이노하라 종합 병원에서 담당 의사에게 "살려 주세요. 절 죽이려고 해요"라고 호소했다는 이야기도 어느 정도 이해가 됩니다. 사와코는 언젠가 남편의 손에 살해될 날을 내심 걱정하고 있었던 게 아닐까요.

이후 경찰 수사는 그야말로 거침없었습니다.

나는 누군가가 깔아 놓은 교묘한 덫에 걸린 것이다. 그런 제 변명을 형사들이 귀 기울여 줄 리 없었죠. 무엇보다 당시 저는 범행 기회와 동기까지 모든 것이 완벽하게 갖춰져 있었으니까요. 남은 건 오로지 제 자백뿐. 그들이 단단히 별렀을 만합니다.

유일한 위안이라고는 화려한 변장 덕에 그 누구도 제 불륜 상대가 누군지 알아차리지 못했다는 점 아닐까요. 만약 그때 우리 관계가 세상에 드러났다면 도코 님, 당신도 절대 무사할 수 없었을 것입니다.

무슨 일이 있어도 당신만은 지키겠다. 누가 제게 떳떳이 말할 수 있는 게 하나라도 있느냐 묻는다면 저는 그 신념을 끝까지 지킨 것이라고 대답할 것입니다.

하지만……. 이런 저의 말을 듣고 당신이 어떻게 느끼실지는 압니다.

저는 저지르지도 않은 죄를 고백해 제 발로 감옥에 들어간 사람입니다. 세상 사람들은 당시 제 선택을 입을 모아 정신이 나갔다고 평가하겠지요.

그러나 그때 저의 선택은 결코 이성을 잃고 자포자기해서 내린 것이 아니었습니다. 오히려 어느 누구보다 냉정했으므로 그런 고뇌에 찬 결단을 할 수 있었던 것입니다.

그리고 그때 나의 판단은 절대 잘못되지 않았다. 지금도 저는 이렇게 확신을 가지고 단언할 수 있습니다.

도코 님. 도코 님도 기시가미 요시유키 변호사를 알 것입니다.

좁은 법조계 안에서 인정받아 지금도 후쿠미시 변호사회 중진으로 활동하는 그는 매사 진지한 직무 태도로 변호사 동료뿐 아니라 판검사에게도 좋은 평가를 받는 인물입니다. 또 적어도 제 재판에서만큼 그와 저는 지금까지 일관되게 이인삼각으로 걸어왔습니다.

제가 저지르지도 않은 아내와 아들 살해를 인정한 이유가 무엇인가. 그리고 변호인인 그가 그런 만행을 용납한 이유가 무엇인가. 그것을 설명하려면 우선 저와 기시가미 변호사의 특별한 신뢰 관계부터 이해하고 넘어가야 합니다.

고등학생 시절의 그와 첫 만남. 그것은 제 인생의 가장 큰 행운이라 할 수 있을 것입니다. 음악 감상이라는 공통된 취미가 있었고 둘 다 법조인을 꿈꾼다는 점에서 의기투합하게 된 것이 인연의 시작이었습니다.

기시가미는 저처럼 한부모 가정에서 어렵게 자라지는 않았지만 형제가 많은 탓에 학비가 싼 국공립대학을 노리고 있었습니다. 그리고 다행히 우리는 같은 국립대학 법학부에 입학해 사법 시험에도 나란히 합격한 후 동기 변호사로서 서로를 음으로 양으로 의지했습니다.

그렇게 신뢰 깊은 관계였으니 사와코와의 결혼 문제도 처음부터 그와 상의했습니다. 물론 그가 제 결정에 오롯이 찬성했던 것은 아닙니다.

"자네는 그런 뒷배 없이도 스스로 인생을 개척할 사람이야."

되새겨 봐도 참 고마운 말입니다.

솔직히 저 역시 결혼에 고민이 없었다고 하면 거짓말입니다. 늘 냉정하고 침착하며 통찰력이 뛰어났던 기시가미는 니레 집안에서 풍기는 불온한 기운을 저보다 더 민감히 감지했겠지요.

그러나 걱정이 결국 현실이 됐을 때 그는 거봐라면서 저를 비난하지 않았습니다. 아니, 비난은커녕 처자식을 살해한 혐의로 고립무원에 빠진 저를 처음부터 끝까지 믿어 준 사람이 바로 그입니다.

"난 자네가 어떤 사람인지 알아. 그러니 자네를 믿네."

그 말이 저에게 얼마나 큰 위안이 됐는지 모릅니다.

체포부터 가석방까지 변함없이 뒤에서 절 든든하게 지원해 준 그가 없었다면 지금의 저도 없다고 해도 과언이 아닐 것입니다.

그러나 그와 제가 선택한 길은 험난하기 그지없는 길이었습니다. 느닷없이 들이닥친 일생일대의 위기에 어떻게 대처할 것인가. 저와 기시가미는 매일같이 격론을 벌였지요.

내가 무죄인 걸 누구보다 잘 알지만 그것을 증명할 방법이 없다. 인간에게 이보다 더 고통스러운 상황이 있을까요. 그 은박지 조각만 없었다면……. 아무리 발을 동동 굴리며 날뛰어도 저를 함정에 빠트린 인물을 특정하지 못하는 이상 저의 패배인 것입니다.

그런 말도 안 되는 일이 어딨냐고 생각하시나요. 추정 무죄. 범죄가 있었다는 것을 증명하는 건 경찰과 검찰이 할 일이라고 생각하시나요.

그러나 저를 둘러싼 상황은 그렇게 간단하지 않았습니다.

사건이 일어난 날은 오칠일 법요식 때문에 전 아침부터 계속 상복을 입고 있었습니다. 누가 제 재킷 주머니에 손을 넣었다면 기억 못 할 리 없지요.

이후 티타임 때는 재킷을 벗고 있었지만, 도코 님도 아시다시피 그 식당 원탁은 아홉 명이 둘러싸도 공간이 남을 만큼 컸습니다.

만약 그때 제 옆에 앉은 요헤이 씨나 사쿠라가 제 주머니에 손을 뻗었더라도 거리상 닿지 않았을 것이고, 무엇보다 우리는 모두 한자리에 앉아 있었습니다. 누가 제 쪽으로 다가오거나 등받이에 걸어 둔 재킷을 건드렸다면 눈에 띄지 않았을 리 없다는 말입니다.

그렇다면 저를 함정에 빠뜨린 범인을 밝히는 건 고사하고 당시 그곳에는 범인이 될 수 있는 사람 자체가 없었다는 뜻입니다. 당사자인 저조차도 아는데 경찰에게 어떻게 그 이상을 기대할까요.

법조인들은 무의식중에 앞으로 닥칠 일을 예상하는 버릇이 있습니다만 당시 우리에게는 너무나 불리한 조건만 갖춰진 것이 현실이었습니다. 기시가미가 아무리 유능한 변호사여도 무기와 탄약도 없이 싸울 수는 없는 노릇입니다.

만약 법률 지식이 전혀 없는 일반인이었다면 끝까지 무죄를 부르짖으며 싸웠을지도 모릅니다. 1심에서 져도 2심이 있고 2심에서 져도 최종심이 있으니까요.

그러나 서글프게도 당시 변호사로서 재판 실무를 담당하던 저희는 재판이라는 제도를 누구보다 잘 알고 있었습니다.

판사는 높은 곳에서 세상을 내려다보는 전지전능한 신이 아닙니다. 그들이 하는 일은 검사와 변호인 중에 어느 쪽 주장이 더 그럴싸하게 들리는지를 한정된 증거로 판가름하는 심판에 불과한 것입니다.

저희를 절망케 한 것. 그것은 이대로 가다가는 아무리 발버둥쳐 봐야 무죄 판결이 나오기는 어렵다는 현실이었습니다. 과거 판례에 기초한 만큼 부인할 수 없었습니다.

그리고 그런 상황에서 유죄 판결은 무엇을 의미할까요. 바로 사형입니다.

놀라실 수 있지만 우리가 흔히 '살인'이라고 일컫는 범죄도 깊숙이 들어가면 그 양상이 천차만별입니다. 그저 화가 난다는 이유로 닥치는 대로 사람을 죽인 묻지마 살인부터, 병든 노모를 돌보다 지쳐 동반 자살을 시도했다가 홀로 살아남은 사람까지. 범행 동기는 저마다 다르고 그들이 받게 되는 판결도 집행 유예가 붙은 온정 판결부터 사형까지 대단히 폭넓어서 하나로 묶을 수는 없습니다.

그중에서도 제 욕망에 눈이 멀어 죄 없는 아내와 자식을 죽인 사람. 그런 사람은 인간이기를 포기한 짐승일 것이고 제아무리 온건한 판사여도 동정을 기대할 수 없다는 게 너무도 명백했습니다.

또 어떤 의미에서 범행 동기 이상으로 중요한 요인이 바로 모살謀殺과 고살故殺의 차이입니다. 모살이란 쉽게 말해 계획적으로 사람을 죽인 것. 반대로 고살은 한순간의 격정에 휘둘려 우발적으로 사람을 죽인 것을 뜻하는데, 사전에 아비산을 준비해 커피 잔과 초콜릿에 집어넣은 행위가 모살에 해당한다는 것은 굳이 설명하지 않아도 될 것입니다.

작금의 일본 형법에서는 두 가지를 조문으로 구분하지는 않지만 당연히 고살보다 모살의 죄질이 나쁘고 실제로도 더 무거운 처벌을 받는 것이 현실입니다.

그리고 그 경우 살해된 사람 숫자가 양형에 영향을 미치는데, 만약 피해자가 한 명이라면 무기 징역 또는 유기 징역 확률이 높은 반면 피해자가 늘어날수록 사형이 선고될 확률이 높아집니다.

한마디로 어떻게 봐도 제 사례는 사형 판결을 면하기 어렵고 이미 결론도 난 것이나 마찬가지였지만, 그렇다고 변호인 측에서 손쓸 도리가 아예 없느냐고 하면 또 반드시 그렇지는 않다는 게 문제를 더 복잡하게 만들었습니다.

피해자가 두 명이기 때문입니다. 피해자가 한 명이 아니고 그렇다고 세 명 이상도 아닌 이런 사례에는 범죄 행태와 더불어 수사, 재판 과정에서 보인 변호인의 말과 행동, 그리고 피고인의 태도가 재판 결과를 크게 좌우합니다.

판사도 인간이니 최대한 사형 선고는 피하려고 합니다. 사형제 찬성론자냐 아니냐를 떠나서 인간이 품을 만한 마땅한 감정이라 할 수 있겠지요.

확고한 증거에도 아랑곳없이 끝까지 범행을 잡아떼는 철면피라면 판사의 심리적 부담도 덜합니다. 반대로 범행을 순순히 인정하고 죄를 진심으로 뉘우치는 듯한 사람이라면 돕고 싶은 연민의 정이 고개를 들어도 이상하지 않습니다.

사형만은 막아야 한다. 작은 의견 차이는 있어도 적어도 그 점만큼은 저와 기시가미의 생각이 일치했습니다.

"지금은 위험을 무릅쓸 때가 아니야. 자네는 오로지 최악의 사태를 피하는 것만 생각하게. 유죄 판결이 나와도 살아만 있으면 재심이라는 길이 있잖나. 앞으로 나는 내 변호사 인생을 자네를 구하는 데 바칠 생각이야."

기시가미가 해준 말은 지금도 잊을 수 없습니다.

유죄 판결이 나와도 사형만 피하면 재심이라는 길이 있다. 그 사실이 제게 얼마나 큰 용기를 주었는지요.

재심으로 무죄가 밝혀지면 다시 자유의 몸이 되고 무엇보다 사와코와 요시오를 죽이고 내 인생을 파멸로 이끈 그 가증스러운 진범도 찾을 수 있다. 저에게 남은 마지막 희망은 오직 그뿐이었습니다.

그렇다면 선택지도 하나입니다. 한시라도 빨리 경찰서에 가서 죄를 털어놓고 진심으로 반성하는 모습을 보인다. 다시 말해 정상 참작 하나에 모든 것을 걸기로 한 것입니다.

물론 리스크는 있지만 현실을 냉정하게 보면 우리는 결국 모 아니면 도를 택해야만 했습니다.

위선, 아니 위악의 새로운 경지라고 해야 할까요. 당시 제가 변호사였으니 취할 수 있는 특이한 전략이었던 것만은 분명합니다.

만약 평범한 형사 사건이었다면 저나 기시가미가 절대 피고인에게 거짓 자백을 권하지는 않았을 것이기 때문입니다.

실제로는 무죄인 걸 알면서도 전략적으로 죄를 인정한다. 그런 선택을 제안하는 것은 법조인의 도리가 아닙니다. 아무리 피고인이 원한다고 해도 하지 않은 일은 끝까지 하지 않았다고 주장하며 무죄 판결을 노리라고 할 것입니다.

그러나 어찌되었든 저는 당초 목표대로 사형 판결을 면했습니다. 그리고 지금 이렇게 살아 있습니다. 그런 의미에서는 우리의 작전이 대성공으로 끝났다고 해야 할 수도 있습니다.

그러나 대가는 결코 작지 않았습니다.

제가 교도소에 들어간 이후 기시가미의 필사적인 노력에도 사건의 진상 규명은 지지부진했습니다. 저를 덫에 빠뜨린 진범의 존재를 지적하고 판사가 납득할 새로운 증거를 찾는 것은 상상 이상으로 어려운 일이었지요.

처음에는 제 발로 찾아와 죄를 고백한 주제에 갑자기 돌변해서 범행을 부인한다. 그런 경솔한 인간을 믿으라는 것은 역시나 무리한 요구였을지 모릅니다.

재심 청구는 끝내 실패에 그쳤고 무의미하게 시간만 흘러갔습니다. 상황이 그렇게 되니 저도 속이 끓더군요. 그러다 사건이 일어난 지 15년이 지나 결국 공소 시효까지 만료되고 말았습니다.

아마도 진범은 승리의 미소를 지으며 박수갈채를 보

내지 않았을까요. 공소 시효 만료는 제게 사형 판결에 버금가는 충격으로 다가왔습니다. 한때는 살아갈 의욕 마저 잃었을 정도입니다.

그래도 제가 다시 딛고 일어선 것은 패소의 책임을 떠 안고 고뇌하는 기시가미를 보며 그를 위해서라도 살아 야겠다고 결심한 것도 있지만, 절망의 밑바닥까지 떨어 진 마당에 이대로 끝낼 수는 없다는 일종의 오기 같은 감정이 제 안에 싹텄기 때문입니다.

인간은 자신의 생각보다 더 끈질긴 동물일지도 모릅 니다.

그날 이후 저는 살아서 교도소를 나가는 것. 즉, 가석 방을 평생의 목표로 삼아 부단히 노력했습니다.

앞서 무기 징역형을 받은 살인범이 가석방되는 건 낙 타가 바늘구멍 통과하기보다 어렵다고 말씀드린 바 있 습니다. 그러나 아무리 어려워도 가능성이 제로가 아닌 이상 포기할 수는 없었습니다.

모범수로서 교도관들의 지시에 고분고분 따르고 동 료들과 사이좋게 지내며 작업을 성실하게 하는 것은 물 론 끊임없이 반성하는 모습을 보이면서 갱생 의지를 드 러낸다. 제가 해야 할 일은 정해져 있었습니다. 그리고 저는 최선을 다했습니다.

그런 저를 두고 면종복배[*]하는 교활한 인간이라고 손
가락질할 사람도 있겠지요. 그러나 제 입으로 말하기
그렇지만 태생이 범죄자가 아닌 저에게는 별반 어려운
일이 아니었습니다.

또 저에게는 반드시 살아야 할 목적이라고 부를 만한
장대한 목표도 있었습니다.

그리고 도코 님. 그런 제 마음을 굳건히 떠받친 것들
중 하나가 지금도 니레 저택을 묵묵히 지키고 계시는
당신의 존재였다는 것을 꼭 말씀드리고 싶습니다.

실제로 겪어 본 사람만 이해하겠지만 교도소에서의
생활을 한마디로 표현하는 것은 불가능합니다.

수형자들 사이에서 일상처럼 일어나는 갈등과 다툼,
가혹한 주거 환경. 그러나 소문과 상상으로 만들어진
선입견은 현실과 크게 달랐습니다. 당시 저에게 주어진
것은 지옥의 고통이 아닌 너무도 단조로운 일상이었으
니까요.

인간이 꼭 환경에 적응하는 동물이어서는 아닙니다.

* 겉으로는 순종하는 체하고 속으로는 딴마음을 먹는다는 뜻의 사자성어.

인간의 존엄을 철저히 부정당하고 자유라는 가장 기본적인 권리를 빼앗긴 삶이 쾌적할 리 없지요.

특히 제가 입소한 1967년은 교도소 내부 환경이 지금과 비교할 수 없을 정도로 부실했습니다. 이대로 있다가는 이 안에서 생을 마감할 것이 분명하다. 저는 진심으로 두려웠습니다.

어떻게든 살아야 한다고 생각하면서도 밥알이 목구멍을 넘어가지 않았고 뜬눈으로 밤을 지새우는 날이 많았습니다. 과거와 미래에 대한 잡념 때문에 잠들지 못한 것은 아닙니다. 그 이전에 침구에서 풍기는 악취와 내부 습기 때문에 맨정신으로는 잘 수가 없었습니다.

난생처음 겪어 본 그 경험도 돌이켜보면 그전 삶과의 간극이 주는 일종의 컬처 쇼크였다고 할 수도 있겠군요.

의식하지는 않았지만 그때 저는 유약한 엘리트였습니다. 남달리 복 받은 환경에서 태어나지도 않았으면서 니레 가문의 일원이 되자 어느새 콧대가 높아지고 몸도 마음도 허세에 찌들어 버린 것입니다.

물론 당시 일본을 현재 기준으로 말할 수는 없습니다. 그때는 고도 경제 성장기의 그늘에서 끼니 해결은 고사하고 몸 눕힐 곳 하나 없는 노숙자와 속된 말로 막일꾼이라고 불리는 하루 벌어 먹고사는 사람들이 거리에 넘쳐났습니다. 세상은 이자나기 경기*라고 하면서 들썩였지만 풍요가 구석구석까지 전해지지는 않은 시절이었습니다.

그에 비하면 다다미에 담요를 깔고 눈을 붙이고 가만히 있어도 삼시 세끼가 척척 나오는 교도소의 삶은 어떤 의미에서 천국이고 그걸 떠나 악행을 저지른 수형자가 불만을 토로할 처지도 아니었지요.

그래도 적응이란 참 무서운 것입니다. 입소한 지 사흘, 닷새, 그리고 일주일이 지나자 서서히 오감이 마비되기 시작하더군요. 코를 찌르는 악취와 불결한 환경도 배고픔과 졸음 앞에서 무릎을 꿇었고 점점 감각이 사라져 갔습니다.

수형자들의 감각을 마비시키는 요인은 그것만이 아닙니다. 그전까지 있었던 구치소와 달리 교도소는 규율이 매우 엄격합니다. 죄인들을 모아 놓은 감옥이니 어쩔 수 없겠지만 그곳에서는 교도관들이 늘 눈에 불을 켜고 수형자의 일거수일투족을 감시했습니다.

그들 앞에서는 말대꾸는커녕 항상 절대복종이 요구

---

* 1965년부터 1970년에 이르는 일본의 고도 경제 성장기를 일컫는 말.

됐고 그들이 뭔가를 지시하면 수형자들은 사육사에게 교육받는 개처럼 신속히 반응해야 합니다. 입소 시점에 이미 산산조각 난 자존감이 가루가 되어 시궁창에 버려지는 상황을 묵묵히 감내해야 했습니다.

난 이제 더 이상 인간이 아니다. 감정이 아예 사라져 준다면 얼마나 편할까. 진심으로 그렇게 바랐습니다.

이대로 가다가는 정말 폐인이 돼 버릴 상황.

그렇게 점차 자포자기하는 저를 일깨우고 기운을 북돋아 준 사람은 역시 기시가미였습니다.

"자네는 지금 뭘 위해 교도소에 있나? 사형만 면하면 그걸로 족하나?"

어느 날 면회 온 그는 생기를 잃고 형편없이 쪼그라든 저를 보며 위기감을 느꼈겠지요. 대뜸 거칠게 저를 몰아붙이며 타박하더군요.

"지금 꾸물거리고 있을 시간 없네. 자네는 앞으로 있을 재심을 준비해야 해. 책과 자료는 내 얼마든 구해다 주겠네. 정신 똑바로 차리고 탐독하게."

기시가미의 충고대로 저는 교도소에서 삶을 끝마치기 위해 거짓 자백을 한 것이 아니었습니다. 최악의 사태를 피하고 기사회생할 순간을 기다리고자 한 것입니다. 아마 그의 조언이 없었다면 저는 얼마 안 돼 저 자신을 놓아 버렸을 겁니다.

망설일 이유가 없었습니다. 그날 이후 저는 재심 준비에 모든 것을 바쳤습니다.

믿기 어렵겠지만 사실 이 세상에서 교도소만큼 공부하기 좋은 곳이 없습니다.

자유라고는 눈곱만큼도 없는 삶은 사실이지만 그래도 그 안에서는 일을 구하러 뛰어다니고 살 곳과 생활 물자를 조달하거나 그날 하루 뭘 먹을지를 고민할 필요가 전혀 없습니다.

게다가 부부싸움이나 집안일, 육아, 노부모 부양, 이웃과의 교류 같은 잡다한 인간사와도 단절되니 누구나 마음만 먹으면 얼마든지 공부에 집중할 수 있는 것입니다.

일과는 대부분 비슷합니다. 평일에는 6시 30분 기상. 방 청소와 세면, 점호라는 이름의 점검을 거쳐 아침 식사를 마치면 작업하기 위해 나란히 줄 서서 공장으로 향합니다. 공장 안에서 점심 식사와 휴식을 더해 작업을 끝마치는 시간은 대략 오후 4시 30분. 그 뒤로는 또다시 점검과 5시의 저녁 식사를 마친 후에는 9시 소등, 취침 전까지는 기본적으로 자유 시간입니다.

그것만으로도 충분히 여유로운데 휴일에는 심지어 작업도 없어서 거의 온종일 자유 시간입니다. 장거리

출퇴근에 평일에는 밥 먹듯이 야근하고 휴일에는 가족을 챙겨야 하는 회사원에게는 꿈만 같은 이야기일지도 모릅니다.

그러나 아무리 자유 시간이라고 해도 그곳은 교도소입니다. 외출과 취식 같은 방종이 허락될 리 없지요. 어디까지나 허용 범위 안에서 조용하고 엄숙한 행동이 요구됩니다.

서예나 글짓기처럼 공인된 동아리 활동이 있고 자격증 공부를 할 수도 있습니다. 단체 취미 활동에 참가하지 않는 사람은 TV를 보거나 책을 읽고 편지를 쓰며 각자 원하는 대로 시간을 쓸 수 있습니다.

그중에서 특히 독서를 하기에는 거의 극락 같은 환경이라 해도 과언이 아닐 것입니다.

책도 오락 물품이니 읽고 싶어도 못 읽는 책이 있을 거라 생각하실지 모르지만 그렇지 않습니다. 관본이라 불리는 교도소 보관 장서 외에도 외부 반입이나 자비로 산 소설, 신문, 잡지, 만화 등을 거의 자유롭게 읽을 수 있습니다.

그렇다면 기왕 이렇게 된 김에 형사 재판의 기초부터 시작해 모든 것을 철저히 마스터하겠다. 저는 그렇게 마음먹고 기시가미가 구해 준 책과 맹렬하게 씨름했습니다.

모범수이고 전직 변호사라는 점에서 저는 그 안에서 눈에 띄었을 겁니다. 그렇게 튀는 사람은 괴롭힘도 잘 당한다고 하지만 다행히 공부에 지장을 주는 요인은 없었습니다.

　물론 40년이라는 터무니없이 긴 시간 동안 한결같이 법률서만 붙들고 있을 수는 없겠지요.

　매일매일 공부에 쫓기던 사법 연수생 시절과, 판례 모음, 사건 기록만 훑어도 하루가 다 가던 변호사의 삶 속에서 어쩔 수 없이 거리를 두고 있던 '소설'이란 것을 읽는 행위. 시간이 남아돌자 저는 다시 예전 취미를 되찾게 되었습니다.

　몸은 비록 담장 안에 갇혀 있지만 자유로운 소설 세계를 탐방하면서 위축되고 굳어 있던 제 마음이 조금씩 열리고, 뻣뻣해진 제 사고방식에도 좋은 영향을 준 것 같습니다.

　이를테면 당시 화제였던 어떤 추리 소설을 읽으며 기이한 등장인물과 상상을 초월하는 전개에 거리감을 느끼면서 지금껏 듣도 보도 못한 새로운 논리 전개에는 무심코 가슴이 설레었다고 할까요. 이런 말을 하는 저를 당신은 비웃으실지도 모르겠습니다.

　그전까지 머리만 자란 법조인이었던 저는 사실과 증

명이라는 이름의 속박 속에서 한 걸음도 나가지 못하는 고집쟁이였습니다. 그러나 소설을 읽으면 읽을수록 조금 더 유연하게 사고해도 되지 않을까. 그리고 픽션 속 자유분방한 발상이야말로 고착 상태에 빠져 버린 지금 내 상황을 타개할 열쇠가 되지 않을까 하는 생각이 들기 시작한 것입니다.

네. 그다음은 당신의 상상에 맡기겠습니다. 저는 시간을 충분히 투자해 동서고금의 추리 소설들을 섭렵했습니다. 예전에 도코 님이 그랬던 것처럼요.

셜록 홈스를 시작으로 브라운 신부, 에르큘 푸아로, 엘러리 퀸, 드루리 레인, 파일로 밴스. 일본에서는 아케치 고고로, 긴다이치 고스케, 가미즈 교스케까지. 당신에게는 익숙한 탐정들일 테지만 사실 그뿐만이 아닙니다. 저는 그 이후 세상에 나온 수많은 명탐정도 한 명도 빠짐없이 그들의 이름과 활약상을 머리에 새겨 넣었습니다.

어쩌면 이 추리 소설들 속에 그날 니레 저택에서 일어난 의문의 사건을 풀 열쇠가 있을지 모른다. 지푸라기라도 잡는 심정으로 제가 그런 믿음을 품게 된 것도 늘 추리 소설을 즐겨 읽던 도코 님을 옆에서 지켜봐 온 덕분이겠지요.

"그런 책들이 그렇게 재밌나?"

언젠가 한 손에 문고본을 들고 푹 빠져 읽는 당신에게 그렇게 물은 적이 있습니다.

제목은 아마 무슨무슨 살인 사건. 옛날에 나온 책들은 종이 질이 떨어지고 표지도 지금에 비하면 촌스럽고 단순했지요.

그때는 저와 당신 둘 다 결혼을 앞두고 있었으니 아마 미래의 처제가 될 사람 앞에서 젠체하려고 물었을 것입니다.

"네. 정말로 재밌답니다."

당신은 책이 보물이라도 되는 양 가슴에 대고 연신 고개를 끄덕였지요.

내가 소중히 여기는 걸 비웃기라도 하면 아무리 미래의 형부라도 용서하지 않을 테야. 그때 당신에게서는 그런 흐뭇하고도 순수한 기개가 느껴졌습니다.

"하지만 그냥 지어낸 이야기들 아닌가?"

변호사가 되어 밤낮으로 현실 사건을 마주하고 있었으니 추리 소설 같은 건 새빨간 거짓말이라고 생각하던 저를 당신은 이렇게 쏘아붙였습니다.

"지어낸 이야기가 주는 진리가 있는 법이에요."

당신이 툭 던진 한마디가 어째서인지 그 뒤에도 줄곧

제 귓가를 맴돌았습니다.

그때 분명 저는 무의식중에 당신이라는 세계에 들어가 당신과 가까워지고 대화를 주고받는 상황을 간절히 바라고 있었을 것입니다.

장황하게 글을 써 내려왔지만, 도코 님. 예리한 당신이라면 이미 눈치채셨을지도 모르겠습니다.

사와코와 요시오를 죽인 범인은 누구인가. 발상을 바꾸면 그전까지 보이지 않았던 것이 보이기 마련입니다. 제가 이 편지를 통해서 당신에게 꼭 말하고 싶었던 것. 그것은 그날의 사건을 완전히 새로운 각도에서 재검토한 결과 제 머릿속에서 아주 명쾌한 가설이 탄생했다는 것입니다.

추리 소설 속 명탐정들은 경찰을 향해 '머리가 굳었다'라고 입버릇처럼 말합니다. 그러나 저 역시 그들을 비웃을 자격은 없습니다. 범인은 범행 동기와 기회를 다 갖춘 사람 중에 있다는 고정관념에 사로잡혀 있었기 때문입니다.

그러니 수사의 철칙을 금과옥조처럼 생각한 나머지 니레 하루시게가 아닌 다른 사람이 범인일 수 없다는 거친 결론을 내린 경찰 앞에서도 맥없이 백기를 들었던 것입니다.

범행 동기만 놓고 보면 저 말고 다른 후보도 있었습니다.

그 1순위가 바로 효도 유타카입니다. 당시 효도는 이이치로 씨의 의원실 보좌관이자 지카코 씨의 사실상 남편이었지만 이이치로 씨의 사망은 니레 법무세무사무소와 집안에서 그의 위상을 크게 바꿔 놓았습니다.

효도는 의원실 보좌관 중에 가장 지위가 높아서 이이치로 씨의 후계자로 후쿠미시 시의원 선거 출마가 거의 확정된 거나 마찬가지였습니다.

그러나 엄밀히 말하면 그는 니레 가문 사람이 아닙니다. 아시다시피 선거를 한 번 치르려면 많은 돈이 필요합니다만 니레 가문 재산에 대한 어떤 권리도 없었고 후쿠미시에서 인지도가 높은 니레 성을 쓸 수도 없었죠. 그는 내심 초조했을 게 분명합니다.

효도는 이후 지카코 씨와 정식으로 혼인하고 아내의 성을 받아서 니레 가문 일원이 되는 데 성공했습니다만 노골적인 속셈에 눈살을 찌푸리는 사람도 있지 않았을까요.

그리고 예상대로 결혼 10년 차에 두 사람은 파경을 맞았습니다. 지카코 씨는 효도와 재혼, 이혼을 겪은 뒤에도 계속 니레 가문의 며느리로 살았지만 불행히도 45세라는 젊은 나이에 병을 얻어 세상을 떴다고 들었습니다.

반면 효도의 그 후 인생은 마치 순풍에 돛단 것 같았습니다. 그는 후쿠미시 의회를 거쳐 Q현 의회 의장 자리까지 올랐다지요. 희수*를 앞둔 지금도 여전히 기세가 대단하다고 하니 지카코 씨는 역시 그의 신분 상승을 위한 도구로 이용당했을 뿐이라는 생각이 듭니다.

그런 그에게 이이치로 씨의 핏줄을 물려받은 사와코와 요시오, 그리고 니레 가문의 새 당주에 오른 제가 눈엣가시였을 것은 뻔하지 않을까요.

실제로도 거슬리는 그 세 사람이 사라지자 효도는 물 만난 물고기처럼 활약했습니다. 만약 그가 사건의 진짜 범인이라면 모든 일이 그의 계획대로 된 것입니다.

그러나 동기가 있는 사람이 꼭 효도만은 아닙니다. 사랑하는 딸과 손자를 잃은 구와코 씨와 지카코 씨, 그리고 가정부 스미에 씨는 논외로 하더라도 사쿠라 구니오와 당신의 남편 요헤이 씨 두 사람은 당시 제가 몰락하면 이익을 보는 위치에 있었다는 걸 부인할 수 없기

* 나이 일흔일곱 살을 달리 이르는 말.

때문입니다.

이이치로 씨의 사망 후 니레 법무세무사무소의 경영을 둘러싸고 사쿠라가 공공연하게 불만을 토로하고 다녔다는 것은 도코 님도 아실 것입니다.

사건 이후에는 결국 사쿠라와 요헤이 씨 사이에 금이 갔고 끝내 사쿠라가 사무소를 나갔다는 소식은 제 귀에도 들어왔습니다.

성격이 내성적인 편이고 온순하던 요헤이 씨와도 갈라섰을 정도이니 사쿠라가 오래전부터 저를 보며 남몰래 적개심을 불태웠다고 해도 하나도 이상할 게 없겠지요.

그리고 그 얌전한 요헤이 씨 또한 속내는 과연 어땠을까요. 사와코와 도코. 똑같이 니레 집안 딸들과 결혼했지만 이이치로 씨가 한쪽을 편애하는 것은 누가 봐도 명백했고 당사자인 제 눈으로 봐도 심한 면이 있었습니다. 저와는 생판 다른 대접을 받으면서 그 역시 속으로 끙끙 앓지 않았을까요.

그뿐만이 아닙니다. 저희 두 사람이 처음으로 마음을 통한 그날. 당신과 요헤이 씨의 약혼 예물 교환식을 일주일 앞뒀던 그 일요일 늦은 오후를 기억하시나요.

그날 이이치로 씨 부부는 어느 후원자 자녀의 결혼식에 참석하느라 집을 비웠고, 사와코와 스미에 씨도 예물 교환식 준비로 장을 보러 가서 저는 오랜만에 별채 방에서 혼자 조용히 책을 읽고 있었습니다.

"저⋯⋯."

문득 어디선가 나직한 목소리가 들렸습니다.

고개를 드니 오후 햇빛을 받아 환하게 빛나는 장지문 너머 복도에 원피스 차림인 당신의 그림자가 보였지요.

저와 사와코가 쓰는 별채를, 그것도 사와코가 없을 때 찾아온 것을 보니 어지간히 급한 용무라도 생겼나 생각 했습니다.

"도코 씨. 무슨 일이야?"

몸을 일으켜 장지문을 열자 그 앞에는 가냘픈 몸을 바르르 떨며 눈물 고인 눈으로 저를 바라보는 당신이 있었고, 저는 그 모습을 보자마자 당신이 저를 왜 찾아왔는지 이해했습니다.

"예물 교환식 따위 하기 싫어요."

간신히 쥐어짠 당신의 목소리는 어쩌면 당신을 그 누구에게도 보내고 싶지 않다는 저 자신의 영혼의 외침이었을지도 모릅니다.

세 평짜리 그 방은 저와 사와코의 침실 옆 서재로 사실상 제 작업실이었습니다.

사와코는 워낙 활동적이라 평소에도 별채에 얌전히

있을 때가 거의 없었습니다. 데릴사위로 집안에 들어온 제게 그곳은 저택 안에서 가장 마음 편히 쉴 수 있는 장소였죠.

그곳에서 우리는 두 번 다시 돌이킬 수 없는 여로의 첫발을 함께 내디뎠습니다.

언제 떨어질지 모를 위태로운 외줄 타기를 시작한 것입니다.

물론 저희는 매사 신중했고 실제로도 요헤이 씨가 우리의 관계를 완전히 알아채지는 못했을 겁니다. 아무리 온순한 성격이어도 아내와 형님의 불륜을 용인하지는 못했을 테고 알았다면 어느 순간에는 반드시 티를 냈을 것이니까요.

그러나 그의 가슴 깊숙한 곳에 저를 향한 잠재적인 적개심, 또는 본능적인 경계심 같은 게 아에 없었다면 그는 온순하다기보다 아둔하다고 해야 하지 않을까요.

제가 보기에 요헤이 씨는 일부러 아무것도 보지 못한 척하며 스스로 마음의 균형을 잡는 것처럼 보였습니다. 그런 의미에서 저는 요헤이 씨 또한 당시 저를 덫에 빠뜨릴 동기가 충분했다고 보는 것입니다.

한마디로 범행 동기만 따지면 저 말고도 범인이 될 사람이 적어도 세 명이 있었습니다.

그러나 동기가 있다고 해서 범행 기회까지 있었던 것은 아닙니다. 저의 추리가 무르익기도 전에 벽에 가로막힌 이유도 그것이었습니다.

가장 큰 난관은 요시오를 죽인 건 차치하더라도 사와코 살해에 대해서만큼은 효도, 사쿠라, 요헤이 씨 모두 문제의 시간대에는 부엌에 들어가지 않았다. 아니, 부엌에 들어간 흔적이 전무하다는 사실이었지요.

또 만약 그들이 다른 이들의 눈을 피해 몰래 부엌에 들어갔다고 해도 문제의 커피 잔이 사와코 앞에 놓일 것을 어떻게 확신했는가. 그 점도 전혀 설명이 되지 않습니다.

아무리 눈에 띄지 않아도 흠집 있는 잔을 손님 앞에 낼 수는 없다. 사와코의 그런 성격을 잘 아는 저나 같은 주부였던 당신, 또는 지카코 씨라면 모를까 남자들이 그런 세세한 부분까지 신경이 미쳤으리라고는 도무지 생각되지 않기 때문입니다.

또 그걸 떠나 커피 잔 여섯 개 중 하나에 작은 흠집이 있다는 걸 언뜻 보고 알아챌 수나 있었을까요. 범인은 그런 우연을 전부 예측해서 사전에 아비산을 준비했다는 말일까요.

어느 쪽이든 가능성이 현저히 떨어진다고 할 수밖에

없습니다.

그들이 문제의 잔에 미리 흠집을 냈다고 보기도 어렵습니다. 그들은 저택에 살지 않았으니 함부로 식기장 같은 곳에 손을 댔다가는 눈에 띕니다. 더욱이 그날 저택에는 사람이 많았습니다. 다른 이들의 눈을 피해 그런 행동을 하는 건 하늘의 별 따기라고 할 수 있겠지요.

즉, 당시 저를 제외한 다른 세 사람에게는 범행 기회가 없었다고 보는 게 자연스럽고 따라서 그것을 언급했다가는 오히려 범인이 저인 것만 더 확고히 굳히는 꼴이 됩니다. 기시가미와 제가 경찰에 끝내 굴복한 이유가 그것이었습니다.

그러나 한편으로 그날 커피 잔에 독을 넣고 제 재킷 주머니에 독 초콜릿 포장지 조각을 넣은 사람은 분명 존재합니다. 이는 타협의 여지가 없는 틀림없는 사실입니다.

이 모순을 어떻게든 풀어낼 방법이 없을까. 저는 그 문제와 씨름하며 오랜 시간을 보냈습니다. 그리고 고생 끝에 간신히 도달한 결론을 지금부터 말씀드리고자 하는데, 모쪼록 정신이 흐려진 늙은이의 헛소리로 치부되지 않기만을 바랄 뿐입니다.

42년이란 시간은 인간의 모습을 잔인할 정도로 바꿔

버립니다. 지금 세상에 남은 증인 중에 나이가 여든이 넘은 사쿠라는 몇 년 전 뇌경색을 일으켜 현재 집에서 요양 중이라고 들었습니다.

살인죄의 공소 시효는 이미 오래전에 지났고 구와코 씨와 지카코 씨, 스미에 씨, 그리고 요헤이 씨까지 세상을 뜰 때까지 저의 시간은 아직도 그날 그 순간에 멈춰 있습니다.

이제 와서 진실이 밝혀져도 과거를 바꿀 수 없다는 건 압니다. 그럼에도 저는 진실을 밝히지 않고서 이대로는 끝낼 수는 없다는 결론에 이르렀습니다.

그것은 그동안의 제 발상을 뒤집는 것부터 시작됐습니다.

나를 살인범으로 만들어 세상에서 말살하려 한 사람이 있는 건 엄연한 사실인데 정작 현실에서는 사와코를 죽인 범인 후보가 될 사람이 없는 이유가 무엇인가.

그 모순은 말씀드렸다시피 유력 범인 후보인 효도, 사쿠라, 요헤이 씨 모두 그날 독이 든 잔이 사와코 앞에 놓일 것을 예측할 수 없다는 점에서 비롯됐습니다.

그것은 분명 당시 범인의 목적이 사와코를 죽이는 것에 있었다고 생각하면 치명적인 장애가 맞습니다.

그러나 발상을 바꿔 그날 범인은 사와코 한 명만을 표적 삼아 죽이려 한 것이 아니고 커피를 마실 예정이었던 여섯 명 중 누가 독 커피를 마셔도 상관없었다면 어떨까요. 그렇게 가정하면 모든 것이 뿌리부터 뒤집힙니다.

그런 말도 안 되는 이야기가 어디 있느냐고 생각하시나요.

하지만 떠올려 주십시오. 범인의 목표가 저를 덫에 빠뜨리는 것에만 집중됐다면 당시 제 손에 살해될 사람이 반드시 사와코여야 할 이유는 없습니다. 저에게 상대를 죽일 동기만 있으면 충분하니 그런 면에서 보면 범인의 선택은 그야말로 합리적인 것입니다.

그럼 그날 문제의 독 커피 잔을 받아 들 가능성이 있었던 사람이 구체적으로 누굴까요.

평소 커피를 마시지 않는 구와코 씨와 지카코 씨, 어린 요시오를 제외하면 사와코, 도코 님, 효도, 사쿠라, 요헤이 씨, 그리고 저까지 총 여섯 명이 남습니다.

그리고 만약 그날 독이 든 커피를 마신 사람이 사와코가 아닌 도코 님, 바로 당신이었다면 어떨까요.

그럴 경우에도 제가 도코 님을 죽여서 얻을 게 아예 없다고 할 수는 없습니다. 향후 구와코 씨가 세상을 떠나고 당신이 없으면 저와 사와코가 상속받을 재산이 그만큼 늘어나니까요.

또 꼭 도코 님이 아니라 효도, 사쿠라, 요헤이 씨 중에 누가 죽는다고 해도 제게 이익은 있을지언정 손해는 없습니다. 그들은 모두 제 경쟁 상대라고 할 수 있었으니 이 경우에도 가장 먼저 의심받는 사람은 저일 것입니다.

마지막으로 제가 피해자가 될 경우도 상상해 봐야겠지요. 그 역시 그것대로 별문제가 없습니다. 그날 제 재킷 주머니에는 요시오 살해를 암시하는 치명적인 증거가 들어 있었습니다. 니레 가문의 새로운 당주와 향후 후계자가 될 어린 손자의 동반 자살. 동기는 불투명할지언정 범인의 의도대로 잘 풀린 결과라고 할 수 있겠죠.

그러나 이 경우 당연히 범인 앞에도 독 커피 잔이 놓일 가능성이 있습니다. 범인이 문제의 잔에 흠집이 있는 것을 몰랐다면 큰일이고, 만약 알았더라도 앞에 있는 잔에 손을 대지 않으면 자신이 범인이라고 인정하는 꼴이 됩니다.

그렇다면 범인은 어떻게 자신이 독을 마실 리스크를 없앨 수 있었는가. 저를 괴롭힌 두 번째 난제가 바로 그것이었습니다.

그리고 여기서도 과거 판례보다 추리 소설 쪽이 더 도움됐다고 하면 사람들은 어떤 반응을 보일까요. 도코 님은 웃으실지도 모르겠네요.

어쨌든 이번 사건의 범인은 추리 소설에 나오는 것 못지않은 트릭을 실현하려고 한 게 분명하다. 저는 그렇게 직감했습니다. 그리고 결국 그 난문을 푼 계기가 저의 '단것 결핍증' 덕분이었다고 말씀드리면 도코 님도 놀라움을 금치 못하시지 않을까요.

단것 결핍증. 따로 그런 병명이 있는 것은 아닙니다만 교도소에 수감된 이들이라면 대부분 겪는 일종의 금단 증상이라고 해도 무방할 것입니다.

앞에서도 언급한 바 있지만 현재 일본 교도소에서 제공되는 식사는 전과 비교할 수도 없을 만큼 질이 좋고 매일 영양사들이 철저히 식단을 관리한다고 합니다. 따라서 영양소와 열량 전부 수치상으로 충분하다고 할 수 있지만 그래서 수감자들에게 전혀 불만이 없느냐고 물으면 그렇다고 선뜻 대답하지 못하는 게 솔직한 심정일 것입니다.

원래 일본 음식의 맛이 심심한 편이지만 그중에서도 유독 견딜 수 없었던 것이 바로 단것을 향한 갈망이었습니다.

교도소에 있으니 당연할지도 모르지만 어쨌든 그곳에서는 단것을 먹을 기회가 극단적으로 적습니다. 설을 비롯한 공휴일과 운동회 같은 특별한 날에 화과자 같은 게 가끔 나오는 수준이고 평소에는 간식과 디저트류를 접하지 못하죠.

단맛을 향한 강렬한 욕구. 평소 단것을 좋아하는 사람이건 아니건 수형자들 사이에서 '단것 결핍증'은 심각한 문제이고 전에는 출소하면 만사 제쳐 놓고 단팥죽 가게부터 달려간다는 이야기를 들은 적도 있습니다.

물론 저 역시 예외는 아니었습니다. 매일 잠자리에 들 때마다 극심한 허기를 느꼈고 전에 내가 먹은 수많은 음식, 그중에서도 달콤하고도 자극적인 음식이 냄새와 식감을 동반해 뇌리를 스치더군요.

다 큰 남자가 팥소와 크림을 잔뜩 묻히며 먹는 꿈을 꾸는 곳이 교도소입니다. 그러나 제가 꿈에서 맛본 속세의 단맛은 통통한 팥알이 가득 든 단팥죽도 농후한 버터크림이 잔뜩 발린 케이크도 아니었습니다.

무엇이 가장 먹고 싶었느냐. 바로 니레 가문의 특제 간식인 그 수제 고구마 맛탕을 넘어서는 음식은 없었던 것입니다.

노릇노릇하게 튀긴 고구마와 끈적끈적하고 진한 시럽. 고소한 풍미와 달콤한 물엿, 검은깨 향이 혼연일체가 되어 혀와 위장을 그득 채워 주던 그것. 꿈과 현실의 차이에 절망하면서도 제 위장은 뇌를 향해 집요하게 제가 마지막으로 맛탕을 먹은 그날의 잔상을 요구하더군요.

사건이 발생하기 전 제가 부엌에 들어간 사실은 저를 범인으로 만든 결정적인 단서가 됐지만 그때도 싱크대 위에는 고구마 맛탕을 만들 때 쓰는 물엿 유리병이 있었습니다.

젓가락으로 물엿을 휘젓고 허공에 들고 있어도 물엿은 바닥에 잘 떨어지지 않습니다. 그렇듯 보기보다 걸쭉하고 되직하며 점도 높은 액체가 바로 물엿입니다. 위에서 따뜻한 물을 붓는 것 정도로는 잘 녹지 않지만 휘젓다 보면 또 금세 풀어져서 감미료로 활용도가 높지요.

맛탕을 좋아하는 저는 전에도 스미에 씨가 부엌에서 물엿을 휘젓는 모습을 여러 번 구경한 적이 있습니다. 작은 냄비에 물엿을 붓고 물과 간장, 설탕을 넣어 불을 붙이고 조청 빛이 날 때까지 잘 휘젓는다. 이렇게 묘사하는 것만으로도 군침이 돌 지경입니다.

교도소의 딱딱한 바닥 위에서 잠을 설치던 저는 우연히 그 물엿을 떠올렸고 '내가 정말 범인이라면 그때 어떻게 했을까?'를 떠올리다가 문득 기발한 아이디어가 머릿속을 스친 것입니다.

빈 커피 잔 바닥에 아비산 가루를 뿌리고 그 위에 물엿

117

을 살짝 부으면 어떻게 될까. 당연히 물엿이 뚜껑 역할을
하여 아비산 가루가 잔 밑바닥에 찰싹 달라붙겠지요.

그렇다면 범인이 그날 부엌에 있던 여섯 개의 커피 잔
중 무작위로 하나를 골라 그 안에만 독을 집어넣었다면
어떨까요.

잔 바닥과 아비산 가루는 모두 흰색이고 물엿도 원래
는 무색투명하니 당시 백내장을 앓아 눈이 침침하던 스
미에 씨가 알아봤을 리는 없습니다. 스미에 씨는 한 치
의 의심도 없이 모든 잔에 커피를 따랐을 것입니다.

위에서 뜨거운 커피를 붓는 수준으로는 물엿은 녹지
않습니다. 커피는 홍차와 다르게 색도 짙어서 비쳐 보
일 염려도 없지요.

그렇게 여섯 명의 손님 앞에 놓일 커피 잔이 왜건에
실려 식당으로 옮겨져 모든 이들 앞에 놓이게 됩니다.

자, 그럼 범인은 거기서 어떤 행동을 할 것인가. 대답
은 정해져 있습니다.

우선 6분의 5의 확률을 믿고 자신을 제외한 다른 다섯
명 중 한 명에게 비소 중독 증세가 나타나는 순간을 기
다려야 합니다. 아무리 6분의 1의 낮은 확률이라고 해
도 그전까지 커피 잔을 비워서는 안 됩니다.

아비산은 청산가리 같은 맹독과 다릅니다. 증상이 나

타나기까지 일러도 몇 분, 경우에 따라서는 수십 분이 걸리는 상황도 고려해야 합니다.

그렇다면 주변의 의심을 사지 않고 자연스럽게 시간을 벌려면 어떡해야 하는가. 그러려면 커피에 설탕과 크림을 넣거나 스푼 등으로 커피를 휘젓지 않고 블랙 그대로 커피를 조금씩 홀짝이는 게 제일이겠죠.

이후 시간이 흘러도 다른 다섯 사람에게 이변이 일어나지 않고 자신의 잔 밑바닥에서 물엿 덩어리가 나타나면 계획은 실패입니다. 어떤 구실을 들어 곧장 잔을 세척해야 합니다. 반대로 누군가가 갑자기 구역질을 하면 대성공입니다. 그때는 시치미를 떼며 잔에 남은 커피를 다 마시면 그만입니다.

자, 이제는 도코 님도 감을 잡으셨겠지요.

그날 그 자리에 있던 여섯 명 중에 커피를 블랙으로 홀짝인 사람은 한 명밖에 없습니다. 네, 바로 효도입니다. 그를 제외한 다섯 사람은 커피에 크림과 각설탕을 잔뜩 넣고 스푼으로 휘저어 망설임 없이 잔을 비웠습니다.

범인은 효도가 분명하다. 저는 흥분한 나머지 철창 안에서 모포를 뒤집어쓴 채 몸을 부르르 떨었습니다.

이 계획의 훌륭한 점은 뭐니 뭐니 해도 범행의 소도구로 물엿을 쓴 점이겠지요. 살인 사건, 게다가 독살이라면 필연적으로 피해자의 위장 상태를 검사하게 되는데 이 물엿은 차에 곁들인 고구마 맛탕의 재료이기도 합니다. 효도는 평소에도 주도면밀했으니 부검 결과 시신에서 물엿 성분이 나와도 별문제가 될 수 없음을 처음부터 계산하지 않았을까요.

그러나 효도 범인설에 아예 문제가 없는 것은 아닙니다. 무엇보다 그날 효도가 부엌에 들어갔다는 흔적이 없고 그것은 용의자 명단에서 그가 제외된 가장 큰 이유이기도 하죠.

하지만 잘 생각해 보십시오. 그날 효도가 부엌에 가는 것이 과연 범행에 꼭 필요한 조건이었을까요?

곰곰이 사고의 폭을 넓히는 동안 저는 문득 부엌에서 오렌지주스를 마시던 요시오를 만난 기억을 떠올렸습니다.

몰래 주스를 마시다가 들킨 요시오는 놀라서 주스를 흘리고 말았는데, 제가 그곳에 나타나기 전까지 요시오가 부엌에 혼자 있었다는 점. 그리고 그때 싱크대 위에 빈 커피 잔 여섯 개와 물엿 병이 있었다는 점을 조합하면 완전히 새로운 가설도 성립한다는 것을 저는 깨달았습니다.

효도는 제 발로 부엌에 가서 잔에 독을 넣은 게 아니

라 요시오를 보내서 그 일을 대신 시킨 게 아닐까.

그리고 요시오는 스미에 씨가 잠깐 부엌을 나간 사이 효도에게 지시받은 대로 커피 잔에 아비산과 물엿을 이용해 트랩을 만들었고 이후 부엌에 제가 불쑥 나타나자 당황한 나머지 주스를 흘린 게 아닐까.

초등학교 4학년인 요시오에게 그리 어려운 일은 아니었습니다. 더욱이 지시한 사람은 사실상 아버지라 할 수 있는 효도입니다. 요시오에게 거부할 권리는 없었던 거나 마찬가지 아닐까요.

그렇다면 요시오가 그 직후 독이 든 초콜릿을 먹고 사망한 것 또한 그전까지와 전혀 다르게 해석할 수 있습니다.

요시오를 살려 두는 건 효도에게 중대한 위협이 됩니다. 그리고 위협의 씨앗은 싹 틔우기 전에 잘라 버리는 게 상책이죠. 그렇습니다. 입막음. 요시오는 틀림없이 입막음 때문에 살해된 것입니다.

제 추측이 어떤가요. 물론 이 역시 하나의 가설에 불과합니다. 그러나 저는 이보다 더 신빙성 있는 가설은 없는 것 같네요.

그러나 이것만으로 효도를 범인으로 몰아붙일 수는 없습니다.

가설을 뒷받침할 증거가 없거니와 그렇다면 효도는 대체 언제, 어떻게 제 재킷 주머니에 은박지 조각을 몰래 집어넣었는가. 그 의문의 해답을 찾을 수 없기 때문입니다.

도코 님. 이제는 아시겠나요.

제가 도코 님께 이 편지를 보내기로 마음먹은 건 다른 이유가 아닙니다. 총명한 당신이라면 제가 간과한 사실을 파악해 다른 사람들은 상상도 못 할 추리를 들려주시지 않을까. 그렇게 추리의 미궁에서 저를 구해 주시지 않을까.

또 한 명의 저 자신의 속삭임에 저는 귀를 기울이기로 했습니다.

자, 이제 그만 펜을 내려놓을 때가 된 것 같습니다.

길고 지루한 글을 읽어 주셔서 감사합니다. 모쪼록 도코 님께 저의 진심이 전해져 의문이 해소되기를 바랍니다.

그러나 물론 답장이 없어도 제가 도코 님을 원망하지는 않을 것입니다.

저는 40년 전 세상에서 되살아난 망령입니다. 본의 아니게 이 편지로 인해 도코 님의 평온한 일상에 조금의 균열이라도 생겼다면 그저 송구스러울 따름입니다.

경애하는 도코 님.

부디 앞으로도 오래오래 행복하시길, 그리고 몸 건강히 지내시기를 기원합니다.

저의 남은 바람은 오직 그뿐입니다.

2008년 10월 10일
니레 하루시게 드림

신 — 도코가
서 하루시게에게

하루시게 넘게

니레 저택의 커다란 우편함 속에서 정갈한 블루블랙 잉크의 글씨가 적힌 편지 봉투를 처음 발견했을 때의 제 심정을 어떻게 표현해야 할까요.

제가 잘못 볼 리 만무한 형부의 글씨체. 평소 애용하시던 몽블랑 굵은 글씨용 만년필로 쓴 글씨가 틀림없었지요.

하루시게 형부. 형부는 정말 세상에 돌아오셨군요.

가석방. 이 세 글자가 현실로 실현되는 날을 어찌 상

상이나 할 수 있었을까요. 느닷없이 들이닥치는 파도 같은 환희에 편지 봉투를 손에 들고 잠시 넋이 나간 채 우두커니 서 있었습니다.

돌이켜보면 참으로 영겁 같은 시간이었습니다.

어느 날 돌연 용궁성이 아닌 교도소에서 돌아온 우라시마 다로. 하루시게 님은 자신을 전래 동화 주인공에 빗대셨지만 그동안 속세에서 단절된 사람이 하루시게 님만은 아닙니다.

비록 까마득한 담벼락에 둘러싸여 있지는 않았지만 저 역시 오늘날까지 엷은 빛줄기 하나 비치지 않는 마음의 감옥에서 살아왔습니다.

평생 잊을 수 없는 그날의 사건을 기점으로 저희 가족을 둘러싼 상황이 급변한 것은 굳이 말씀드리지 않아도 될 것입니다. 그러나 니레 가문을 덮친 충격은 그것으로 그치지 않았습니다. 하루시게 님도 들으신 대로 사건 이후 제 주변에서는 가족 친지들이 한 명, 또 한 명 세상을 떠났지요.

남편 요헤이가 세상을 떠난 것은 당신의 재판이 끝나고 일곱 달이 흘렀을 때였습니다.

빌딩 2층 사무소의 그 가파른 계단에서 발을 헛디뎠을까요. 1층까지 굴러 떨어진 추락 사고. 한밤중에 일어난 일이라 목격자가 없었고 건물 관리인이 쓰러진 남편을 발견했을 때는 이미 몸이 차갑게 식어 있었다고 합니다.

밤 11시 무렵이었다고 하니 사고는 아마 그 직전에 일어났을 것이고 한때는 '관리인이 조금만 더 일찍 현장에 갔더라면……' 하고 원망하기도 했지만 목뼈 골절로 인한 즉사에 가까워 어차피 결과는 같았을지도 모릅니다.

경찰의 연락을 받고 병원에 달려갔을 때 그는 이미 죽은 자의 얼굴을 하고 있었습니다.

솔직히 말씀드리면 사고 전부터 니레 법무세무사무소를 둘러싼 상황은 순조롭지 않았습니다.

인간적인 평가를 떠나서 베테랑 변호사로 이름을 날리던 아버님과 성실한 업무 처리로 평판이 높았던 하루시게 형부. 그런 두 분이 사라지고 나서도 의뢰인이 예전처럼 줄을 설 만큼 세상은 만만하지 않으니까요.

아무리 성실하다고 해도 대뜸 명문 사무소의 간판을 혼자 짊어지는 건 역시 남편에게 너무 큰 부담이었을지 모릅니다. 거기에 사쿠라 씨와의 갈등까지 겹치며 글자 그대로 내우외환을 겪던 남편은 매일 밤늦게까지 사무소에 남아 일했지만 집에 돌아온 뒤에도 좀처럼 잠들지 못하는 날이 많았지요.

경찰은 결국 사건성이 없다면서 남편의 시신을 부검 없이 집으로 돌려보냈습니다. 끝까지 볕이 들지 않은 삶이었다고 해야 할까요. 니레 저택 사건 이후에는 사람들의 인식도 달라져서 아버님 때와는 비할 수도 없이 쓸쓸한 장례식을 치르게 되었습니다.

하루시게 님께만 말씀드리는 이야기지만 당시 남편이 심한 노이로제를 앓고 있었던 것은 확실합니다. 그러니 속으로는 그럴 리 없다고 믿지만, 만약 그날의 일이 사고가 아닌 자살이었다면……. 남편 역시 니레 저택 사건의 피해자라고 할 수 있지 않을까요.

남편을 잃은 저는 구청에 가족 관계 종료 신고서를 제출해 오가 집안과 인연을 끊고 예전 니레 성으로 돌아가기로 했습니다. 세간에서 말하는 이른바 '사후 이혼'이라는 것으로 다소 늦기는 했어도 예전 니레 도쿄로 돌아가게 된 것입니다.

하루시게 님 앞에서는 공자 앞에서 문자 쓰는 격이지만 사후 이혼은 진짜 이혼이 아닙니다. 처음부터 결혼을 없었던 것으로 하지 못하는 것은 물론 지금도 제가 오가 요헤이의 미망인이라는 사실은 세상이 뒤집혀도 바꿀 수 없습니다. 저도 잘 압니다.

그래도 제가 집으로 돌아가자 어머님은 안도하시는

것처럼 보였습니다. 누가 뭐래도 어머님은 당신 대에서 니레 가문이 사라지는 상황을 가슴 아파하셨기 때문입니다. 불행한 만년을 보낸 어머님께 자식으로서 최소한의 도리를 했다고 할 수 있을까요.

시간이 지나 어머님과 지카코 새언니, 그리고 오랫동안 저택 집안일을 도맡아 온 스미에 씨가 차례차례 세상을 떠났고 이제는 저 혼자 남았습니다.

지금은 그때와 시대도 바뀌어 이 후쿠미시에서도 니레 가문을 모르는 젊은이가 많겠지요.

이제는 대가 끊기는 것을 사람들이 신경 쓰지도 않지만 어쨌든 니레 가문은 틀림없이 나를 마지막으로 끝나게 될 것이다. 그렇게 혼자 각오를 다지고 있던 와중에 돌연 하루시게 형부의 편지를 받은 것입니다.

제가 하루시게 님을 얼마나 사랑했는지, 그리고 당신이 느닷없이 제 손길이 닿지 않는 먼 곳으로 떠난 다음부터 제가 어떤 심정으로 오늘날까지 살아왔는지는 이루 말로 표현할 수도 없습니다.

당신은 이별의 인사는커녕 한마디 말도 없이 제 앞에서 홀연히 모습을 감추었습니다. 지금으로부터 무려 42년 전입니다.

그날 이후 제 삶은 말 그대로 생지옥이었다 해도 과언이 아닐 것입니다. 여러 번 당신을 찾아가 접촉을 시도해도 감감무소식. 심지어 변호인인 기시가미 선생님은 당신이 앞으로 니레 집안사람들과 연을 끊겠다고 결연하게 선언했다고 하셨죠.

당사자의 결연한 의지. 그렇다면 제게는 더 이상 방법이 없다는 뜻이죠. 경찰과 구치소를 찾아가 양해를 구하고 정 안 되면 바짓가랑이라도 붙들고 애원하고 싶었지만 그전까지 경찰서 문 앞에도 가 보지 못한 제가 뭘 어떻게 할 수 있었을까요. 남편과 상의해도 그 일과는 엮이고 싶지 않다며 회피할 뿐이었습니다.

사방이 벽으로 가로막혔다는 말이 정확히 그때 제가 처한 상황을 뜻할 것입니다. 어떻게든 당신의 힘이 돼주고 싶지만 저 혼자서는 할 수 있는 일이 아무것도 없었죠. 결국 저는 두 손 놓고 재판의 향방만을 지켜볼 수밖에 없었습니다.

그리고 당신의 무기 징역형이 확정됐던 최종심 선고일. 사형 관결을 면했다는 사실에 무릎이 풀릴 만큼 안도하기는 했지만 이제는 두 번 다시 당신을 만날 수 없다……. 저 자신이 죽음을 선고받은 것보다 괴로웠던 그날 이후 벌써 40년 넘는 시간이 흐르고 말았습니다.

하루시게 님 스스로 죄를 인정했다고 하지만 그래도 어쩌면, 혹시나 무죄가 나올 수도 있지 않을까. 지푸라기 잡는 심정으로 몰래 가슴에 품고 있던 기대가 절망으로 바뀌어 버린 순간은 지금 다시 떠올려도 가슴이 미어지네요.

그러나 하루시게 님. 당신은 역시 청렴결백하셨군요.

확실히 말씀드리지요. 저는 죄가 없습니다.

편지글에서 단언하신 그 한마디를 제가 얼마나 기다리고 기다렸는지 하루시게 님은 상상도 못 할 것입니다.

당신은 이렇게도 쓰셨습니다.

그리고 도코 님. 실은 도코 님도 제가 무죄인 것을 알고 계실 것입니다.

네. 그 말씀이 맞습니다. 저는 처음부터, 그리고 앞으로도 영원히 당신이 무죄인 걸 알지요.

맹목적인 믿음이 아닙니다. 정말로 아는 것입니다.

그러지 않았다면 친언니를 죽인 것으로 모자라 어린 조카까지 살해한 무서운 살인범을 지금껏 변함없이 사랑할 수 있을까요.

하루시게 님이 말씀하신 것처럼 그때 저희는 영원한 사랑을 맹세한 지 얼마 안 됐었습니다. 그렇게 성급하게 당신이 사와코 언니를 세상에서 없앨 이유가 전혀 없었던 것입니다.

물론 저희에게 언니의 존재가 문제되지 않았다고 하면 거짓말이겠지요.

왜냐하면 사와코 언니만 없으면, 아니 그보다 언니가 첫 결혼 때 아이를 한 명이라도 낳았다면 애초에 우리가 불행해질 일도 없었을 테니까요.

당신도 아시다시피 제 아버지는 딸자식들을 필요할 때 언제든 꺼내 쓸 수 있는 화투패 정도로 생각하는 분이었습니다.

남자가 아니면 같은 사람으로 동등하게 보지 않았고 여자의 인권은커녕 인격도 인정하지 않는 분이었죠. 자기 피를 물려받은 딸에게조차 그럴 정도이니 다른 남자의 아내에게는 오죽했을지 짐작하시겠지요.

그런 절대 권력자가 군림하는 니레 저택 안에서 저희 자매는 늘 아버지의 안색을 살피며 살 수밖에 없었습니다.

아버지가 그나마 애정을 준 상대라면 자랑스러운 외

동아들 이쿠오 오빠를 꼽을 것이고 그 밖에는 어린 손자 요시오 아니었을까요. 오빠가 죽자 아버지는 요시오를 니레 집안의 정식 후계자로 만드는 것을 인생 목표로 삼았으리라 저는 추측합니다.

사와코 언니의 첫 번째 결혼 상대는 아버지의 정치 동료인 시의회 의원이었습니다.

듣기로는 상대 집안도 니레 집안 못지않은 명문가였다고 하는데 그렇다면 구시대적 남존여비 사상이 밑바탕에 깔리는 게 당연한 시대였습니다. 결혼하고 5년이 될 때까지 아이를 낳지 못한 언니에게는 돌계집* 낙인이 찍히고 말았죠. 시댁에서의 삶이 가시방석 같았을 것은 상상하기 어렵지 않습니다.

이혼의 직접적인 계기는 남편이 바람을 피운 것으로 모자라 아이까지 만든 일 때문이었지만 만약 본처 사이에 자식이 있다면 아무리 그런 시대였어도 그리 쉽게 내쫓지는 못하지 않았을까요. 그런 상황이 펼쳐지게 된 근간에는 시집간 지 3년이 되도록 아이를 낳지 못하면 떠나야 한다는 옛 고정관념이 뿌리 깊게 박혀 있었을

* 아이를 낳지 못하는 여자를 낮잡아 이르던 옛말.

것입니다.

　시부모에게 당분간 친정에 가 있으라는 말을 듣고 기
뻐하며 한달음에 집에 돌아온 언니는, 나중에 자기 소
지품이 가득 담긴 상자가 도착한 것을 보며 경악을 감
추지 못했지요. 집안 어른들 사이에서는 어떤 이야기가
있었겠지만 결국 남편에게서는 끝까지 사과 한마디 듣
지 못했습니다.

　이 세상에 생활력이 없는 여자만큼 서글픈 존재가 있
을까요.

　아무리 훌륭한 집안의 귀한 아가씨도 그 집안 딸일 때
나 그렇고 초혼이 아니면 결혼 시장에서의 가치도 땅에
떨어지기 마련입니다. 혼기가 지난 여자가 노처녀니 올
드미스 같은 소리를 들으며 조롱당한다지만 당시 결혼
에 실패해 집에 돌아온 여자에게 가해지는 압박은 차원
이 다른 것이었습니다.

　게다가 사와코 언니를 부잣집 귀한 딸에서 한순간에
아이를 못 낳는 돌계집으로 만든 건 비단 시가 쪽 사람
들만이 아니었습니다. 친아버지조차 아이를 낳지 못하
는 딸에게는 일고의 가치도 없다고 생각했으니 오죽했
을까요.

　아니, 그럴 리 없다. 그 증거로 장인은 딸을 나와 다시

136

맺어 주지 않았는가. 어쩌면 하루시게 님은 그렇게 반론하실지도 모르겠네요.

네. 분명 그렇게 생각하실 수 있습니다. 눈에 넣어도 아프지 않을 친아들을 먼저 떠나보낸 아버지는 그 대신 미래를 촉망받는 하루시게 님을 집안에 들이는 데 성공했지요.

물론 그때는 니레 집안의 큰딸로서 언니도 존재감을 보였지만 과연 그것이 언니가 아버지에게 인정받은 증거라 할 수 있을까요. 의심스러운 게 사실입니다.

아버지의 진짜 목적은 엘리트 변호사인 당신을 니레 집안에 들여 우월한 유전자를 확보하는 게 아니었습니다. 실상은 오히려 그 반대로 언니가 아이를 낳지 못하는 것을 알게 되자 비로소 안심하고 당신을 데릴사위로 들인 거라고 말씀드리면 지나친 억측이라며 저를 비난하시려나요.

아버지는 피도 눈물도 없는 사람이었습니다. 아버지에게 하루시게 님은 요시오가 다 자랄 때까지만 집안을 끌고 갈 중간자, 즉 언제든 쓰고 버릴 도구였던 것입니다. 형부와 언니의 결혼이 요시오의 양자 결연과 한 세트였다는 점이 그 가장 큰 증거 아닐까요.

오빠가 그렇게만 되지 않았어도 언니는 분명 요헤이

와 결혼했을 겁니다.

　나이든 조건이든 언니의 맞상대로 제 남편만 한 적임
자는 없었기 때문입니다. 그러나 운명은 얄궂고 제게는
잔인하기까지 했습니다.

　당신을 손에 넣고자 언니를 이용한 아버지는 그 대신
결혼 적령기를 맞이한 저를 요헤이에게 보내기로 한 것
입니다.

　만에 하나에 대비하는 계획. 평범한 집안에 보좌관
출신이라 데릴사위도 되지 못한 요헤이와 니레 집안의
차녀인 저는 아버지에게 차선책, 즉 매달 비용도 나가
지 않는 보험이었던 것입니다.

　똑같은 집안의 딸인데 큰딸과 둘째 딸을 이렇게 차별
할 수 있는 걸까. 언니 잘못이 아닌 걸 알면서도 저도 모
르게 미워하는 감정이 고개를 든 것이 사실입니다.

　그래도 결국 제가 요헤이와의 결혼을 받아들인 것은
다른 이유가 아니었습니다. 조금이라도 하루시게 님 옆
에 가까이 있고 싶다. 오로지 그 일념 때문이었다는 것
을 하루시게 님도 전혀 모르시지는 않겠지요.

　이제 와서 말씀드리기도 새삼스럽지만, 저희 두 사람
은 처음 만난 순간부터 서로를 운명의 상대라고 느꼈습
니다.

그런 본심을 꼭꼭 숨긴 채 사랑을 지켜 가는 것이 얼마나 위태롭고 슬픈 일인지 겪어 보지 않은 분들은 상상도 못 할 것입니다. 지금 다시 떠올려도 가슴이 턱 막히네요. 가족의 생살여탈권을 쥐고 흔드는 거대한 그림자를 저희는 항상 두려워했습니다.

그러나 사람 인생은 역시 한 치 앞을 알 수 없습니다. 그런 아버지의 예상 못 한 급사로 가족을 둘러싼 상황이 크게 출렁이기 시작했죠. 새로운 당주가 여는 새로운 시대. 하루시게 형부가 니레 가문을 대표하는 사람으로 우뚝 서게 된 것입니다.

그렇게 된 마당에 뭐가 두려울 게 있을까요. 저희의 마음은 깃털처럼 가벼워졌고 마음의 여유는 심경 변화를 불러왔습니다. 그동안 가슴에 쌓인 수많은 원한과 상처가 아침 햇살에 녹아들 듯 사르르 사라져 간 것입니다.

그런 상황에서 그 누구보다 이성적이고 인내심이 강한 당신이 왜 아내인 사와코 언니를 죽인다는 말인가요. 제가 하루시게 님의 무죄를 안다는 것은 다시 말해 그런 뜻입니다.

그래서 당신이 경찰에 체포된 후 저를 가장 괴롭힌 것은 당신에 대한 의혹이 아니었습니다.

하루시게 님은 왜 한마디 상의 없이 자수를 택했을까. 그리고 왜 나를 만나기를 한사코 거부하며 면회실에 나타나지 않을까. 수없이 묻고 물어도 해답이 나오지 않는 이 의문이야말로 저를 끝 모를 우울의 바다로 떨어뜨린 원흉이었습니다.

하루시게 님은 편지에서 그 이유를 언급하셨지요.

그 모든 게 저를 지킬 의도였다는 것. 만약 우리 관계가 세상에 드러나면 저 역시 무사하지 못할 거라고 생각했다고 하셨습니다.

그 배려를 제가 이해 못 하는 것은 아닙니다.

분명 남자로서도 옳은 선택을 했다고 할 수 있겠지요. 그것을 부인하고 싶지도 않습니다. 그러나 당시 저는 혼자 속세에 남겨지는 것보다 오히려 둘이 함께 감옥에 갇히는 게 낫다. 그런 생각이 머릿속을 뱅글뱅글 돌면서 제 마음을 계속 흐트러뜨렸습니다.

설마 피부가 타들어 가는 한여름 땡볕을, 살을 에는 지독한 한겨울 추위를 당신이 교도소에서 힘들게 버티는 동안 저는 뻔뻔하게 에어컨과 난방이 들어오는 방에서 혼자 편안히 지냈을 거라고 생각하시나요? 아뇨. 차라리 이대로 죽어 버리고 싶다는 생각을 몇 번이나 했는지 모릅니다.

그래도 제가 지금껏 버틴 것은 언젠가 하루시게 님을 다시 만날 날이 반드시 올 것이다. 그리고 내 눈과 귀로 당신의 진심을 직접 접하지 않는 한 죽어도 죽는 게 아니다. 그런 의지가 제 가슴에 있었기 때문입니다.

하지만 이런 말을 이제 와서 주절주절 늘어놔야 무슨 소용 있을까요. 본론에 들어가기 앞서 감정에 치우친 나머지 쓸데없는 말이 너무 길어진 것 같습니다.

하루시게 님은 편지를 통해 차마 잊을 수 없는 42년 전 그 사건에 대해 저의 의견을 구하셨습니다. 누가 뭘 위해, 그리고 어떻게 그 살인 사건을 일으켰는지를 궁금해하셨습니다.

저 역시 바라지 마지않던 일입니다. 왜냐하면 그 문제의 해답을 구하던 사람은 비단 하루시게 님만은 아니었으니까요. 기나긴 세월 동안 끝없이 도전한 그 난문을 저 역시 지금 이렇게 함께 풀게 될 날이 올 줄은 꿈에도 몰랐습니다.

하루시게 님처럼 과연 나도 내 생각을 글로 잘 전할 수 있을까. 자신은 없지만 그래도 최선을 다해 지금부터 당신의 질문에 답해 드리고자 합니다.

제가 하루시게 님을 추리의 미궁에서 구한다. 만약

진심으로 그것을 기대하고 계신다면 과대평가이자 지나친 바람입니다.

시간은 잔인할 정도로 인간을 바꿔 놓습니다. 지금 저는 세상에 홀로 남은 고독한 노파에 불과하지요. 호기심과 의욕이 넘치던 젊고 풋풋한 여자는 이제 어디에도 없습니다.

세상과의 접점은 기껏해야 텔레비전과 신문뿐. 심지어 휴대 전화와 컴퓨터도 없다고 하면 하루시게 님은 "그럼 죄수와 다를 게 없잖은가" 하고 쓴웃음을 지으시려나요.

당시 제가 추리 소설에 푹 빠져서 끼니를 거르며 책을 탐독했던 것을 하루시게 님도 기억하고 계셨군요.

에르큘 푸아로, 드루리 레인, 파일로 밴스. 이 얼마나 그립고 반가운 이름들인가요. 다시 언급하는 것만으로도 그 시절의 흥분이 되살아나는 것 같습니다.

설마 이성적이고 지극히 현실주의자였던 당신이 어느새 저 못지않은 추리 소설 마니아가 되셨을 줄이야. 솔직히 말씀드려 요즘 들어서 이렇게 놀랐던 일이 없었던 것 같네요.

허구의 이야기 속에 담긴 유연하고도 자유로운 발상이 법조인의 굳은 머리를 일깨운다. 예전의 당신이었다면 수긍하기 어렵지 않았을까요.

둘 사이의 거리가 조금은 더 줄어들었다는 기쁨, 그리고 당신을 그런 상황으로 몰고 간 가혹한 현실을 향한 분노. 편지를 읽는 동안 저는 두 가지 상반된 감정을 오가며 차오르는 눈물을 막을 수가 없었습니다.

그건 그렇고, 이 얼마나 대담한 발상인가요.

효도 유타카 씨. 지금은 성을 바꿔 니레 유타카가 됐지만 그 효도 씨가 사와코 언니와 요시오를 죽인 범인이라니요.

완성도 높은 가설이지만 하루시게 님의 추리가 대단한 점은 그뿐만이 아닙니다.

여섯 개의 커피 잔 중 하나에만 아비산을 넣고 자신은 독이 든 커피를 마시지 않을 방법을 고안해 냅니다. 물엿을 활용한 그 참신한 아이디어는 정말 경탄스러울 정도입니다.

저도 생생히 기억하고 있습니다. 그때 효도 씨는 분명 커피를 블랙으로, 그것도 조금씩 홀짝이면서 마신 사실을요. 다른 사람들은 모두 크림과 설탕을 듬뿍 넣어서 더 인상에 남았을 거라 생각합니다.

당신 말처럼 그 물엿이 고구마 맛탕에 빼놓을 수 없는 재료인 점도 이 트릭의 우수한 점으로 꼽을 수 있겠지요.

그때 허기진 우리는 접시에 담겨 나온 막 만든 따뜻한 맛탕을 앞다투어 집어먹었습니다. 커피에 물엿이 약간 들어 있었어도 맛탕의 진한 맛 때문에 묻혔을 게 분명합니다.

효도 씨가 의심스럽다. 그렇게 생각하실 정도로 그분이 평소에 빈틈없고 약삭빠른 면이 있었던 것도 사실입니다.

게다가 당시 효도 씨가 지카코 언니와 사실혼 관계였던 것은 어디까지나 아버지의 강요 때문이지 두 사람이 원했던 것도 아닙니다.

그렇다면 효도 씨는 그런 인신 공양 제물 같은 상태에 만족하며 살았을까요. 효도 씨의 평소 성격을 아는 사람이면 섣불리 그렇게 결론 내리지 않을 것입니다. 아니, 오히려 저는 처음부터 효도 씨가 그런 상황을 스스로 바란 측면이 없잖아 있다고 추측하고 있습니다.

아시다시피 제 아버지는 집안의 독재 군주였습니다. 요시오가 다 자라서 변호사가 될 때까지만 써먹으려고 하루시게 님을 집에 들인 것처럼, 요시오가 시의원에 나가기 전까지 대타로 효도를 활용하는 것이 아버지의 전략이었던 것입니다.

직접 주선했으면서도 효도 씨와 지카코 언니를 정식

혼인시키지 않은 것은 첫째로 지카코 언니를 끝까지 니레 집안의 며느리로 남기기 위해. 둘째로 두 사람을 결혼시키면 사와코 언니와 달리 지카코 새언니가 효도 씨의 아이를 낳을 가능성이 있어서 아닐까. 저는 그렇게 생각합니다.

그런 아버지의 속셈을 머리 좋은 효도 씨가 알아차리지 못했을 리 없습니다. 아무리 충성심이 강한 보좌관이어도 할 수 있는 게 있고 없는 게 있겠죠.

그럼에도 효도 씨가 군말 없이 아버지의 지시에 따른 건 평소 옆에서 늘 아버지를 지켜본 만큼 아버지의 건강 악화, 정확히 말해 니레 이이치로의 시대도 앞으로 그리 오래가지 않을 거라 미리 계산한 결과 아니었을까요.

고혈압과 당뇨병, 비만 같은 대사 질환을 앓는 중년 남성이 골프장에서 돌연사했다는 뉴스가 종종 나오는데 제 아버지가 정확히 그랬습니다.

과로와 수면 부족은 일상이고 특히 플레이 중에 흡연과 알코올 섭취는 몹시 위험하다고 하는데도 그런 것을 즐기는 아버지를 과연 효도 씨는 옆에서 잘 보살피며 신경 썼을까요. 아니, 신경은커녕 효도 씨가 의도적으로 아버지의 건강상 위험을 더 부채질했을 가능성이 없다고 단언할 수 있을까요.

하루시게 님도 편지에 쓰셨듯 아버지가 돌아가시기를 기다린 것처럼 그 후 효도 씨는 지카코 언니와 결혼 수속을 마쳤습니다. 성도 아내 성을 선택해 니레 가문에 정식으로 들어온 것입니다.

그러다가 몇 년 후 결국 이혼한 것, 그리고 이혼 후에도 계속 니레 성을 버리지 않고 쓰는 것 또한 전부 계획된 행동 아니었을까 의심스러운 게 사실입니다.

지카코 언니는 그런 효도 씨를 보고도 그냥 내버려 둔 것 같습니다. 산전수전 다 겪은 정치인 보좌관에게 이이치로라는 뒷배가 사라진 니레 집안 미망인이 무슨 쓸모가 있을까요. 망나니짓을 해도 양심의 가책을 못 느꼈겠지요.

시어머니는 물론 시누이인 사와코 언니와 저도 지카코 새언니와 사이가 좋았다고 할 수 없지만 그래도 같은 여자로서 새언니를 보다 보면 늘 안타까운 면이 있었습니다.

지카코 언니의 인생에서 조금이라도 행운이라 할 만한 게 있다면 비록 함께한 기간은 짧을지라도 이쿠오 오빠와 결혼한 것일지도 모릅니다. 여동생인 제 눈으로 봐도 오빠는 매력 넘치는 남자였으니까요.

그러나 그 결과 니레 집안에 며느리로 들어온 건 언니

에게 불행 그 자체였습니다.

오빠가 죽자 아버지는 홀로 남은 며느리가 평생 굶어 죽지 않도록 지원은 해 줬지만 물론 대가 없는 무상 원조는 아니었습니다.

집안 가장인 내게 절대복종할 것. 가부장제가 뿌리 깊은 시절이었으니 당연하다고 해도 아버지는 오래전부터 호색한으로 유명한 분이었습니다. 한때는 아들의 여자였지만 지금은 홀로 남은 젊은 과부에게 마음이 동하지 않았을까요. 지카코 언니가 머지않아 아버지의 먹잇감으로 전락할 것이 제 눈에는 뻔히 보였습니다.

실제로 손자를 보러 간다는 구실로 아버지가 가끔 언니의 집을 찾는다는 건 가족 사이의 공공연한 비밀이었지요.

또 당시 일본은 일정한 사회적 지위를 갖춘 남자가 본처 외에 '2호'라 불리는 애인을 두는 게 당연시되는 사회였습니다. 여자를 밝히는 건 남자의 어쩔 수 없는 본능이라는 식으로 합리화되고는 했는데 그때는 상대가 상대인 만큼 아버지도 마냥 떳떳할 수는 없었겠죠.

저는 남편의 상중에 지카코 언니가 새로 산 듯한 드레스를 입은 모습을 여러 번 봤고, 요시오를 데리고 백화점 옥상에 다녀왔다는 아버지 몸에서 막 목욕을 마치고 온 듯한 향기가 풍긴 적도 한두 번이 아닙니다.

그런 자신의 운명을 당사자는 과연 어떻게 생각했을까요. 제삼자는 알 수 없겠지만 그래도 지카코 언니가설마 스스로 원해서 늙은 시아버지를 받아들였을 리는 없을 것입니다.

처음에는 아마 거의 강간과 다를 바 없는 행위가 벌어졌을 것이고 이후 시간이 갈수록 차츰 이것이 내 숙명이라는 식으로 담담히 수용하지 않았을까요.

실제로 새언니가 아버지에게 저항 한 번 제대로 했을지 의심스러운 게 솔직한 제 심정입니다.

돌이켜보면 지카코 언니에게서는 처음부터 그런 체념비슷한 정서가 짙게 느껴졌습니다. 오직 안정된 삶과 아들의 미래만이 삶의 전부인 것처럼 보였죠. 그 밖의 다른 것은 언니에게 한마디로 사소한 일 아니었을까요.

그나저나 무슨 이야기를 하다가 여기까지 온 걸까요. 저도 모르게 쓸데없는 말들을 늘어놓다가 이야기가 다른 곳으로 새고 말았네요.

그렇습니다. 효도 씨는 빈틈없고 약삭빠른 사람이었다. 하루시게 님이 제시한 효도 씨 범인설을 검토하면서 저는 그렇게 말씀드렸지요.

의심의 여지가 없습니다. 또 효도 씨는 빈틈없는 동

시에 참을성이 남다른 사람이기도 했습니다. 그러지 않았다면 아무리 상관의 지시라 해도 아버지가 품었을 여자를 그렇게 유유낙낙 받아들이지도 않았을 테니까요.

그런 효도 씨라면 아마 눈 하나 깜짝하지 않고 요시오를 죽였을 수도 있습니다. 더욱이 하루시게 님을 함정에 빠뜨리는 것 정도는 식은 죽 먹기 아니었을까요.

범인은 그날 식당에서 커피를 마신 여섯 명 중 누구 앞에 독이 든 잔이 놓여도 상관없었다. 하루시게 님이 설명한 주도면밀하고도 냉철한 범인상은 제가 효도 씨에게 받은 이미지와도 정확히 겹칩니다.

효도 씨라면 할 수 있었을 것이다. 아니, 효도 씨 말고 누가 그런 대담한 트릭을 실행할 수 있을까.

그러나 거기까지는 하루시게 님과 의견이 일치하지만, 문제는 그다음부터입니다. 그렇다면 범인이 정말 효도 씨가 확실한가. 누가 제게 그렇게 물으면 주저 없이 고개를 끄덕이지 못할 부분이 있는 것도 사실입니다.

하루시게 님도 인정하셨다시피 독이 든 초콜릿 포장지 조각이 당신의 재킷 주머니에서 나왔다는 확고한 사실. 사건의 범인을 특정하려면 그 문제를 언급하지 않고 갈 수는 없습니다.

아니, 오히려 의도적으로 하루시게 님을 범인으로 만

들려고 한 이 행위야말로 그 사건의 핵심이라고 해도 과언이 아닙니다. 그렇다면 아무리 증거가 부족하더라도 최소한 범인이 그럴 수 있었다는 것만큼은 설명되어야 하지 않을까요.

그 점에 관해 저는 아쉽게도 하루시게 님이 제시한 효도 씨 범인설에 치명적인 결함이 있다는 것을 깨달았습니다.

결론부터 말씀드리면, 그날 효도 씨에게 하루시게 님의 재킷 주머니에 은박지 조각을 넣을 기회는 없었습니다.

이는 당시 경찰이 내린 결론이기도 하고 무엇보다 하루시게 님이 아무리 추리를 거듭해도 그 부분에서만은 납득되는 해답을 얻지 못한 것이 가장 큰 증거일 것입니다. 지카코 언니나 요시오를 이용한다고 해도 그 두 사람 역시 당신의 재킷에는 손을 댈 기회가 없었으니 불가능하지요.

제아무리 매력적이고 그럴싸한 가설도 하나의 고정관념에 사로잡히면 다른 가능성에서 눈을 돌릴 위험을 초래합니다.

커피 잔에 독을 넣은 범인과 독 초콜릿을 만든 범인이 동일인이다. 이 전제를 뒤집지 못하는 이상 효도 씨 범인설은 역시 무리가 있지 않을까요.

그보다 하루시게 님. 지금 이 기회에 솔직히 말씀드리자면 실은 저 역시 당신에게 꼭 들려드리고 싶은 이야기가 있습니다.

제가 떠올린 추리, 라는 말을 들으면 조소부터 하실지 모르지만 모쪼록 진지하게 들어주셨으면 합니다. 이는 제가 지금껏 살아오며 그 누구에게도 털어놓지 않고 가슴속에만 묻어 온 이야기이기 때문입니다.

하루시게 님에게서 상상도 못 할 편지가 도착하고, 그것도 모자라 그날 사건에 대한 추리까지 들은 지금이 바로 그 이야기를 털어놓을 때다. 제 가슴에 맺힌 응어리를 후련히 풀고 당신의 의견을 들어 보자고 결심한 저를 부디 이해해 주셨으면 좋겠습니다.

경찰 조직이 동원돼도 덜미를 잡지 못한 범인에게 일개 소시민인 제가 맞설 수 없다는 것은 잘 알고 있습니다.

그래도 그날 하루시게 님께 누명을 씌울 뚜렷한 동기가 있고, 하루시게 님의 재킷 주머니에 손을 댈 수 있었을 뿐만 아니라, 독이 든 커피 잔과 독 초콜릿까지 손쉽게 준비할 사람이 그날 그들 중에 딱 한 명 있었다. 저는 그 사실을 깨닫게 되었고 그것은 제 머릿속에서 어느덧 확실한 진실로 자리 잡았습니다.

하루시게 님. 지금부터 들려드릴 제 가설이 불쾌감을

안긴다고 해도 제가 당신을 곤란한 상황으로 몰거나 더욱이 당신을 질책할 의도 따위는 손톱만큼도 없다는 것을 우선 알아주시기를 바랍니다.

저희는 이미 오래전 저희가 아닙니다. 당시 하루시게 님이 품었을 생각, 그리고 제가 품었을 생각 또한 세월이라는 거대한 파도에 휩쓸려 이제는 사라지고 없을 테니까요.

인간이 품는 감정 중에 아마 질투만큼 부정적인 기운을 가진 것도 없을 것입니다. 원한과 증오, 심지어 분노조차 한때의 격정이 아닌 확고한 살의로 승화할 만큼 뿌리 깊을 때는 그 배후에 어떤 종류의 질투심이 숨어 있을 때가 많으니까요.

그리고 제가 이 가설에 도달한 것 역시 제 안에 잠재돼 있던 질투심 때문이라고 하면 하루시게 님은 어떻게 생각하실까요.

하루시게 형부. 형부는 결코 충동적으로 사람을 죽일 사람이 아닙니다.

당신의 성격이 그것을 말해 주고 만약 정말로 당신이 살인을 저질렀다면 그것은 깊고 깊은 고민 끝의 결단이겠지요. 최소한 범행 후 맥없이 자백할 정도로 엉성한 계획을 세울 분이 아니라고 저는 단언할 수 있습니다.

누구보다 당신을 잘 알고 그런 당신을 자랑스러워했던 만큼 제가 자수 소식에 얼마나 경악했는지…… 하루시게 님은 상상도 못 할 것입니다.

왜 결백한데도 허위 자백을 했는가. 그날 이후 저는 매일 의문에 시달리며 괴로워했습니다.

명색의 법조인이니 앞으로 어떤 상황이 펼쳐질지 눈에 보였다. 하루시게 님은 편지에서 당시 선택을 그렇게 설명하셨습니다. 사형 판결이라는 최악의 결과를 피하려면 굳이 쓸데없이 저항하기보다 무기 징역을 노리고 자수하는 방법밖에 없었다고 하셨습니다.

하루시게 님의 그 판단은 아마 옳았다고 할 수 있겠지요. 실제로도 당신은 사형 판결을 면해 이렇게 무사히 세상에 돌아오셨으니까요.

하지만 당시 철부지였던 제가 그런 심모원려를 어찌 이해할 수 있었을까요. 신문과 텔레비전을 통해 단편적인 소식만 접하며 저는 그저 절망에 빠져서 살았습니다.

그러나 인간의 직감은 역시 얕잡아볼 수 없습니다. 저 같은 무지렁이도 어느 날 문득 뭔가 느껴진 게 있었으니까요.

하루시게 형부 같은 분이 아무 이유 없이 죄를 뒤집어

썼을 리 없다. 다른 사람 앞에서는 말할 수 없는 어떤 사정이 있을 것이고, 형부는 어쩌면 혹시 지금 다른 누군가를 감싸고 있는 게 아닐까. 그렇게 한번 든 생각은 좀처럼 그 뒤로도 머릿속을 떠나지 않더군요.

그러다 그 생각은 마침내 여름날 저녁 하늘의 먹구름처럼 제 마음을 온통 뒤덮고 말았습니다.

만약 사와코 언니가 그 사건을 계획한 진범이라면. 그리고 어떤 계기로 형부가 그것을 깨달았다면. 형부가 아내를 감싸고 나서도 이상하지 않다는 결론이 나오더군요.

그렇게 당시를 돌이켜보니 심지어 언니에게는 그 사건을 일으킬 동기도 충분하다는 것을 깨닫게 되었습니다. 가장 유력한 동기를 꼽자면 역시 복수심이겠지요.

그때 언니는 그 증거 사진을 책장에 감춰 두고 있었습니다. 우리 두 사람의 배신을 알고 있었던 것입니다.

동생에게 남편을 빼앗겼다. 그때 언니는 자신이 집안을 떠받치는 대들보라고 생각하면서 저를 노골적으로 내려다보고 있었으니 언니가 받았을 충격은 상상도 되지 않습니다. 겉으로는 모르는 척해도 속에서는 분노가 부글부글 끓지 않았을까요.

이 추측이 정말 사실이라면 언니는 가만히 넋 놓고 있

을 사람도 아닙니다.

당하기 전에 갚아 준다. 나를 배신한 괘씸한 인간은 철저히 응징한다. 그리고 그걸 위해서라면 이 한목숨 아깝지 않다. 언니는 바로 그런 사람이었습니다.

무엇보다 좋든 나쁘든 집안을 철저히 통제하던 아버지가 돌아가신 것도 언니를 그렇게 만든 원인 중 하나였을지 모릅니다. 분노와 불안감에 사로잡힌 언니의 폭주를 말릴 사람은 어디에도 없었던 것입니다.

피해자가 바로 범인. 이 모든 게 사와코 언니가 꾸민 짓이었다. 그렇게 생각하면 불가사의했던 그날의 사건도 콜럼버스의 달걀처럼 지극히 단순해집니다.

트릭이니 뭐니 어렵게 생각할 필요도 없습니다.

사와코 언니가 범인이라면 커피 잔 하나에만 몰래 흠집을 내고 그 안에 독을 집어넣는 것, 그리고 독이 든 잔이 자기 앞에 놓이게 스미에 씨에게 미리 지시하는 것도 손쉬웠습니다.

그뿐만이 아닙니다. 당신의 재킷 주머니에 독 초콜릿 포장지 조각을 몰래 집어넣는, 당신을 제외하면 아무도 할 수 없었다고 결론 난 이 위장 공작도 범인이 사와코 언니라면 이야기가 달라집니다.

심지어 그 상복을 준비한 사람은 언니 자신이었습니

다. 어려울 게 하나도 없지요. 당신이 재킷 소매에 팔을 집어넣을 때 이미 은박지 조각이 주머니에 들어 있었던 것입니다.

결국 당시 하루시게 님의 재킷에 손댈 수 있었던 사람을 필사적으로 찾은 것도 다 헛수고였다는 말이 됩니다.

그건 그렇고, 이 얼마나 무시무시한 복수 계획이란 말인가요. 타의 추종을 불허하는 결단력과 행동력에 입이 다물어지지 않습니다.

그러나 그 사건의 희생자는 하루시게 님만이 아니었습니다. 아홉 살 어린아이인 요시오도 목숨을 잃었다는 사실을 잊어서는 안 됩니다.

그렇다면 언니는 왜 아무 죄 없는 요시오마저 숙청의 대상으로 삼았을까요. 요시오는 당시 형부와 언니의 양자였습니다. 아무리 그 존재가 거슬렸다고 해도 죽일 필요까지 있었을까요.

평범한 사고방식을 가진 사람이면 당연히 의문시할 그 행동도 언니라는 사람을 잘 아는 저에게는 오히려 매우 자연스러운 행동으로 다가왔습니다.

니레 집안의 장녀로 태어난 언니는 타고난 미모에 사교성까지 갖춰서 평소에 그야말로 무서울 게 없는 사람이었습니다. 원하면 무엇이든 손에 넣는 복 받은 환경에서 나고 자랐습니다.

그리고 저희 아버지의 주특기는 인맥 확보를 위해 결혼이라는 제도를 이용하는 것이었습니다. 그렇게 이용 가능한 딸로써 언니에게 거는 아버지의 기대가 컸지만 불행은 의외로 일찍 찾아왔습니다.

아이를 낳지 못해 시가에서 쫓겨난 언니는 대번에 집안의 식객 신세가 되고 말았는데, 그런 언니에게 찾아온 기사회생의 기회가 바로 이쿠오 오빠의 급사로 진행된 하루시게 님과의 재혼이라는 건 조금 전에도 말씀드린 대로입니다.

당시 지근거리에서 언니를 지켜봤을 때 언니는 느닷없이 찾아온 잘생긴 변호사와의 혼담에 들떠 있었습니다. 신이 나서 결혼 준비를 착착 하던 모습이 지금도 생생합니다.

자신을 버린 전남편에게 보란 듯이 갚아 줄 수 있게 된 기쁨과, 자신처럼 좌절 경험이 없는 동생을 향한 경쟁의식. 바로 그것이 하루시게 님과의 결혼을 서두른 원동력이었겠지요.

언니는 그전까지 둘째인 제가 자신을 대신해 집안을 이끌고 갈 후보로 낙점되는 상황, 그리고 평범한 집안의 보좌관 출신인 요헤이와 재혼을 강요당해 자신의 지위가 한층 더 땅에 떨어지는 상황을 그 무엇보다 두려워했습니다.

결국 나중에 저와 요헤이의 결혼이 정해졌을 때 언니는 제 앞에서 "역시 아버지는 안목이 남다르다니까. 너한테 이렇게 딱 맞는 상대를 골라 주시다니" 하고 코웃음을 쳤지요. 그때 언니의 표정은 아마 죽을 때까지 잊지 못할 것입니다.

그러나 언니의 그런 기고만장함도 오래가지 못했습니다. 안 그래도 아이를 낳지 못한다는 콤플렉스가 있는데 하필 숙적이나 마찬가지인 지카코 새언니의 아들 요시오를 양자로 떠맡게 된 것입니다.

당신도 아시다시피 지카코 언니는 눈에 띄는 미인은 아니지만 원체 온순하고 고분고분한 성격 덕에 이쿠오 오빠와 부부 관계가 원만해 보였습니다.

오빠는 공부를 잘하는 데다가 동생인 제가 봐도 활달하고 남자다운 사람이었지요.

그리고 저는 사와코 언니가 시집가기 전까지 늘 이상형으로 오빠 같은 남자를 꿈꿨다는 것을 압니다.

"앞으로 결혼할 거면 꼭 오빠 같은 사람을 만날 거야."

언니는 어릴 때부터 입버릇처럼 그렇게 말하곤 했으니까요.

즉, 언니에게는 지카코 새언니 또한 그런 의미에서는 라이벌이었던 것이고 하필이면 그런 여자가 낳은 아들을 양자로 들여야 했던 것입니다. 언니에게 그보다 더한 굴욕이 있었을까요.

심지어 양자 결연을 지시하면서 아버지는 언니에게 이런 말을 던진 바 있습니다.

"어차피 넌 애를 못 낳지 않느냐."

여자를 그저 애 낳는 도구로 보던 아버지의 그 말은 언니에게는 사실상 2군 강등 통보였습니다.

아무튼 그런 인연이 있는 요시오에게 남들보다 갑절은 자존심이 센 언니는 애정을 눈곱만큼도 못 느꼈을 것입니다. 그리고 요시오를 향한 그 감정은 지카코 언니를 향한 증오와 혼연일체되어 자기도 모르는 사이에 터질 듯이 부풀어 올랐겠지요.

따라서 언니가 요시오에게 품었을 살의는 절대 그날 불쑥 생긴 것이 아니었습니다. 오히려 하루시게 님에게 품었을 살의보다 훨씬 오랜 시간에 걸쳐 단단히 뿌리 내리고 줄기를 뻗지 않았을까요.

그런 상황에서 남편의 불륜 사실까지 알게 된 언니가 요시오를 죽이고 그 죄를 남편에게 덮어씌운다. 언니에게는 이보다 더 구미가 당기는 전개는 없었을 것입니다.

사건 당일 그날은 오칠일 법요식 때문에 여러 사람이 저택에 드나들어 집 안이 부산스러웠습니다. 사람들의 눈을 피해 요시오에게 독이 든 초콜릿을 건넬 기회는 얼마든지 있었을 것입니다.

"다른 사람들한테는 비밀이야."

평소부터 똑똑하고 센스 있는 의붓어머니를 연기하던 고모가 직접 주는 초콜릿입니다. 요시오는 대번에 환한 표정을 지으며 바지 주머니에 초콜릿을 집어넣었겠지요.

그다음은 요시오가 저택 어딘가에서 몰래 초콜릿을 먹는 순간만을 기다리면 됩니다.

죽음을 무릅쓴 사람보다 강한 존재는 없습니다. 아마 언니는 안색 하나 바뀌지 않고 담담히 계획을 실행에 옮겼을 것입니다.

그 용의주도한 계획에 단 한 가지 오산이 있다면 그것은 커피에 집어넣은 아비산의 효력이 예상보다 더 강력했던 것 아닐까요.

"살려 주세요. 절 죽이려고 해요."

죽음을 예감한 가엾은 여자가 가쁜 숨을 내쉬며 담당 의사에게 모든 것을 털어놓고 도움을 청한다. 그 자리에서 폭로됐을 남편과 동생의 배신 이야기는, 그러나 본인의 예상보다 언니가 더 일찍 의식 불명에 빠지는 바람에 결국 자세한 건 전해지지도 않은 채 어둠에 묻히고 말았습니다.

그것을 행운이라 할 사람도 있겠지만 과연 저희에게 정말로 좋은 일이었다고 할 수 있을까요.

어쨌든 스스로 독을 마시고 죽는 것보다 남편에게 범죄 혐의를 덮어씌우는 데 집중한 사와코 언니의 자기희생 복수극은 그렇게 성공리에 막을 내리게 되었습니다.

어떤가요.

확실한 증거가 없다는 것은 굳이 지적하시지 않아도 잘 알고 있습니다. 그러나 제 안에 이미 다른 진실은 없다고 말씀드리면 당신은 너무 성급하다고 저를 비난하시려나요.

솔직히 이렇게 사건의 수수께끼를 풀었다고 해도 제 마음에 평안이 다가오지는 않았습니다.

아니, 그러기는커녕 제 진짜 지옥은 그때부터 시작됐습니다. 그리고 그 무한의 고통은 하루시게 님의 진의를 듣기 전까지 한 치도 누그러지지 않을 것입니다.

왜냐고 물으신다면, 이제 와서 뒤늦게 저는 그때 당신의 행동 이면에 숨겨져 있던 진심을 뼈저리게 느꼈기 때문입니다.

범인은 사와코다.

하루시게 님. 당신은 이미 오래전에 그 결론에 도달하셨겠지요. 동시에 아내를 그렇게 만든 장본인이 다름 아닌 자신이란 것도 깨달으셨을 테고요.

내가 배신만 하지 않았어도 요시오는 물론 아내가 목숨을 잃을 일은 없었다. 그렇게 자책하던 당신은 결국 제게 한마디 설명도 없이 모든 죄를 뒤집어쓰는 길을 선택하고 제 발로 교도소에 들어간 것입니다.

물론 사와코 언니 범인설도 추리를 통해 도출된 하나의 가설에 불과합니다. 아무리 논리적이고 그럴싸해도 뒷받침할 증거가 없는 이상 적어도 수사 기관이 사실로 인정할 리는 없습니다.

그러나 하루시게 님은 그때 경찰이 가장 유력하게 본 용의자였습니다. 증거가 없다고 해서 한가롭게 여유 부릴 상황이 아니었던 것입니다.

다른 사람도 아닌 피해자가 바로 범인이다. 머리가 굳은 경찰들 앞에서 최소한 그 가능성만이라도 언급했다면 수사진을 일깨우고 혐의를 조금이나마 줄이는 데 효과가 있지 않았을까요.

그러나 하루시게 님은 자신의 명예보다는 아내의 명

예를 지키고자 했습니다. 마치 순교자라도 되는 양 철저한 침묵으로 일관하셨습니다.

자수는 사형 판결을 피하기 위한 필사적인 선택이었다. 당신은 편지에서 그렇게 해명하셨습니다. 물론 믿기는 어려워도 세상 사람들은 '어쩌면 그럴 수도 있지 않을까' 하고 납득할지도 모릅니다.

하지만 저는 다릅니다. 제가 아는 하루시게 님은 그런 것을 겁낼 분이 아니니까요. 저더러 그런 해명을 순순히 믿고 이해하라는 건 무리한 요구인 것입니다.

아니면 당신은 그것조차 다 이 저를 지키기 위한 선택이었다고 하실 건가요.

사와코 언니 범인설을 설명하려면 당신과 저의 관계를 피해 갈 수는 없습니다.

그것은 니레 집안과 제 명예를 더럽히는 동시에 저의 결혼 생활도 파탄으로 몰고 갈 것이다. 그런 상황만은 피하고 싶었다고 말씀하실 건가요. 그리고 저 역시 그런 상황을 두려워하고 있었을 거라고…….

똑같이 연정을 주고받아도 남자와 여자는 이렇게 다름을 새삼 느낍니다.

하루시게 님. 당신은 남편, 그리고 남자로서 사와코 언니를 끝까지 감쌌습니다. 그리고 그러려면 내연 관계인 저를 버리는 건 어쩔 수 없다고 판단하셨습니다.

당신이 제게 품었을 감정이 전부 거짓이었다고 생각하지는 않습니다. 그러나 그때 당신을 움직인 건 절대 양심의 가책이나 남자다움이 아닐 것입니다. 세상을 뜬 아내를 향한 연민과 동정이 있었으니 비로소 그 죄를 홀로 짊어질 수 있었던 것 아닐까요.

이해득실과 정욕을 초월한 연민과 동정. 아무리 바깥에 몇 명의 여자가 있어도 남자가 오직 아내 앞에서만 품을 그 감정을 사랑이라 부르지 않으면 무엇을 사랑이라 할 수 있을까요.

결국 처음부터 끝까지 저를 괴롭힌 것은 이 세상에 없는 당신의 아내를 향한 질투심이었습니다.

그러나 이제 와서 이런 하소연을 늘어놔 봐야 무슨 소용 있을까요. 이제 저는 더 이상 그 누구도 원망하지 않으려고 합니다.

어찌되었든 당신은 무사히 이렇게 세상에 돌아오셨습니다.

그리고 저는 옛 위용을 잃은 이곳 니레 저택에서 일주일에 한 번 월요일에 찾아오는 가정부만을 상대하며 조용히 지내고 있습니다.

남편과 부모 형제를 떠나보내고 자식도 없이 은둔자

처럼 사는 늙은 여자를 누가 신경 쓸까요. 이렇게 된 이
상 한시라도 빨리 당신을 이곳 니레 저택에서 맞이하는
것. 제게 남은 바람은 오직 그뿐입니다.

케케묵은 표현을 하자면 이 니레 저택은 아궁이에 있
는 잿가루 하나까지 하루시게 형부의 것입니다. 당신이
돌아오면 저택도 마침내 원래의 모습을 되찾겠지요. 그
순간을 상상하기만 해도 가슴이 떨리네요.

그러나 이렇게 말씀드리는 저는 당신의 머릿속에 남
아 있는 그 20대의 도코가 아닙니다. 피부에 깊이 새겨
진 주름, 굽은 허리, 그리고 힘을 잃고 휘청거리는 다리.
당신은 이런 저를 보며 무슨 생각을 하실까요.

사랑하는 하루시게 님. 오늘은 이것으로 펜을 내려놓
으려 합니다.

마음을 다해 답장을 기다리겠습니다.

그리고 저의 서글픈 마지막 바람을 모쪼록 당신이 들
어주시기를 기원합니다.

2008년 10월 15일
니레 도코 드림

신 —
하루시게가
서 도코에게

도코 님께

빠른 답신 진심으로 감사합니다.

이렇게 불쑥 보내는 편지를 당신이 어떻게 받아들일지 우체통 앞에 서서도 고민하고 또 고민했지만 따스한 답장을 받게 되니 기쁘기 한량없습니다.

붓펜으로 쓰셨나요. 이렇게 아름다운 글씨가 적힌 편지를 받아 본 게 얼마 만인지 이제는 기억나지도 않네요.

무미건조한 인쇄체에 익숙해진 눈에는 당신의 한 글자 한 글자가 생명력을 지닌 것처럼 새겨졌고 한 문장

한 문장이 깊은 울림을 동반해 폐부에 스며들었습니다.

혼히 글씨는 그 사람의 마음을 나타낸다고 하는데 무려 42년이라는 고된 세월을 보내고도 이토록 단정하고 흔들림 없는 마음을 유지하는 건 보통의 정신력으로 불가합니다. 그저 감탄스러울 따름입니다.

도코 님. 당신은 역시 예전의 그 도코 님이시군요. 사려 깊고 신중하면서도 냉소적이고 조금은 외곬 같은 면도 있는.

그런 당신이 왜 지금은 은둔자처럼 산다는 말인가요. 게다가 주름투성이에 허리가 굽은 늙은 여자라니요. 당치도 않습니다. 비록 육체는 변할지언정 인간의 진정한 아름다움은 내면에서 나오는 법입니다.

제 머릿속에는 전과 조금도 다르지 않은 청초한 당신의 모습이 선합니다. 도코 님이 예전의 도코 님인 이상 제 안에 있는 당신은 바뀔 수 없습니다.

그리고 그런 당신에게 저는 사죄해야 합니다.

편지를 읽기 전까지만 해도 솔직히 저의 행동이 당신을 그토록 괴롭게 할 줄은 상상도 못 했습니다. 아니, 그보다 당신의 심중을 헤아릴 여유가 없었다고 해야 할까요.

독선적이고 이기적인 사람. 그런 사람은 다른 누군가를 사랑할 자격이 없다면 저는 입이 열 개라도 할 말이 없습니다. 저는 남을 배려할 소양도 갖추지 못한 벽창호인 것입니다.

돌이켜보면 오래전부터 당신은 냉철하면서 인내심이 강한 분이었습니다. 첫 만남부터 저보다 훨씬 어른스러운 사람이었습니다. 그리고 저는 그런 당신에게 일방적으로 의지해 왔던 것 같습니다.

늦었지만 부끄러울 따름입니다.

당신은 심지어 이런 저를 조건 없이 용서해 주셨습니다. 가석방되어 세상에 막 나온 저를 니레 저택에서 맞아 주시겠다고도 하셨습니다.

나에게도 아직 가족이라 부를 사람이 있다. 그리고 돌아갈 집도 있다……. 이것이 기적이 아니면 또 무엇이 기적이겠습니까.

이상하게 들릴지도 모르지만 의지할 데라고 없는 이에게 교도소에서의 삶은 어떤 의미에서 천국이라 할 수도 있습니다. 제힘으로 노력하지 않아도 의식주가 보장되고 그런 걸 뭐라고 하는 사람도 없기 때문입니다.

그 천국에서 나간다는 건 어쩌면 안전한 거처를 잃는 셈이고 즉 굶주림과 추위, 편견의 세상에 맨몸으로 던져지는 걸 의미합니다. 의지할 가족과 친구도 없는 사람에게 그보다 더 큰 위협이 있을까요.

오랜 세월을 교도소에서 지내며 저는 그런 이들을 수없이 봐 왔습니다. 그들에 비해 저는 이 얼마나 복 받은 사람일까요.

그러나 이 세상에 범죄자를 환영할 사람은 없습니다. 더욱이 살인범은 옆을 스쳐 가기만 해도 질겁할 사람이 대부분일 것입니다.

니레 저택은 외딴 산골짜기에 덩그러니 있지 않습니다. 아무리 니레 집안이 한때 사람들에게 칭송받는 명문가였다고 해도 낯짝 두껍게 제가 니레 저택에 돌아가면 쏟아지는 눈총을 피할 수 없겠지요. 어쩌면 마을에서 배척당할 수도 있습니다. 다 알면서 저를 맞아 주겠다고 하시는 당신에게는 정말 어떻게 감사를 표현해야 할지 모르겠습니다.

내 인생에 도코라는 여자가 있어서 정말 다행이다. 과장 없는 저의 본심입니다.

그러나 제가 당신의 그 요구에 따르느냐는 또 다른 문제입니다.

지금 저는 가석방 보호 관찰 기간을 보내고 있어서 자유로우면서도 자유롭지 않습니다. 저 혼자의 판단으로 모든 걸 결정할 수 없습니다.

그런 절차적인 문제뿐만은 아닙니다. 솔직히 말씀드

려 지금 저는 니레 저택에서 당신과 함께 사는 제 모습이 상상도 되지 않습니다. 아니, 그보다 상상하기 두렵다고 하는 게 맞을까요.

42년 전 우리는 바다처럼 깊은 사랑을 나눴습니다. 지금도 그 마음은 변치 않았고 의심의 여지도 없지만 지금 우리는 그때의 우리가 아닙니다. 이는 도코 님께서도 편지에서 언급하신 바입니다.

한번 상상해 보십시오. 영겁처럼 긴 세월을 전혀 다른 환경에서 살아온 남녀가 갑작스레 한 지붕 아래에 모여 잘 살 수 있을까요. 인간은 나이를 먹을수록 유연성을 잃습니다. 어떤 결과가 펼쳐질지는 불 보듯 뻔할 것입니다.

지난 편지에서 저는 자신을 교도소에서 나온 우라시마 다로에 빗댔습니다.

용궁성이라는 이세계에 가서 시간도 잊고 한가로이 지내다가 현세에 돌아온 젊은 어부. 고향에 와서 살던 곳을 둘러보니 주변에는 아는 사람이 한 명도 없고 심지어 그 자신은 백발이 성성한 노인이 돼 있었습니다.

이 옛날이야기가 주는 교훈은 여러 해석이 가능할 텐데 저는 이 설화를 현세와 이세계를 둘러싼 '역설'의 이야기라고 생각합니다.

지극히 평범하던 우라시마 다로에게 현세란 그 자신이 태어나고 자란 현실 세계이고, 공주와 꿈결 같은 시간을 보낸 용궁성이 이세계처럼 보이지만 정말 그럴까요.

그 이야기를 찬찬히 곱씹어 보면 한 가지를 깨달을 수 있습니다.

실은 우라시마 다로 이야기에는 여러 버전이 있는데 그 어떤 것에도 용궁성에 가기 전 그의 인생을 구체적으로 설명한 건 없습니다. 극단적으로 말해서 그의 인생은 거북 등에 올라타 깊은 바닷속 용궁성을 찾은 바로 그날부터 시작된 것입니다.

그렇다면 용궁성은 그저 이세계라 할 수 없습니다. 아무리 당사자에게 찰나의 시간이어도 그 안에는 무수한 체험이 있고 실제로 삶의 대부분을 그곳에서 보냈다면 그에게는 바닷속 세계야말로 '현세'인 것입니다.

그리고 저 역시 마찬가지입니다. 백발노인이 되어 세상에 돌아온 저는 그날 사건이 일어나기 전까지 대체 어떤 인생을 살았을까요. 이제는 기억조차 선명하지 않습니다.

혹시 허례허식과 과잉된 자의식으로 가득했던 그 삶이 현실 아닌 환상 아닐까. 그리고 이후 교도소에서 보낸 시간이 바로 현세 아닐까. 저는 이따금 그런 망상을 떠올리고는 합니다.

지금 제가 신세를 지고 있는 기시가미 변호사의 집에서는 곧 떠날 생각입니다.

이사할 곳은 여기서 2킬로미터 정도 떨어진 곳에 있는 작은 단층집인데 전에 자살자가 나왔다고 하는 이른바 '사고 물건'입니다. 그러나 세상의 이목을 피하며 사는 가석방 범죄자의 거처로는 안성맞춤이라 할 수 있겠지요. 저 같은 처지의 사람은 그런 집이 아니고서는 셋집을 구하기도 어렵습니다.

월세가 매우 저렴하고 신사와 폐공장 사이에 있는 호젓한 환경도 마음에 들었습니다. 걸어갈 거리에 시립병원도 있으니 아마 그곳이 제 삶의 마지막 거처가 되지 않을까요.

도코 님. 니레 저택은 도코 님이 평생을 바쳐서 지켜온 도코 님만의 성입니다. 앞으로도 저를 신경 쓰지 마시고 부디 그곳에서 안락하게 살아가기를 바랍니다.

당신이 여생을 평안하게 보내는 게 곧 저의 평안이란 것을 부디 잊지 말아 주십시오.

자, 슬슬 각설하고 또 하나의 이야기, 아니 제게는 그쪽이 핵심입니다만 도코 님이 답신에서 제시한 그 흥미진진한 가설에 대한 저의 의견을 말씀드리고자 합니다.

질문을 던진 상대가 피하지 않고 기탄없는 의견까지 덧붙여 주는 것. 고민에 빠진 사람에게 그보다 기쁜 일은 없을 것입니다. 감사의 마음을 글로 표현하려면 뭐라고 해야 할까요.

지금 우리 두 사람이 당면한 최대 과제는 물론 42년 전 일어난 그 사건의 진실을 밝히는 것이겠지요. 문장 한 줄, 글자 하나도 소홀히 하지 않은 답신에서는 당신이 그동안 얼마나 이 문제를 진지하게 마주했는지가 절절히 느껴졌습니다.

도코 님 앞에서 이야기를 꺼낸 게 정답이었습니다. 그러지 않았다면 저는 지금 이 시간에도 추리의 막다른 골목에서 혼자 번민하고 있었을 테니까요.

제가 원한 것은 오랜 교도소 생활 중 제가 마지막으로 도달한 결론, 즉 효도 범인설에 대한 도코 님의 견해와 조언을 듣는 것이었습니다. 그것은 물론 저의 부족한 지식과 감각을 총동원해서 끌어 낸 빈약한 추리의 산물입니다.

하루시게 님도 인정하셨다시피 독이 든 초콜릿 포장지 조각이 당신의 재킷 주머니에서 나왔다는 확고한 사실. 사건의 범인을 특정하려면 그 문제를 언급하지 않고 갈 수는 없습니다.

아니, 오히려 의도적으로 하루시게 님을 범인으로 만들려고 한 이 행위야말로 그 사건의 핵심이라고 해도 과언이 아닙니다. 그렇다면 아무리 증거가 부족하더라도 최소한 범인이 그럴 수 있었다는 것만큼은 설명되어야 하지 않을까요.

그 점에 관해 저는 아쉽게도 하루시게 님이 제시한 효도 씨 범인설에 치명적인 결함이 있다는 것을 깨달았습니다.

결론부터 말씀드리면, 그날 효도 씨는 하루시게 님의 재킷 주머니에 은박지 조각을 넣을 기회가 없었습니다.

이는 당시 경찰이 내린 결론이기도 하고 무엇보다 하루시게 님이 아무리 추리를 거듭해도 그 부분에서만은 납득되는 해답을 얻지 못한 것이 가장 큰 증거일 것입니다. 지카코 언니나 요시오를 이용한다고 해도 그 두 사람 역시 당신의 재킷에는 손을 댈 기회가 없었으니 불가능하지요.

제아무리 매력적이고 그럴싸한 가설도 하나의 고정관념에 사로잡히면 다른 가능성에서 눈을 돌릴 위험을 초래합니다.

커피 잔에 독을 넣은 범인과 독 초콜릿을 만든 범인이 동일인이다. 이 전제를 뒤집지 못하는 이상 효도 씨 범인설은 역시 무리가 있지 않을까요.

제가 제시한 효도 범인설을 당신은 이렇게 일축한 것으로 모자라 무려 피해자가 범행을 직접 계획했다는 취지의 사와코 범인설을 제시하셨습니다.

그렇게 당시를 돌이켜보니 심지어 언니에게는 그 사건을 일으킬 동기도 충분하다는 것을 깨닫게 되었습니다. 가장 유력한 동기를 꼽자면 역시 복수심이겠지요.

그때 언니는 그 증거 사진을 책장에 감춰 두고 있었습니다. 우리 두 사람의 배신을 알고 있었던 것입니다.

사와코 언니가 범인이라면 커피 잔 하나에만 몰래 흠집을 내고 그 안에 독을 집어넣는 것, 그리고 독이 든 잔이 자기 앞에 놓이게 스미에 씨에게 미리 지시하는 것도 손쉬웠습니다.

그뿐만이 아닙니다. 당신의 재킷 주머니에 독 초콜릿 포장지 조각을 몰래 집어넣는, 당신을 제외하면 아무도 할 수 없었다고 결론 난 이 위장 공작도 범인이 사와코 언니라면 이야기가 달라집니다.

심지어 그 상복을 준비한 사람은 언니 자신이었습니다. 어려울 게 하나도 없지요. 당신이 재킷 소매에 팔을 집어넣을 때 이미 은박지 조각이 주머니에 들어 있었던 것입니다.

어쨌든 스스로 독을 마시고 죽는 것보다 남편에게 범죄 혐의를 덮어씌우는 데 집중한 사와코 언니의 자기희생 복수극은 그렇게 성공리에 막을 내리게 되었습니다.

타살로 연출한 자살. 과연 간과할 만한 맹점이었다고 할 수 있습니다.

사와코를 아는 이들이라면 설마 그녀가 자살을 택할 거라고는 생각하지 못할 것입니다. 더욱이 쾌활하고 사교적인 가면 아래에 그토록 무시무시한 애증이 들끓고 있다고 상상이나 했을까요.

타살로 연출한 자살 케이스가 세상에 없는 것도 아닙니다.

이유를 짐작하자면 자살은 보험금이 나오지 않고 자살을 수치스럽게 여기는 풍조도 있기 때문이겠지요. 그러니 스스로 목숨을 끊은 사실을 어떻게든 은폐하려는 사람이 있어도 이상하지 않습니다.

그러나 목숨은 하나뿐입니다. 다른 죽을 이유가 있었다면 모를까, 그저 한 사람을 몰락시키려고 자신의 목숨을 내던질 사람이 과연 얼마나 될까요.

허를 찌르는 발상이고, 그런 결사의 복수법을 떠올린 사와코도 사와코지만 그녀의 계획을 간단히 꿰뚫어 본 도코 님의 상상력도 감탄스럽습니다.

그러나 지금 제 마음은 솔직히 조금 무겁습니다. 거기에는 이유가 있습니다.

도코 님이 떠올린 사와코 범인설은 하나의 이야기로서는 몹시 매력적이고 흥미진진하지만 가설로는 애당초 성립할 수 없기 때문입니다.

또 그러니 저 역시 지난 편지에서 그것을 언급하지 않았는데 결국 제 선택 때문에 도코 님이 오해를 하시게 된 것 같아 안타까울 뿐입니다.

무슨 말인지 조금 더 설명하자면, 당신이 제시한 사와코 범인설의 대전제는 당시 제 재킷 주머니에 은박지 조각을 넣을 수 있었던 사람이 사와코 외에는 존재하지 않는다는 점, 그리고 사와코에게 그럴 기회가 충분했다는 점입니다.

사와코는 저의 아내이며 그날 상복을 준비한 사람이 사와코인 것도 틀림없는 사실입니다. 즉, 제가 재킷을 입을 때 이미 제 주머니 안에는 흔들리지 않는 증거가 들어 있었던 셈입니다.

아내가 입혀 준 재킷 주머니를 일일이 확인할 남편도 없을 것입니다. 만약 있어도 소수겠지요. 저도 아내에게 평소 그런 잔일은 모두 맡기고 사는 평범한 남편이었습니다.

저는 담배를 피우지 않습니다. 그러니 주머니에 뭐가 들어 있어 봐야 손수건이나 휴대용 티슈 정도죠. 하물며 집 안에 있으면 그조차 필요 없으니 온종일 주머니에 손을 넣을 일이 없습니다.

그러나 그날은 달랐습니다.

식당에서 티타임이 시작되기 전 목이 말라 부엌에 향했던 저는 그곳에서 몰래 주스를 마시던 요시오를 우연히 맞닥뜨렸습니다.

그때 당황한 요시오가 하필 탁자에 주스를 흘렸고, 그것을 손수건으로 닦아 주고자 우연히 주머니를 뒤지게 된 게 결국 엄청난 결과를 만들고 말았습니다.

사와코는 평소 세세한 부분까지 저를 신경 써 주는 아내였지만 그날은 법요식 준비 때문에 눈코 뜰 새 없이 바쁘지 않았을까요. 당시 제 바지와 재킷 주머니에는 손수건이 들어 있지 않았습니다. 혹시 티슈라도 있을까 봐 구석구석 뒤졌으니 틀림없습니다. 초콜릿 은박지 조각 따위 그때는 없었다고 단언할 수 있습니다.

자, 여기까지만 말씀드려도 도코 님은 결론을 가늠하시겠지요.

사와코가 그날 제 상복에 뭔가를 넣은 사실은 없습니다. 또 티타임과 그 후에도 그녀는 제 재킷 주머니에 손을 넣기는커녕 제 몸에 손을 댄 적조차 없으니 사와코 범인설이 성립할 수 없다는 건 확실하겠지요. 우연히도 저 자신이 직접 사와코의 결백을 증명하는 증인이 된 것입니다.

따라서 제가 내린 결론은 사와코는 오롯한 피해자라는 겁니다. 제가 그런 그녀를 감쌀 이유가 없다는 것은 굳이 설명하지 않아도 될 것입니다.

말이 나온 김에 조금 더 하자면, 스스로 목숨을 내던져서까지 복수할 정도로 제가 사와코에게 가치 있는 남편이었는가. 생각해 보면 그 역시도 의심스럽다고 할 수 있습니다.

사와코에게 저라는 사람은 그저 집안에서 자신의 지위를 보장해 주는 존재 그 이상 그 이하도 아니었습니다. 그것이 그녀의 진정한 속내였을 것이고 따라서 노골적으로 제가 그녀를 업신여기거나 하지 않는 이상 제가 밖에서 무슨 짓을 하는지도 별 관심 없지 않았을까 하는 게 제 추측입니다.

"댁 남편한테 딴 여자가 있어요."

혹여 오지랖 넓은 지인이 그렇게 주의를 줬다고 해도 사와코는 남자는 원래 그렇다고 생각했을 가능성이 큽니다. 첫 결혼에서 크게 데였으니 남편의 외도 정도는 처음부터 계산했을 것이고 따라서 그 증거 사진도 나중에 필요할 때 써먹을 도구로 보관해 둔 것이지 먼저 나서서 소란을 피울 마음은 없지 않았을까 예상합니다.

또 백번 양보해서 사와코가 저의 불륜 사실 때문에 화가 났다고 해도 상대가 누군지는 몰랐을 가능성이 큽니다.

사와코는 소심함과 거리가 먼 여자였습니다. 만약 우리의 관계를 낌새채고 있었다면 독을 마시고 실려 간 이노하라 종합 병원에서 병실에 있는 당신을 보며 가만있었을까요.

제가 진범인 아내를 감싸려고 자수한 것이다. 도코 님의 그 지적이 완전한 오해라는 것은 이로써 납득하실 거라고 생각합니다.

자, 여기서 한 가지를 더 확실히 해 두고자 합니다.

듣기 좋을 소리는 아니겠지만, 도코 님은 그 편지에서 저의 진의를 오해하는 수준에 그치지 않았습니다. 당신은 상상도 못 할 말로 저를 비난했습니다.

남자가 아내를 감싸는 건 아내를 사랑하기 때문이다. 즉, 제가 사와코를 감싼 것이 그녀를 사랑했기 때문이라고 했습니다.

그 말이 제게 얼마나 큰 상심을 줄지 상상이나 해 보

셨나요. 도코 님은 저에게 무려 연인 실격의 낙인을 찍은 것입니다.

하지만 도코 님. 그렇다면 저 역시 하고 싶은 말이 있습니다.

그렇게 말씀하시는 도코 님은 어떤가요. 당신도 요헤이 씨의 아내로서 남편을 두둔하지 않았다고 확언할 수 있으신가요.

느닷없이 이런 말을 꺼내서 당황하실 수 있지만 아예 엇나간 추측이라 할 수는 없을 것입니다.

솔직히 말해 저는 지금껏 단 한 번도 당신의 사랑을 의심해 본 적이 없습니다.

당신의 마음은 늘 나를 향해 있다. 당신과 요헤이 씨의 관계도 저와 사와코의 관계처럼 이른바 애정이라는 감정과 거리가 먼 관계라고 굳게 믿었습니다.

그런 확신이 무너지게 된 것은 아이러니하게도 당신이 효도 범인설을 철저히 부정했기 때문입니다.

그 사건의 범인이 효도가 아니고 사와코도 아니라면 당연히 다른 가능성을 찾아야 합니다. 저는 이것저것 궁리하다가 문득 어떤 의문을 떠올렸고 그동안 감고 있던 눈이 번쩍 뜨이는 느낌을 받았습니다.

당신이 남편이었던 요헤이 씨를 사랑하지 않았다고

정말로 단언할 수 있는가.

　물론 본의와는 다른 결혼 생활 때문에 당신의 한숨이 끊이지 않았던 것은 압니다.

　오빠가 그렇게만 되지 않았어도 언니는 분명 요헤이와 결혼했을 겁니다.

　나이든 조건이든 언니의 맞상대로 제 남편만 한 적임자가 없었기 때문입니다. 그러나 운명은 얄궂고 제게는 잔인하기까지 했습니다.

　당신을 손에 넣고자 언니를 이용한 아버지는 그 대신 결혼 적령기를 맞이한 저를 요헤이에게 보내기로 한 것입니다.

　만에 하나에 대비하는 계획. 평범한 집안에 보좌관 출신이라 데릴사위도 되지 못한 요헤이와 니레 집안의 차녀인 저는 아버지에게 차선책, 즉 매달 비용도 나가지 않는 보험이었던 것입니다.

　똑같은 집안의 딸인데 큰딸과 둘째 딸을 이렇게 차별할 수 있는 걸까. 언니 잘못이 아닌 걸 알면서도 저도 모르게 미워하는 감정이 고개를 든 것이 사실입니다.

　편지에서 당신은 이렇게 말하며 남편인 오가 요헤이에게 태연하게 이류 딱지를 붙였습니다.

나는 절대로 남편을 사랑하지 않았다. 당신의 필사적인 외침이 귀에 들리는 듯하네요.

그러나 직장에서 그와 함께 일해 본 제가 느끼기에 현실의 요헤이 씨는 절대 범상한 사람이 아니었습니다.

아니, 그걸 넘어 냉정한 판단력과 숫자에 관한 기억력만큼은 노회한 이이치로 씨도 따라잡지 못할 정도였고 사건 전체를 내려다보는 통찰력만 갖춘다면 변호사로도 분명 대성했을 것입니다.

그러나 당신이 요헤이 씨를 그렇게 박하게 평가한 데는 마땅한 이유가 있을 것이고 저 역시 그 평가가 합당하냐 아니냐로 당신과 입씨름을 할 마음은 없습니다.

원치 않은 결혼을 강요당한 당신은 요헤이 씨가 사망하자 남편 집안과 연을 끊고 결혼 전 니레 성을 되찾았습니다.

세상 사람들은 피도 눈물도 없는 여자라며 수군거렸겠지만 원래 사람은 각자 사정이 있는 법입니다. 비난받을지언정 이제 난 더 이상 오가 집안사람이 아니다. 당신의 결정에서는 그런 단호한 의지가 읽힙니다.

그러나 지금 제가 말하고 싶은 것은 그런 당신도, 아니 당신이므로 더더욱 겉으로는 남편을 깔보는 척하면서 실은 요헤이 씨를 철저히 감쌌다는 것입니다.

당신의 표현을 빌리자면 이해득실과 정욕을 초월한 연민과 동정. 도코 님이야말로 그런 연민과 동정을 죽은 남편에게 품지 않았나요.

결혼한 부부 사이에서만 형성되는 그 불가해한 감정을 사랑이라고 불러야 할지 저는 모르겠습니다. 그러나 확실한 것은 당신이 요헤이 씨를 감쌌고 그것도 모자라 아주 교묘하게 그 속내를 지금껏 감춰 왔다. 물론 배경에는 뭔가 중대한 사정이 숨겨져 있겠지요.

자, 이제는 제가 무슨 말을 하려는지 도코 님도 감 잡으셨을 겁니다.

요헤이 씨가 바로 범인이다. 더 정확히 말하면 요헤이 씨는 범인 집단의 일원이었지만 어쨌든 이 단순 명쾌한 결론을 굴지의 추리 소설 마니아인 당신이 눈치채지 못했을 리 없습니다.

당신은 남편이 사건의 범인인 걸 알면서도 조개처럼 입을 꾹 다무는 길을 선택했습니다.

그리고 그렇게 생각하면 남편 요헤이 씨의 추락사에 대해 당신이 의미심장한 말을 꺼낸 이유도 대략 이해가 됩니다.

솔직히 말씀드리면 사고 전부터 니레 법무세무사무소를

둘러싼 상황은 순조롭지 않았습니다.

인간적인 평가를 떠나서 베테랑 변호사로 이름을 날리던 아버님과 성실한 업무 처리로 평판이 높았던 하루시게 형부. 그런 두 분이 사라지고 나서도 의뢰인이 예전처럼 줄을 설 만큼 세상은 만만하지 않으니까요.

아무리 성실하다고 해도 대뜸 명문 사무소의 간판을 혼자 짊어지는 건 역시 남편에게 너무 큰 부담이었을지 모릅니다. 거기에 사쿠라 씨와의 갈등까지 겹치며 글자 그대로 내우외환을 겪던 남편은 매일 밤늦게까지 사무소에 남아 일했지만 집에 돌아온 뒤에도 좀처럼 잠들지 못하는 날이 많았지요.

하루시게 님께만 말씀드리는 이야기지만 당시 남편이 심한 노이로제를 앓고 있었던 것은 확실합니다. 그러니 속으로는 그럴 리 없다고 믿지만, 만약 그날의 일이 사고가 아닌 자살이었다면……. 남편 역시 니레 저택 사건의 피해자라고 할 수 있지 않을까요.

당신은 이렇게 말하며 요헤이 씨의 죽음이 실은 사고가 아닌 자살일 가능성을 언급했습니다.

그러나 사무소의 경영 상태가 순탄치 않다는 이유만으로 요헤이 씨가 과연 스스로 목숨을 끊었을까요. 저는 납득이 잘 되지 않습니다.

타고난 노력가인 그는 그전까지도 산전수전을 겪으며 수많은 편견과 좌절을 극복해 왔습니다. 온실 속 화초 같은 엘리트들과 달리 정신적으로 강인한 사람이었습니다. 그러니 아내인 당신도 남편의 자살 원인이 다른 곳에 있지는 않을까 의심했을 테고요.

즉, 요헤이 씨가 그때 심한 노이로제를 앓고 있었다면 거기에는 사무소 경영 상황 외에 다른 원인도 있었을 것이고, 어쩌면 당시 그가 혹시 어떤 죄의식 같은 것에 사로잡혀 있었을 가능성도 추측해 볼 수 있지 않을까요.

사건의 범인이 어쩌면 요헤이 씨 아닐까. 그전까지는 상상도 못 한 돌발적인 발상이 싹튼 것도 사실 당신의 편지 속 어떤 문장 덕분이라고 하면 당신은 어떻게 생각하실까요.

만약 사와코 언니가 그 사건을 계획한 진범이라면. 그리고 어떤 계기로 형부가 그것을 깨달았다면. 형부가 아내를 감싸고 나서도 이상하지 않다는 결론이 나오더군요.

피해자가 바로 범인. 이 모든 게 사와코 언니가 꾸민 짓이었다. 그렇게 생각하면 불가사의했던 그날의 사건도 콜럼버스의 달걀처럼 지극히 단순해집니다.

트릭이니 뭐니 어렵게 생각할 필요도 없습니다.

당신은 사와코 범인설을 설명하며 이렇게 쓰셨습니다.

틀릴 말이 없고 정신이 번쩍 들 만한 발상이지요.

그렇습니다. 트릭이니 뭐니 어렵게 생각할 필요는 없는 것입니다. 현실에서 일어난 사건은 추리 소설과 다르게 단순 명쾌하니까요.

당신의 설명 덕분에 저는 제가 무의식중에 범인이 누구건 원칙상 '단독범'이라는 추리 소설의 고정관념에 사로잡혀 있었음을 깨달았습니다.

물론 추리 소설도 각양각색입니다. 범인이 단독범이어야 한다는 규칙이 있는 것도 아니지요.

심지어 사건마다 범인이 다른 경우가 있고 개중에는 모든 이들이 범인이라는 어떤 작품이 고전 명작으로 꼽힐 정도입니다. 한마디로 뭐든 가능한 세계인 것입니다.

그럼에도 범인과 탐정의 대결은 궁극의 두뇌 싸움입니다. 일대일의 진검 승부이니 더욱더 카타르시스를 느끼는 것입니다. 한정된 용의자 안에서 범인의 수가 늘수록 범행이 쉬워지고, 그러면 자연스럽게 기상천외한 트릭과 논리가 생길 여지도 줄어듭니다.

그에 반해 현실 속 범죄는 담백합니다. 변호사 시절 제 경험으로도 알 수 있습니다. 교활한 범인이나 천재적인 명탐정이 없어도 매일 사건은 일어나고 해결됩니다.

그 대신이라고 하면 조금 어폐가 있겠습니다만, 현실 속 범죄에서는 공범이 있는 경우가 아주 많습니다. 원한에 의한 범죄와 정신 이상자의 소행은 별개로 하더라도 이익과 관련된 범죄는 동료를 구하기 쉽고 실제로 동료가 있는 게 범죄를 저지르기도 수월하지요.

그런 관점에서 그날의 사건을 되돌아보면 무심코 웃음이 터질 만큼 간단한 사건이었다는 것을 저는 깨달았습니다.

애초에 사건의 중요 인물 중 하나인 요헤이 씨가 이른 시점에 용의자 명단에서 제외된 이유는 무엇인가.

그것은 전적으로 요헤이 씨가 그날 다른 사람 몰래 제 재킷에 손댈 기회가 없었다는 점, 그리고 애초에 그는 부엌에 들어가지 않아서 커피 잔에 아비산도 넣을 수 없었다는 점 때문이었지만, 그런 그에게 만약 공범이 있었다면 이야기는 근본부터 달라집니다.

그럼 여기서 당시 상황을 다시 한번 되짚어 볼까요.

그날 사와코가 구급차에 실려 간 후 식당에는 저와 요헤이 씨, 사쿠라, 효도, 요시오. 그렇게 남자 다섯 명만 남았던 것은 당신도 아실 것입니다.

　이후 효도와 요시오가 자리를 떠서 결국 식당에는 저와 요헤이 씨, 사쿠라 셋만 남게 되었는데, 실은 저도 줄곧 그들 옆에 함께 있었던 것은 아닙니다. 중간에 병원에 간 지카코 씨에게서 전화가 걸려 왔고 그때 시간상 7, 8분 정도는 식당을 비웠던 것으로 추측합니다.

　스미에 씨가 구와코 씨를 돌보러 간 탓에 제가 대신 전화를 받았고 식당에는 그동안 요헤이 씨와 사쿠라 둘만 있었습니다. 당연히 제 상복 재킷은 의자 등받이에 그대로 걸려 있었을 테고요.

　자, 여기서 만약 그 두 사람이 공범이었다면 어떨까요. 그럼 모든 의문이 눈 녹듯이 사라집니다. 제 재킷 주머니에 은박지 조각을 집어넣는 건 일도 아니었겠지요.

　생각해 보면 요헤이 씨와 사쿠라 모두 니레 집안사람이 아닙니다. 또 두 사람 다 사건을 저지를 동기가 있었다는 것은 지난 편지에서도 말씀드렸습니다.

　이이치로 씨의 후계자인 친아들 이쿠오가 사망하자 그들은 장밋빛 미래를 바라볼 수 있게 됐습니다. 요헤이 씨가 법무, 사쿠라가 세무를 맡으며 둘이 함께 사무소의 수장에 오르는 상황도 더는 꿈이 아니었던 것입니다.

　그러나 인생은 원래 생각대로 풀리지 않는 법입니다.

엿장수 마음대로 되지 않는다고도 하지요. 그들은 얼마 후 그 속담처럼 크게 실망하고 맙니다.

이이치로 씨가 사망한 아들을 대신할 새 후계자 찾기에 나섰기 때문입니다. 이이치로 씨는 역시 보통내기가 아니었죠. 그렇게 이이치로 씨의 눈에 들어온 사람이 바로 저였고 결국 그 두 사람의 달콤한 꿈은 한때의 헛바람으로 끝나고 말았습니다.

집안의 장녀 사와코와 결혼 후 데릴사위로 들어와 요시오와 양자 결연까지 맺은 저와 달리 요헤이 씨와 사쿠라는 니레 집안과 무관한 타인에 불과했습니다.

제가 버티고 있는 이상, 그리고 사와코와 요시오가 있는 이상 그들의 꿈은 이룰 수 없는 거나 마찬가지. 그렇다면 사와코와 요시오, 저까지 셋을 한 번에 세상에서 없앨 동기를 가질 사람으로 그 둘에 비할 사람이 있을까요.

곰곰이 생각해 보면 당연한 일이었습니다.

그럼에도 불구하고 그들의 공범 가능성에 눈길도 주지 않은 이유는 무엇인가. 수치스럽지만 그 역시 대답이 정해져 있습니다. 한심하게도 그들의 삼류 연기에 제가 깜빡 속아 넘어갔기 때문입니다.

이노하라 종합 병원에 있던 지카코 씨에게서 전화가

193

걸려 왔을 때 저와 요헤이 씨, 사쿠라 세 사람이 식당에 있었다는 것은 조금 전에도 말씀드렸습니다.

그 세 명은 고 이이치로와 연을 맺은 관계자이자 니레 법무세무사무소의 구성원이기도 했지만, 실은 그 자리에서 사무소의 향후 운영을 둘러싸고 사쿠라가 강력히 요구한 것이 있었다는 이야기는 아직 말씀드리지 않았지요.

니레 법무세무사무소의 이름을 이제는 니레, 사쿠라 법무세무사무소로 바꿔야 한다. 경비 분담법도 재고할 필요가 있다. 시비조까지는 아니어도 그동안 세무 부문을 담당한 사쿠라가 법무 부문인 저와 요헤이 씨에게 대놓고 불만을 드러낸 것입니다. 대충 얼버무리고 넘어가기 힘든 상황이었던 건 틀림없습니다.

기왕 자리가 만들어진 김에 하고 싶은 말은 다 하고야 말겠다. 사쿠라 씨는 세게 나가기로 마음먹은 듯했고 말투와 표정에서도 자신감이 흘러넘쳤지요.

지금은 이런 이야기를 할 때가 아니라는 식으로 넘기긴 했지만 솔직히 우려스러웠던 것이 사실입니다.

니레 법무세무사무소는 그 이름으로 알 수 있듯 고문 계약을 맺은 회사 대부분이 법무와 세무 양쪽의 일감을 의뢰했습니다. 그러나 갈등을 꺼리는 일본 사회의 풍조 때문일까요. 우량 기업일수록 법적 다툼은 드물고 주로 세무 쪽에서만 매년 일감이 끊이지 않았지요.

한마디로 변호사보다는 세무사가 고객과 만날 기회가 많고, 만약 사쿠라가 그들 고객사를 빼돌려 독립이라도 하면 피해가 클 게 뻔했습니다.

도코 님도 알다시피 요헤이 씨는 말수가 적은 사람이었습니다. 사쿠라가 그렇게 따지는 동안에도 대놓고 반박하지는 않았지만 그렇다고 사쿠라의 의견에 동조하지 않는다는 것은 분위기로 알 수 있겠더군요.

그래서 두 사람 사이의 험악한 기운을 느낀 저는 사쿠라와 요헤이 씨가 한 팀이 될 수 없다고 제멋대로 믿어버린 것입니다.

물론 두 사람의 공모를 깨달은 지금도 석연치 않은 부분은 있습니다.

요헤이 씨와 사쿠라는 근본부터 다른 인간이었습니다. 그러니 두 사람이 진정으로 의기투합했다고는 믿기 어렵고 실제로 저를 제거한 다음 그들은 결국 갈라섰죠.

제가 보기에 그 두 사람은 공통된 이해관계 때문에 잠시 힘을 합쳤을 뿐입니다. 아니면 그 결별도 일종의 위장 공작이고 처음부터 끝까지 계획대로 행동한 걸까요.

자, 이야기를 되돌려 그날의 범행은 제 재킷 주머니에

은박지 조각만 넣으면 끝나는 게 아니었습니다. 그보다는 그전에 사와코가 마실 커피와 요시오가 먹을 초콜릿에 독을 넣는 쪽이 핵심이라 할 수 있겠죠. 그렇다면 그 독살은 과연 어떤 순서로 진행됐을까요.

경찰이 사쿠라와 요헤이 씨를 용의자 명단에서 제외한 건 법요식을 마치고 모두 함께 식당으로 이동하기 전까지 두 사람이 응접실에서 한 발짝도 나가지 않은 점이 인정됐기 때문이라고 전에도 말씀드렸습니다. 경찰은 그동안 두 사람이 서로를 감시했다고 봤을 겁니다.

그러나 두 사람이 실은 공범이라면 그들의 알리바이는 뿌리째 흔들립니다. 서로를 감시하기는커녕 빈틈을 노려서 한 명이 망을 봤다면 부엌에도 얼마든지 몰래 들어갈 수 있습니다.

거기까지는 괜찮아도 그럼 또 새로운 의문이 생깁니다. 아무리 그들이 부엌에 들어가 빈 커피 잔 하나에 아비산을 넣는다고 해도 그 잔이 확실히 사와코 앞에 놓일 거라는 보장이 없다. 바로 효도 범인설 때 나온 문제가 이번에도 불거집니다.

그래서 원래라면 요헤이 씨, 사쿠라 공범설도 여기서 벽에 부딪히게 됩니다. 예전의 저였다면 벽을 넘지 못하고 분명 좌절했겠지요.

하지만 어렵게 생각할 필요가 없다. 제 눈을 띄워 준 당신의 명언이 이번에도 저를 궁지에서 꺼내 주었습니다.

공범이 둘로 제한된다는 규칙은 어디에도 없습니다. 요헤이 씨와 사쿠라 둘만으로 범행이 불가능하다면 가능케 할 또 다른 공범을 찾으면 그만인 것입니다.

그럼 누가 또 다른 공범일 수 있을까요. 어렵게 생각하지 않아도 이 역시 해답은 자연스럽게 나옵니다.

이이치로 씨가 평소 좋아하던 한입 크기 초콜릿에 아비산을 집어넣어 몰래 요시오에게 줄 수 있었던 사람. 커피 잔 하나에 아비산을 넣는 것은 물론 그 잔을 확실히 사와코 앞에 놓을 수도 있었던 사람. 바로 니레 저택의 부엌과 집안일을 총괄하던 스미에 씨입니다.

그러나 스미에 씨는 니레 저택에서 하루이틀을 일한 가정부가 아니었습니다. 그러기는커녕 평생을 니레 집안을 위해 봉사해 온 충실한 심복이었다고 해도 과언이 아닐 것입니다.

경찰이 사실상 스미에 씨를 용의자 명단에서 제외한 것도 그런 이력에 더불어 그녀가 주인 일가에 맞설 동기가 없다는 점이 가장 큰 이유였을 거라고 추측합니다.

충성스러운 가정부 스미에 씨가 사실은 반역자 무리의 일원이라는 충격적인 사실을 받아들이려면 조금 더 구체적인 정보가 필요하겠지요. 당신도 저와 비슷하게 느낄 것입니다.

그렇다면 스미에 씨는 도대체 어떤 사정이 있어서 요헤이, 사쿠라 팀에 가담하기로 마음먹은 걸까요.

여기서 저의 견해를 잠시 말씀드리고자 합니다.

제가 조사한 바에 따르면 1905년생인 이와타 스미에 씨는 사건 당시 61세였습니다. 열다섯 살 때부터 니레 가문을 위해 일했으니 결혼 후 잠시 저택을 떠난 기간을 빼더라도 삶의 거의 대부분을 니레 저택에서 보낸 셈입니다.

그 니레 저택 안에서 그녀는 어떤 대접을 받았을까요. 고리타분한 시절이었고 무엇보다 이이치로 씨는 집안 고용인들에게 엄했습니다. 그러나 제가 알기로 후한 대접을 받았다고 할 수 없어도 특별히 냉대하지도 않았다고 들었습니다.

안주인인 구와코 씨와 사와코 역시 성격이 다소 변덕스럽기는 해도 비상식적인 사람들은 아니었습니다. 적어도 살의를 품을 정도의 갈등은 없었을 것으로 확신합니다.

그보다 제가 주목한 것은 바로 사쿠라가 스미에 씨의 사촌 오빠 아들이라는 점입니다.

사쿠라는 그 연줄 덕분에 니레 법무세무사무소의 파트너 세무사가 되었고, 슬하에 자녀가 따로 없던 스미에 씨는 그를 평소에 친아들처럼 아꼈을 가능성이 크지요.

아니, 노년에 접어든 스미에 씨에게 고향 친척과 니레 집안사람들 중 진정으로 믿고 의지할 수 있는 쪽은 그래도 피를 나눈 사쿠라 아니었을까요.

의문을 느낀 저는 기시가미에게 부탁해 사쿠라의 호적 등본을 조사했고, 거기서 총 두 가지 사실을 밝혀냈습니다.

하나는 1924년 출생인 사쿠라는 분명 스미에 씨의 사촌 오빠 부부의 셋째 아들로 출생 신고가 돼 있었는데 내용을 자세히 보니 기묘하게도 그는 형이 태어난 지 고작 여덟 달 후에 태어났다는 점입니다.

또 하나는 그 사쿠라의 출생 전후에 해당하는 시기가 바로 스미에 씨가 결혼해 고향에 내려가 있었던 시기와 정확히 겹친다는 점이었습니다.

스미에 씨는 만 18세가 되는 1923년 결혼한 후 단 1년 만에 이혼했는데 이혼 시점은 사쿠라가 태어나기 다섯 달 전으로 이후 그녀는 본가에서 2년을 더 지내고 다시 니레 저택에 가정부로 들어왔습니다.

이런 사실을 종합해 고려하면 사쿠라는 실은 스미에

씨가 낳은 친아들 아닐까. 그리고 스미에 씨는 아기가 젖을 뗄 때까지 고향에 있다가 후쿠미시로 돌아온 게 아닐까. 이런 의심이 드는 것이 전혀 뜬금없다고 하기는 어려울 것입니다.

전전戰前 일본에서는 결혼하지 않은 여자가 아이를 낳는 게 금기였습니다.

만약 사쿠라가 스미에 씨의 친아들이라면, 그리고 스미에 씨의 이혼 사유가 남편이 아닌 다른 남자의 아이를 임신했기 때문이라면 어떨까요. 울며 겨자 먹기로 어쩔 수 없이 자식을 사촌 오빠 부부 호적에 올렸을 가능성도 충분하지 않을까요.

그렇다면 스미에 씨가 다시 니레 저택에 돌아온 것도 고향에서는 이혼 사유 때문에 더 발붙이고 살기 어려웠기 때문일 수 있습니다. 집 안에서 숙식하는 가정부는 의식주에 돈이 들지도 않지요. 낭비만 하지 않으면 아들을 대학에 보낼 수도 있는 것입니다.

혹시 스미에 씨가 재혼하지 않은 이유도 그 때문이라면. 스미에 씨는 어엿한 세무사로 자란 아들 사쿠라가 정말로 자랑스럽지 않았을까요.

거기에 만약 이이치로 씨가 죽으면 아들이 사무소를 접수할 수도 있는 상황에 돌연 제가 나타나 모든 계획을 망가뜨린 것입니다. 스미에 씨가 저를 보며 속으로 증오심을 불태웠다고 해도 이상하지 않습니다.

어쩌면 스미에 씨는 단순히 사쿠라를 옆에서 도왔을 뿐 아니라 제게 앙갚음을 하려고 솔선수범해서 그 일에 나서지 않았을까. 제 머릿속에는 심지어 그런 가능성까지 떠오르더군요.

어떤가요.

요헤이 씨와 사쿠라, 그리고 스미에 씨. 정말 그 세 사람이 공모해 사건을 일으켰다면, 그것은 평소 사람을 사람으로 보지 않고 으스대던 니레 집안사람들에게 하늘이 내린 천벌일지도 모릅니다.

이이치로 씨의 권유를 흔쾌히 받아들인 저 역시 따끔한 보복을 당한 셈입니다.

잡설이 길었습니다만, 도코 님. 아무래도 이제는 우리 두 사람이 모든 걸 솔직히 터놓을 때가 온 것 같습니다.

요 며칠간 제가 편지를 앞에 두고 고민에 찬 시간을 보냈다고 하면 어떤 생각이 드실까요.

바라마지않던 도코 님의 답장은 읽을수록 제게 새로운 깨달음을 주는 동시에 저를 고민에 빠뜨렸습니다. 열렬한 진심이 담긴 글귀에 잠시 감격도 했지만 결국은 또다시 끝 모를 절망의 구렁텅이에 빠지고 말았습니다.

선불리 추리 같은 걸 한 내가 잘못이다. 그런 괴로운 생각이 끝없이 용솟음치더군요.

행복과 불행. 인간의 마음속 천칭은 아주 약간의 무게에도 크게 기웁니다. 제게는 지금 사실 고통밖에 남지 않았다고 해도 과언이 아닙니다. 범인을 알아내 봐야 이제 와서 달라질 게 뭐가 있을까요. 서글픔과 공허함만 가슴에 가득하겠지요.

그런데 말입니다. 질투는 참으로 무시무시한 감정 같습니다.

인간이 품는 감정 중에 아마 질투만큼 부정적인 기운을 가진 것도 없을 것입니다.

도코 님이 쓰신 문장에 깊이 공감합니다.

도코 님이 사와코 범인설에 이른 경위가 도코 님 안에 있는 질투심 때문이었다면 제가 요헤이 씨 범인설에 도달한 것 역시 질투심 때문이었다고 할 수 있겠지요.

그 사건을 떠올릴수록 그리고 이 편지를 써 내려갈수록 당신은 제가 아닌 요헤이 씨를 지키려고 했다는 악마의 속삭임이 머릿속에 집요하게 울려 퍼졌고, 실은 저는 지금도 그 녀석에게 속수무책 휘둘리고 있습니다.

당신이 예전이나 지금이나 변함없이 저를 사랑한다는 것. 그리고 당신이 요헤이 씨 앞에서 보인 행동의 밑바탕에는 애정이 아닌 그저 이해득실과 정욕을 초월한 연민과 동정의 감정이 있었다는 것을 의심하지는 않습니다.

오히려 머리로는 누구보다 잘 알지만 가슴이 좀처럼 그 사실을 받아들이려 하지 않는 게 현실입니다.

당신이 그동안 얼마나 저를 그리워했다고 해도 당신의 현실 속 남편은 오가 요헤이 씨입니다. 그리고 40년이라는 세월이 흐른 지금도 그것은 변함없는 사실입니다. 왜냐하면 당신은 지금도 아내, 그리고 여자로서 저와 관련된 일에서까지 요헤이 씨를 계속 감싸고 계시니까요.

아무리 다른 남자를 만나더라도 아내가 오직 남편에게만 품는 감정. 그것을 사랑이라고 부르지 않고 무엇을 사랑이라 할 수 있을까요. 저는 당신이 제게 던진 말을 그대로 돌려드리고자 합니다.

도코 님. 한 번 더 여쭙겠습니다.

당신은 지금도 여전히 저를 니레 저택에서 맞이하고 싶으신가요.

진범이 누구인지 알면서, 또 그것을 은폐해 저를 지옥

에 떨어뜨린 남자의 아내이면서 저와 한 지붕 아래에서 살 마음이 정말 있으신가요.

오래전 두 사람으로 돌아가 천진난만하게 추리 이야기를 꽃피운다. 제가 당신이라면 저는 그런 기만은 결코 견디지 못할 것 같습니다. 그것이 바로 남자와 여자의 차이일까요.

여러 번 말씀드리지만 제 인생은 출발점부터 잘못돼 있었습니다. 허영과 타산 앞에서 무릎을 꿇은 제가 사랑이라는 감정을 지켜 가는 것은 어불성설에 불과한 것입니다.

이 모든 걸 처음부터 다시 시작할 수 있다면 얼마나 좋을까……. 그러나 이 역시 허황된 꿈입니다. 저는 앞으로도 영원히 후회만을 가슴에 품은 채 외로이 살아가겠죠.

밤이 깊었군요. 이 편지도 슬슬 마무리 지어야 할 때가 온 것 같습니다.

저는 더 이상 당신과 불필요한 논쟁을 이어 가고 싶지 않습니다.

마지막의 마지막에 와서 이렇게 볼썽사나운 모습을 보인 것을 부디 용서해 주십시오. 그리고 이 편지를 끝

으로 이제 저라는 사람을 기억에서 깨끗이 지워 주시길
바랍니다.

경애하는 도코 님. 비록 짧은 시간이었지만 제게 분
이 넘치는 사랑과 위안을 주신 점을 진심으로 감사드립
니다.

앞으로 모쪼록 당신이 건강하고 행복하게 지내시기
를 기원합니다.

2008년 10월 22일
니레 하루시게 드림

신 ─ 도코가

서 하루시게에게

하루시게 님께

당신에게서 도착한 두툼한 답장을 우편함에서 발견하고 하늘을 날 것 같은 희열에 젖었던 것은 꿈이었을까요.

지금 제 가슴은 슬픔으로 가득 차 당장에라도 산산이 찢겨 버릴 것 같습니다.

떨리는 손으로 읽어 간 당신의 편지 속에 설마 그토록 신랄한 말이 적혀 있을 줄은……. 지나치다고 할 그 내용에 저는 그저 망연자실했습니다.

하루시게 님. 제게 왜 이런 순간이 찾아온 것일까요. 사랑하는 이에게서 왜 이렇게까지 호된 추궁을 당하는 것으로 모자라 심지어 절연까지 당해야 하는 것일까요.

제가 아무리 몸부림쳐도 제 남편이 오가 요헤이라는 사실, 그리고 지금도 제가 그의 아내라는 사실 자체를 바꾸는 건 불가능합니다. 법조인인 당신이 누구보다 잘 알 것입니다. 그런 상황에서 저에게 도대체 뭘 어떻게 하라는 말씀이신가요.

진범이 요헤이라는 걸 알면서 제가 아내, 그리고 여자로서 남편을 계속 두둔해 왔다. 만약 정말로 그렇게 의심하고 계신다면 터무니없는 오해입니다.

당신이 꼭 제가 사랑하는 사람이 아니더라도 무고한 사람이 남편 대신 감옥에 갇히는 상황을 대수롭지 않게 여길 만큼 저는 사악한 악녀도 아닙니다.

이 편지를 끝으로 이제 저라는 사람을 기억에서 깨끗이 지워 주시길 바랍니다.

이 문장은 거짓 없는 하루시게 님의 본심인가요.

당신이 내린 결론이면 무엇이든 말없이 따르겠다. 저는 그렇게 마음먹었지만 상황이 이렇게 된 이상 저도 이대로 물러설 수는 없습니다.

 아무래도 이제는 우리 두 사람이 모든 걸 솔직히 터놓을 때가 온 것 같습니다.

 당신의 말씀대로 저 역시 제 속내를 당신께 솔직히 들려드릴 때가 온 것 같네요.
 아무쪼록 감정에 좌우되지 않고 당신이 제 이야기를 들어주시기를 바랄 뿐입니다.
 제가 지금부터 들려드릴 이야기는 원래라면 그 누구에게도 말하지 않고 무덤까지 가져가려 한 이야기이기 때문입니다.
 저, 그리고 니레 가문에 너무나 불명예스러운 사실. 지금 여기서 제가 그것을 털어놓기로 결심한 건 제 가슴에 단 하나의 비밀이라도 있는 이상 어떤 해명을 해도 당신이 저를 오롯이 믿어 주시지 않을 것을 깨달았기 때문입니다.

 당신이 그동안 얼마나 저를 그리워했다고 해도 당신의 현실 속 남편은 오가 요헤이 씨입니다. 그리고 40년이라는 세월이 흐른 지금도 그것은 변함없는 사실입니다. 왜냐하면 당신은 지금도 아내, 그리고 여자로서 저와 관련된 일에서까지 요헤이 씨를 계속 감싸고 계시니까요.

당신은 지금도 여전히 저를 니레 저택에서 맞이하고 싶으신가요.

진범이 누구인지 알면서, 또 그것을 은폐해 저를 지옥에 떨어뜨린 남자의 아내이면서 저와 한 지붕 아래에서 살 마음이 정말 있으신가요.

제 편지를 끝까지 읽으면 당신이 아무리 냉정한 분이어도 제게 이런 폭언을 일삼지는 못할 것입니다.

해명 기회도 없이 이별을 통보받는 것이 여자에게 얼마나 괴로운 일인지 아시나요. 지금은 당신이 그저 이 편지를 끝까지 읽고 진실을 알아주시길 바랄 뿐입니다.

그 결과 당신과의 인연이 완전히 끊긴다고 해도 제 운명이겠지요. 죄를 고백하려면 용기가 필요하지만 진실에서 눈을 돌린 채 도망치는 고통보다야 낫습니다.

사랑하는 하루시게 님. 부디 제 이야기를 듣고 놀라지 않으시기를 빕니다.

제 남편 오가 요헤이를 죽인 사람은 바로 저입니다.

물론 죽였다고 해도 계단에서 제 손으로 그를 밀친 것

은 아닙니다.

남편이 아무리 왜소한 사람이었어도 여자인 제 힘으로는 그러기 어렵고 실제로 남편이 계단에서 떨어진 것으로 추정되는 시간에 저는 집에서 야식을 준비하며 남편을 기다리고 있었습니다.

원격으로 뭔가를 한다고 해도 5킬로미터나 떨어진 곳에 있는 남편의 등을 떠밀 방법은 없겠지요.

그러나 죽였다는 말이 꼭 비유적인 표현이라고 할 수는 없습니다. 제 남편 요헤이는 틀림없이 아내인 저 때문에 세상을 등지게 됐으니까요.

남편 살해. 지금 다시 생각해도 긴장과 흥분 때문에 가슴이 떨립니다. 그때 저는 분명 야차*였습니다.

그렇다면 제가 왜, 그리고 어떻게 남편을 죽음에 이르게 했는가.

핵심에 들어가기 앞서 지난 편지에서 하루시게 님께서 제시한 요헤이, 사쿠라 씨, 스미에 씨 공범설에 대한 제 의견을 말씀드리고자 합니다.

하루시게 님이 떠올린 그 추리는 대담함과 심플함 면

---

* 하늘을 날아다니며 사람을 잡아먹고 상해를 입힌다는 설화 속 잔인한 귀신.

에서 다른 가설에 비할 수 없을 만큼 뛰어났습니다.

만약 하루시게 님의 가설이 옳다면 그날 사건은 근본부터 뒤집히겠지요.

사와코 언니와 저의 갈등, 사와코 언니와 지카코 새언니의 경쟁 관계, 그리고 당신과 사와코 언니의 부부 관계도 다 사건과는 아무 관련이 없었던 게 됩니다.

그 대신 부상하는 것이 바로 요헤이와 사쿠라 씨, 스미에 씨. 그렇게 니레 집안 피를 물려받지 않은 세 사람의 무시무시한 원한과 증오입니다.

사건을 돌이켜보자면 우선 사건 이후 저희 부부에게 일어난 일들부터 검증해야 할 것입니다.

그리고 결과론적이긴 해도 그 과정이 당시 저의 선택이 결코 틀리지 않았음을 강력히 증명해 줄 거라고 생각합니다.

사와코 언니 범인설은 애당초 가설로써 성립할 수 없다는 하루시게 님의 설명은 제게 놀람 수준을 넘어 경악으로 다가왔습니다. 안심하고 발을 내디딘 땅이 돌연 요동치기 시작한 느낌이라 할까요.

하루시게 님이라면 그런 저를 이해하실 것입니다.

당시 집 안에 있던 사람들 중에 당신을 살인범으로 만

들 극한의 악의를 품을 범인으로 사와코 언니보다 어울릴 후보가 있었나요. 그리고 살인이라는 중죄를 저지를 범인으로 사와코 언니보다 배짱과 행동력을 갖춘 사람이 있었나요.

절대 언니를 비난하는 게 아닙니다. 오히려 저에게 언니는 눈도 제대로 마주치기 힘든 경외로운 존재였으니 이렇게 말할 수 있는 것입니다.

사와코 언니 범인설은 적어도 그 시점에 제가 도달할 수 있는 최선의 결론이었습니다.

그러나 사람 일은 역시 알 수 없습니다.

얼마 전 도착한 하루시게 님의 편지는 제가 그동안 확신하고 있던 사와코 언니 범인설을 산산조각 냈습니다. 그뿐만이 아닙니다. 당신이 새로이 제시한 3인조 공범설은 그동안 오랜 억측에 사로잡혀 있던 제 머릿속 먹구름을 단숨에 걷어 주었지요.

한정된 용의자 안에서는 범인의 숫자가 많아질수록 범행도 쉬워진다. 그 말씀이 맞습니다. 저도 하루시게 님처럼 제가 모르는 사이에 추리 소설의 악영향을 받았을지도 모릅니다.

단독범이 아닌 공범, 그것도 뜻밖의 조합인 공범의 존재는 제게 그야말로 맹점이었다고 할 수 있습니다.

공범이 둘로 제한된다는 규칙은 어디에도 없습니다. 요혜이 씨와 사쿠라 둘만으로 범행이 불가능하다면 가능케 할 또 다른 공범을 찾으면 그만인 것입니다.

이 얼마나 명쾌한 논리인가요.

사쿠라 씨가 실은 스미에 씨의 친아들이었다. 듣고 보면 이해되는 지점이 있고 의심의 여지도 없어 보입니다. 두 사람의 외모가 왠지 닮았던 것도 부모 자식 사이라면 이상할 게 없지요.

젊은 시절 스미에 씨가 휴일에 놀러 나가거나 꾸미는 데 돈을 쓰지 않고 근검절약했다는 것. 여러 번 들어온 재혼 권유에 응하지 않고 니레 저택을 한사코 떠나지 않은 것도 아들의 양육비를 마련하기 위해서였다면 그럴싸합니다. 아무리 멀리 떨어져 있어도 어머니의 사랑은 변치 않는 법이니까요.

스미에 씨는 인생 대부분을 니레 저택에서 보냈다고 해도 과언이 아니지만 말년에는 건강을 잃고 2년간 입원 신세를 지다가 78세의 나이로 세상을 떠났습니다. 사인은 흡인성 폐렴이라고 들었습니다.

스미에 씨의 입원과 장례식 절차를 사쿠라 씨가 도맡는 것을 보며 저는 그가 스미에 씨 생전에 뭔가 감사한 일이라도 있었나 보다고 속으로 감탄했습니다만…….
지금 생각하면 그저 자식으로서 당연한 도리를 했을 뿐
이었네요.

제가 세상에 태어날 때부터 옆을 지켜 줬고 어떤 의미
에서는 친어머니보다 믿고 따른 할머니가 실은 니레 집
안사람들에게 살의를 품고 있었다니……. 분노를 넘어
서 슬픔이 밀려옵니다.

그런 줄은 꿈에도 모르고 사건 이후 어머니와 저는 스
미에 씨에게 전보다 더 의지했으니 모르는 게 약이라는
말은 정확히 저희 같은 사람들을 두고 하는 말일 것입
니다.

하루시게 님도 아시다시피 사쿠라 씨는 효도 씨와는
다른 의미에서 빈틈없는 사람이었습니다. 그런 사쿠라
씨가 스미에 씨와 손을 잡는다면 그야말로 호랑이에 날
개 달리는 격이고, 세상 물정 모르던 저희 같은 사람들
을 조종하는 것 또한 그들에게는 식은 죽 먹기였을 게
분명합니다.

그리고 스미에 씨는 가족 관계를 철저히 숨긴 채 뒤에
서 자신들처럼 니레 집안 혈통이 아닌 제 남편 요헤이
에게 다가가 말을 걸었다……. 겉으로는 견원지간을 가
장하면서 뒤에서는 몰래 협력한 그 교묘한 술책이 대단

217

하다고 할 수밖에 없습니다.

그러나 하루시게 님이 지적하신 대로 역시 한계가 있었을 것이고 저도 남편이 사쿠라 씨와 진심으로 의기투합했으리라고는 보지 않습니다.

사쿠라 씨에 비하면 남편은 순진한 사람이었습니다. 약간 비굴하면서도 소심한 면이 있었고 나쁜 쪽으로 머리가 잘 돌아가지도 않거니와 그에게는 숨겨야 할 비밀 따위도 없었지요.

나중에 그 두 사람이 결국 갈라선 것도 다른 사람들에게 보이기 위한 가짜 결별이라기보다는 성격 차이, 사고방식의 차이가 좁히기 힘든 수준까지 벌어진 결과가 아닐까 저는 생각합니다.

자, 이제 슬슬 제가 왜, 그리고 어떻게 남편을 죽음으로 몰고 갔는지 고백할 때가 온 것 같습니다.

제 죄를 말하려면 가장 먼저 언급해야 할 것이 바로 이유, 즉 범행 동기겠지요.

하지만 제가 남편을 죽인 이유를 떠올려 보자면 그것이 분노 때문인지, 절망 때문인지, 아니면 그 밖의 다른 충동이었는지 솔직히 지금도 잘 구분되지 않는 것이 현실입니다.

당신이 체포됐다는 소식을 처음 들었을 때 어떻게든 도울 방법이 없을지 상의하는 제게 남편의 첫마디는 몹시도 차가웠습니다.

"당신도 지금 우리 처지가 난처하다는 것쯤은 알지 않아?"

남편은 평소와는 다르게 고압적으로 저를 비난하듯 말하더군요.

"우리는 피해자와 가해자 양쪽의 가족이야. 어느 쪽을 편들어도 비난받게 돼 있어. 지금은 그냥 말없이 상황을 지켜보는 게 나아."

남편은 제가 무슨 말을 꺼내도 움직여 줄 것 같지 않았습니다.

남편 입장에서는 무슨 꿍꿍이인지 몰라도 무고한 당신이 직접 나서서 죄를 뒤집어쓴 상황입니다. 진범에게 이보다 더 큰 행운이 있을까요. 그런 상황에서 가타부타 떠들어서 긁어 부스럼을 만들 이유가 없었던 것입니다.

남편은 앞으로 사태가 어떻게 돌아갈지 끝까지 예의 주시해야 했겠지만, 제가 그런 사정을 어찌 알았겠나요. 당신을 위해서 해줄 게 아무것도 없는 현실이 분하고 원통해서 남편 얼굴을 쳐다보기조차 싫었을 정도입니다.

제가 요헤이와의 결혼을 받아들인 것은 평생을 하루시게 님 곁에 있으려는 일념 때문이었다는 건 지난 편지에서도 말씀드린 바 있습니다.

그런 하루시게 님이 제 손이 닿지 않는 먼 곳으로 떠나 버린 마당에 내가 이 남자와 앞으로도 살아야 할 이유가 무엇일까. 남편을 향한 제 분노는 원치 않은 결혼 생활에서 쌓여 온 불만과 맞물려 어느새 제어할 수 없을 정도로 커져만 갔습니다.

그런 분노와 절망이 살의로 변하고 제 안에서 남편을 죽일 아이디어가 구체적인 형태를 갖추기 시작한 건 하루시게 님의 재판이 끝난 지 얼마 안 됐을 무렵입니다.

물론 구체적인 형태라고 해 봐야 한낱 아마추어의 발상입니다. 저 자신의 안전까지 담보할 살해법이 그리 쉽게 찾아질 리도 없고요.

많은 시행착오를 거친 끝에 제가 최종적으로 택한 것은 남편이 당시 복용하던 한약을 이용하는 방법이었는데 제 안전 여부는 차치하더라도 절대 확실하다고 할 수 없는 방법이었습니다. 그래도 결과적으로 소기의 목적을 달성했으니 모든 게 잘 풀렸다고 할 것이고 신에게 감사드려야겠지요.

왜 하필 그런 살해법을 골랐는지를 말씀드리면, 제가

아는 지인 중에 한약 전문가가 있는데 그분의 이런저런 조언 중 '약이라는 것은 효과가 있으면 반드시 부작용도 있다. 한약도 예외가 아니다'라는 말이 떠올랐기 때문입니다.

한약을 만드는 한약재는 약뿐만 아니라 식품에도 들어가고, 하나의 약을 제조할 때는 여러 생약을 섞기 때문에 각각의 생약 성분의 정확한 섭취량을 재는 건 어려운 것으로 알려져 있습니다.

그중에서도 감초라는 것은 이름 그대로 달콤한 약초인데 처방되는 한약의 70퍼센트 이상에 포함될 만큼 대표적인 생약입니다. 소염, 진통 등에 잘 듣지만 부작용도 커서 일정 기간 이상 복용하면 팔다리가 저리고 결리는 증상이 나타나 넘어짐 사고 등을 초래한다고 알려져 있지요.

그것만으로도 위험하지만 문제는 일반 병원에서 처방되는 약 중에도 실은 감초와 마찬가지, 아니 그 이상으로 탈력과 근력 저하, 보행 이상 같은 부작용을 일으키는 성분들이 있다는 점입니다.

실제로 여러 약을 함께 복용한 탓에 효과가 지나치게 세게 나타나는 바람에 위험한 상황으로 이어지는 사례도 적지 않다고 들었습니다.

그렇다면 기대하지 않는 게 더 어렵지 않을까요.

어느 집안이든 비슷하겠지만 당시 남편의 약을 관리하는 사람은 저였습니다. 그리고 남자들은 아내가 주는 것이라면 원래 음식이든 약이든 별 의심 없이 입에 넣고 보는 존재들이지요.

약들은 형태가 대부분 비슷하고 제조사가 바뀌면 이름과 모양도 쉽게 바뀝니다. 그러니 몰래 고른 여러 약을 섞어 남편에게 계속 먹이다 보면 온몸의 근력이 저하해서 어쩌면 사고를 일으킬 가능성도 생기지 않을까요.

물론 이렇게 말씀드려도 너무 막연한 기대라고 할 수 있습니다. 비유하자면 언제 당첨될지 모르는 복권을 계속해서 사는 행위와 비슷하다고 할 수 있겠지요.

그러나 실은 당시 제게는 또 하나의 비책이 있었습니다.

남편이 심한 노이로제를 앓고 있었다고 전에도 말씀드렸는데 그는 날 때부터 성격이 어두운 편이고 기분이 자주 가라앉고는 해서 한밤중에 느닷없이 혼잣말을 하거나 자면서 끙끙 앓을 때가 있었습니다.

본인도 자각은 하는 듯 보였는데 지금 생각하면 사쿠라의 범행에 가담하기는 했어도 사와코 언니와 요시오를 죽인 데서 오는 양심의 가책 때문에 힘들었겠지요.

남편이 시립 병원 정신과에서 항우울제를 처방받아 몰래 복용한다는 것은 남편과 저만의 비밀이었습니다.

타인의 재산과 생명을 지켜야 할 변호사가 정신병을 앓는다는 소문이 돌면 사무소 매출에 타격을 주게 됩니다. 남편이 앓는 병이 공개 석상에서 드러난 적은 없지만 항우울제 부작용 때문에 남편은 이따금 극심한 현기증과 구역감에 시달려야 했습니다.

하루시게 님도 아시다시피 당시 니레 법무세무사무소가 입주해 있던 에노키자카 빌딩은 오래된 4층 건물로 엘리베이터가 따로 없었지요.

그리고 2층에 있는 사무소에서 1층에 가려면 가파르고 폭 좁은 계단을 내려가야 해서 저 역시 두려움을 느낄 때가 있었습니다.

뭔가를 붙잡아서 의지하고 싶어도 난간 같은 것도 없습니다. 한 번이라도 발을 헛디디면 그대로 콘크리트 바닥으로 내동댕이쳐질 위험한 곳에서 느닷없이 현기증과 구역질이 덮치면 어떻게 될까……. 결과가 머릿속에 그려지더군요.

그러나 무슨 일이든 서두르면 그르치는 법입니다.

하물며 그때는 니레 저택에서 끔찍한 사건이 일어난 지도 얼마 안 된 시점이었습니다. 만에 하나 제가 경찰의 의심을 사면 시신 부검부터 시작해 하나부터 열까지를 철저히 조사할 게 뻔했습니다.

저희가 사는 집에도 계단이 있지만 일부러 사무소 빌딩을 선택한 것도 신중을 기한 결과였다고 할 수 있습니다.

그러나 사고는 제 예상만큼 쉽게 일어나지 않더군요.

하루시게 님의 재판이 끝난 지 일곱 달이 흘러 슬슬 초조해질 무렵에 마침내 기회가 찾아왔습니다. 남편이 감기에 걸린 것입니다.

감기약은 꼭 의사를 찾아가지 않아도 시중에서 쉽게 구할 수 있지만 그런 약도 우습게 봐서는 안 됩니다. 종합 감기약이라고 불리는 대다수의 약은 약 하나에 발열과 기침, 코 막힘 등 다양한 증세에 대처하는 여러 약제가 배합돼 있어서 부작용도 깜짝 놀랄 만큼 많다는 걸 아시나요.

그 수많은 부작용 중에는 졸음과 현기증도 있는데, 아마 약 부작용의 도움을 받은 건 그때가 처음이자 마지막일 것입니다.

평생 잊지 못 할 그날의 기억. 저는 밤 9시가 지나 사무소에 있는 남편에게 전화를 걸었습니다.

다른 직원은 이미 퇴근했을 시간이라 전화를 받은 남

편은 저인 것을 알고 "뭐야. 당신이었어? 무슨 일이야?"
하고 피로에 찌든 목소리로 물었습니다.

"감기는 좀 어때?"

그렇게 묻자 남편은 평소보다 기운 없이 "아직도 목이
아파. 그리고 약 때문인지 졸음이 쏟아지네"라고 하더
군요.

"오늘은 그만 마치고 오는 게 어때?"

"그러고 싶은데 일이 아직 남아서."

"얼마나 남았는데?"

"앞으로 한두 시간 정도."

그렇게 몇 마디를 더 주고받고 저는 곧장 본론에 들어
갔습니다.

"실은 방금 시마하라 큰고모님께 전화가 왔는데."

어색하게 들리지 않도록 신중히 말을 골랐습니다.

"급한 일이 생겨서 내일 집에 오시겠대. 그때 선물받
은 서양란 화분을 사무소에 갖다 둔 걸 알면 화내실 텐
데 큰일이야. 미안하지만 올 때 그 화분 좀 가져와 줄 수
있어?"

제가 그렇게 부탁하면 남편이 싫다고 할 리 없었습
니다.

당신도 아시다시피 시마하라 큰고모님은 돌아가신

아버지의 큰누님입니다. 명문 자산가 집안에 시집을 갔고 남편도 전직 국회의원이라 저희 일가친척 중에 가장 콧대가 높은 분이었죠.

운 좋게도 그런 큰고모님이 제게 선물한 서양란 화분을 사무소에 가져다 놓은 게 정확히 한 달 전.

지금은 서양란이 흔하지만 1968년 당시에는 값비싼 식물이어서 심지어 화분 하나가 회사원 연봉에 버금가는 것도 있었습니다.

모처럼 큰고모님이 집에 오시는데 선물로 받은 그런 귀중한 화분이 집 안에 보이지 않으면 난감한 상황이 펼쳐질 게 분명했습니다.

"흐음. 이것 참 곤란하군."

남편은 귀찮은 것처럼 반응하더군요.

"혹시라도 큰고모님 기분이 상하기라도 하면 큰일이니 힘들겠지만 택시라도 타서 갖고 와 줘."

저는 끈질기게 요구했습니다.

물론 큰고모님의 급작스러운 방문은 새빨간 거짓말이었다고 해도 서양란을 선물받은 것은 사실입니다. 그렇게 크지는 않아도 두 손에 화분을 들고 계단을 내려가는 건 몸 상태도 좋지 않았던 남편에게는 쉽지 않은 일인 것입니다.

"알겠어. 가져갈게."

남편의 대답은 정해진 것이나 마찬가지였습니다.

사고의 가장 큰 원인은 역시 근력 저하였을까요. 현기증이었을까요. 아니면 화분 때문에 발밑이 잘 보이지 않았던 것이었을까요.

결국 그로부터 두 시간이 지나 계단에서 발을 헛디딘 남편은 맥없이 세상을 뜨고 말았습니다.

어떤가요.

남편 살해범. 그것이 바로 하루시게 님이 아는 니레 도코라는 여자의 실체입니다.

당신은 지금도 제가 사랑하는 당신이 아닌 남편 요헤이를 감쌌다고 비난하실 건가요. 그리고 제가 여전히 아내, 그리고 여자로서 요헤이를 계속 두둔하고 있다고 말씀하실 건가요.

이제는 당신도 제 진의를 의심하지 못하실 것입니다.

그렇지만 하루시게 님, 부디 오해하지 않으시기를 바랍니다. 제가 아무리 절망하더라도 당신을 원망할 일은 없을 테니까요.

니레 저택에서 당신을 맞겠다는 저의 제안을 거절하신 건 정녕 아쉽지만 다른 사람도 아닌 하루시게 님이 직접 결정하신 일입니다. 불만을 토로해 봐야 소용없겠지요.

당신과 한 지붕 아래에서 사는 것. 그것은 결국 이루지 못할 꿈이었습니다.

그래도 찰나의 시간일지언정 저는 꿈을 꿨습니다. 세상에서 소외되어 은둔자처럼 살아가는 제게는 예상도 못 한 행운이었지요.

제가 앞으로 얼마나 더 살지는 모르겠습니다만, 저는 앞으로도 남은 인생을 이곳 니레 저택에서 홀로 죄를 참회하며 보내고자 합니다.

마지막으로 단 한 가지 바람이 있다면……. 아니, 이제 더 이상의 미련은 버리겠습니다.

바라건대 하루시게 님께 신의 가호가 있기를.

그리고 남은 삶이 밝고 보람찬 일로 가득하기를 늘 먼 곳에서 기도하겠습니다.

안녕히.

2008년 10월 26일
니레 도코 드림

신
—
하
루
시
게
가

서
도
코
에
게

도쿄 님께

이제 두 번 다시 당신의 이름을 봉투에 적을 일은 없을 것이다. 글로는 다 표현할 수 없는 심정을 가득 담아 마지막 편지를 쓰고 채 2주도 지나지 않아 또다시 펜을 들어 버린 제가 있습니다.

솔직히 말씀드리지요. 당신에게서 도착한 답장은 그야말로 충격적이면서도 이루 말할 수 없을 정도로 흥미진진했습니다.

그날 이후 저는 뜬눈으로 밤을 지새우며 당신의 편지

내용만을 떠올렸습니다. 당신의 고백은 그토록 저의 몸
과 마음을 사로잡았습니다.

도코 님. 도코 님은 예전부터 배포가 대단한 분이었
습니다.

남편 살해. 오랫동안 수많은 살인자들과 부대껴 온
저조차 그 단어가 가진 엄청난 무게감에 몸서리를 금하
지 못하겠더군요.

설마 당신이 그런 짓을 저질렀을 리 없다. 그렇게 기
도하는 심정이 이제는 어쩌면 당신이라면 할 수도 있지
않았을까 하는 확신으로 점차 바뀌고 있습니다.

무엇보다 제가 놀란 것은 제 앞에서 남편 살해를 고백
한 당신의 용기와 결단력입니다.

저 자신이 경험했으니 잘 압니다만 이 세상에서 살인
범이 되면 살인자 낙인이 찍히는 데 그치지 않습니다.
그전까지의 나, 그리고 나를 둘러싼 세상으로부터 순식
간에 격리되지요.

세상 사람들에게 살인범은 나와 똑같은 인간이 아닌
이세계의 존재이자 괴물이기 때문입니다.

만약 제가 당신을 고발이라도 하면 앞으로 겪을 타격
이 엄청난데도 당신은 한 치의 망설임 없이 제 앞에서
죄를 고백했습니다. 그만큼 저를 향한 사랑과 믿음이

깊고 거대하다는 방증일 것입니다.

물론 당신이 정말로 살인자인지에 관해서는 이견이
없는 것은 아닙니다.

남편의 추락사를 노려 남편에게 행했다고 말한 여러
수법들. 각고의 노력과 공부를 통해 얻은 산물이겠지만
사실 그것들이 진정 살인의 실행 행위에 해당할지를 판
가름하자면 다소 의문이 남는 것이 현실입니다.

근력이 감퇴하고 졸음을 느끼고 현기증에 휩싸인다
고 해서 인간이 반드시 계단에서 굴러 떨어지리란 보장
은 없습니다. 오히려 그런 증세가 나타났으니 더 신중
하게 움직였을 수도 있지요.

현실적인 형태의 실력 행사. 이를테면 계단 위에서
밀치는 행위 등과 당신의 행위 사이에는 엄연한 차이가
있습니다.

서양란 화분 건도 마찬가지입니다. 두 손에 짐을 들고
가파른 계단을 내려가는 건 분명 위험하지만 그렇다고
추락 사고로 직결되는 것은 아닙니다. 더욱이 급소 등을
부딪혀 즉사할 확률은 매우 낮을 거라고 생각합니다.

법률 용어로 말하자면 '상당 인과 관계'라고 불리는 것
인데, 이에 따르면 당신은 천하의 악처라고 손가락질당
할 수는 있어도 범죄자로 처벌될 확률은 거의 없다고

해야 할 것입니다.

그리고 더 중요한 것은 만약 요헤이 씨의 죽음이 계획된 살인이라 해도 이미 오래전에 공소 시효가 끝났다는 사실입니다.

전에도 말씀드렸다시피 당시의 살인죄 공소 시효는 15년이었습니다. 즉 현시점에 당신에게 죄를 물을 가능성은 전무하고, 총명한 당신은 그와 관련된 지식도 갖추고 있지 않은가요.

오해하지 않았으면 합니다만 저는 당신을 규탄할 마음이 전혀 없습니다. 그러기는커녕 당신의 굳센 심지와 행동력에 경외심마저 느끼는 게 제 솔직한 심정입니다.

당신이 요헤이 씨와 결혼을 마음먹은 것은 오로지 제 곁에 있으려는 일념 때문이었다는 것. 그리고 척박한 결혼 생활에 대한 절망감이 제어할 수 없을 만큼 커졌다는 것.

당신의 비밀을 알게 된 지금 저는 그 어느 때보다 당신의 사랑을 믿게 됐습니다. 이는 거짓말이 아닙니다.

하지만 도코 님. 실은 당신의 고백에 고개를 갸웃할 부분도 없지는 않은 게 사실입니다.

이렇게까지 단단히 마음먹고 털어놓는 고백에 거짓 따위 있으랴. 누구든 그렇게 생각할 것이고 저도 마찬가지였습니다. 단 하나, 당신이 남편 요헤이 씨를 살해한 진짜 이유. 즉 범행 동기에 관한 설명만을 제외하면 말입니다.

제가 교도소에 들어간 이상 요헤이 씨의 존재는 앞으로 당신 인생에 득 될 게 없었다고 해도 과언이 아닙니다. 무익하고 필요 없는 존재에게 집착할 이유도 없겠지요. 그렇다면 없애 버리는 게 상책이다. 그런 생각의 흐름까지는 저도 이해하겠습니다.

그러나 그때 당신에게는 지극히 간편하면서도 합법적인 선택지가 있었습니다. 바로 이혼입니다. 굳이 위험을 무릅쓰면서까지 살인이라는 천인공노할 짓을 저지를 이유가 전혀 없었던 것입니다.

당신과 요헤이 씨 사이를 묶어 두고 있던 이이치로 씨마저 세상을 떴으니 눈치를 볼 사람도 없었습니다. 이혼에 어떤 걸림돌도 없었던 것입니다.

그런데도 당신은 요헤이 씨를 살해하기로 마음먹었습니다.

당신은 어째서 요헤이 씨를 끝끝내 죽여야 했는가. 거기에는 당신이 제게 들려주지 않은 다른 어떤 사정이 있다고 볼 수밖에 없습니다.

최근 며칠간 저는 이 문제를 두고 줄곧 고민했습니다.

그리고 지금 마침내 최종 해답에 도달한 것 같습니다.

이것이 우리 두 사람에게 바람직한 결론이 아닐지라도 진실에서 눈을 돌리지는 않아야 합니다.

자, 그럼 지금부터 이 거대한 수수께끼에 대해 제가 떠올린 생각들을 정리해 보고자 합니다.

인간은 애초에 어떨 때 다른 인간에게 살의를 느끼는가. 저의 고찰은 거기서부터 시작했습니다.

색색과 욕욕. 세상 대부분의 범죄는 그 둘 중 하나와 엮여 있는데 그중에서도 살인은 전형적인 사례라고 할 수 있습니다. 요헤이 씨 사건에서도 당신이 남편 살해를 결심한 밑바탕에는 남녀 사이의 애증 문제가 적잖은 비중을 차지하지 않았을까요.

물론 현실 속 살해의 동기는 참으로 다양합니다.

예컨대 분노와 원한, 질투처럼 알기 쉬운 동기부터 추리 소설 등에 자주 나오는 사회적 제재를 목적으로 한 살인, 공갈과 협박을 피하기 위한 자기방어적인 살인도 있습니다.

또 사상과 신념에 기초한 테러 행위가 있는가 하면, 단순히 기분이 언짢아서, 혹은 눈에 띄는 행동으로 주목받고 싶어서 등 그야말로 이기적이고 제멋대로인 범행 동기도 가끔 뉴스 등지에서 접할 수 있습니다.

그렇다면 제가 이 부분에서 의문을 느낀 이유는 다른 것이 아닙니다. 당신과 요헤이 씨의 경우 지금 제가 열거한 동기 중 어느 하나 들어맞아 보이는 것이 없다는 점입니다.

요헤이 씨가 평소 아내인 당신에게 손찌검을 하거나 괴롭히지는 않았을 겁니다. 그는 매사 진지하고 성실한 사람이었습니다. 유흥과 도박은 물론 애초에 부부 싸움을 한 적도 거의 없지 않았나요.

그가 우리 두 사람의 관계를 알아차렸다고 볼 수는 없다고 지난 편지에서 말씀드렸습니다. 만약 그랬다면 아무리 낙천적이어도 당신이 건넨 약을 순순히 입에 넣지도 않았겠지요.

그럼 그 밖의 다른 동기를 추정해 볼 수 있을까요.

거기서 제 머리에 떠오른 것이 바로 현실 세계는 물론 영화와 소설 등에 종종 등장하는 살인의 유형. 그렇습니다. 바로 범죄자들 사이에서 벌어지는 입막음을 노린 살인입니다.

목표 달성까지는 힘을 합치다가 성공하면 갈라서는 게 그들의 특성이니 이상할 것도 없지요.

범죄란 원래 성가신 것입니다. 성공했다고 해서 무조

건 해피 엔딩이 아니니까요. 경찰의 수사망을 벗어나
야 하는 훨씬 더 어려운 과제가 남습니다. 그런 상황에
서 멍청한 동료 한 명 때문에 덜미가 붙잡히는 건 누구
든 싫겠죠. 위험의 씨앗은 싹 틔우기 전에 제거해야 합
니다.

어차피 한번은 악행에 발을 담갔습니다. 어제의 동료
는 오늘의 적. 서로를 잘 아는 만큼 그들 사이에서 죽고
죽이는 일이 일어날 수 있는 것입니다.

마찬가지로 당신도 요헤이 씨를 자신의 계획에 동참
시키고 목표를 성공적으로 달성했지만 결국 어떤 문제
가 생겨 그를 제거해야 했던 게 아닐까. 그렇다면 그 계
획이 바로 42년 전 니레 저택에서 일어난 살인 사건 아
닐까. 저는 그런 생각에 도달하고 말았습니다.

갑자기 무슨 자다가 봉창 두드리는 소리냐. 증거라도
있냐. 그런 비난은 각오하고 있습니다. 그래도 저는 제
생각이 틀리지 않았다고 확신합니다.

확신의 가장 큰 이유는 바로 당신이 남편 요헤이 씨를
살해한 사실입니다.

도코 님. 단순히 분노와 절망감 때문에 남편을 죽일
정도로 당신은 충동적인 여성이 아닙니다. 만약 남편을
죽이기로 결심했다면 그 안에는 반드시 그래야만 하는

절실한 사정이 있었을 게 분명합니다.

　어쩌면 요헤이 씨는 당신에게 대등한 공범이기보다 그저 자신의 야망을 실현하기 위한 도구 아니었을까. 그리고 요헤이 씨의 힘을 빌려서 42년 전 사건을 일으킨 당신은 더이상 필요 없는 도구를 폐기 처분하려고 그의 입을 틀어막은 게 아닐까.

　그야말로 무시무시하고 불길한 상상이었습니다.

　그러나 떠올리면 떠올릴수록 도코 님의 속내가 보일 듯한 것 또한 사실입니다. 이런 엄청난 행동을 아무렇지 않게 행동에 옮길 수 있는 사람은 이 드넓은 세상에 도코 님, 오직 당신 말고는 없습니다.

　당신에 의한, 당신을 위한, 오직 당신만이 저지를 수 있었던 범죄. 도코 님이 그 니레 저택 살인 사건의 범인이라면 모든 모순이 풀립니다.

　진범은 바로 당신이다. 물론 당신은 이의를 제기하겠지만 일단은 제 생각을 조금 더 들어주십시오. 마지막에 가서는 당신도 분명 납득할 테니까요.

　당신과 요헤이 씨가 공모해서 사와코와 요시오를 독살했다고 해도 그것을 논리적으로 설명하는 것은 쉽지 않습니다. 반드시 넘어야 하는 거대한 장벽이 두 개나 있기 때문입니다.

하나는 당신은 어떻게 제 재킷 주머니에 초콜릿 포장지 조각을 넣을 수 있었는가. 또 하나는 저를 누구보다 사랑했을 당신이 왜 제 인생을 송두리째 무너뜨리는 그런 짓을 벌였는가.

일시적인 충동이나 불장난 같은 말로 포장될 행동이 아닙니다. 저는 아내를 죽인 죄로 사형을 당할 뻔했습니다. 그만큼 당신도 단단히 벼르고 승부에 나섰겠지요.

우선 첫 번째 장벽부터 살펴보도록 하겠습니다. 그날 당신과 요헤이 씨는 사람들의 눈을 피해 제 재킷 주머니에 손을 넣을 기회가 없었습니다.

전에도 말씀드렸다시피 누가 범인이어도 그것이 사건 해결의 가장 중요한 열쇠인 것은 분명합니다.

역시 요헤이 씨, 사쿠라, 스미에 씨 3인 공범설이 정답이었나.

그렇게 좌절해 가던 제 앞에 한 줄기 광명이 비친 것은 당신이 남편 요헤이 씨를 이용했다면 과연 당신은 그에게 어떤 일을 시켰을까. 그렇게 사고를 확장하고 있을 때였습니다.

주범에게 공범이 주는 메리트는 그저 물리적 전력의 증강만이 아닙니다.

망을 보게 하거나 서로의 알리바이를 증명하는 등 그

야말로 활용법은 무궁무진한데, 그렇다면 원래라면 하나로 이어질 행위를 두 명이 각자 따로 수행하고 서로 전혀 관련 없는 행위인 것처럼 연출하는 수법은 어떨까. 문득 그런 발상이 제 머리에 떠오른 것입니다.

동시에 제 뇌리를 스친 것이 바로 그날 그곳에는 '저의 재킷 주머니'에 '손을 집어넣은' 사람은 없었지만 '저의 재킷'에 '손을 갖다 댄' 사람, 그리고 '자기 자신의 재킷 주머니'에 '손을 집어넣은' 사람은 있었다는 사실입니다.

두 사람이 시간차를 활용해 한 가지 작전을 완수한다. 그것이 그날 사건의 맹점 아닐까. 그렇게 깨달았을 때 저는 비로소 수수께끼가 풀리는 느낌을 받았습니다.

자, 그럼 두 번째 장벽은 어떨까요.

이 역시 정답을 얻기가 몹시 까다로운 난문이지만 일단 현실에서 남편 요헤이 씨가 살해된 이상 적어도 당신의 사랑이 그를 향하지 않았던 것만은 믿어도 되는 듯 보입니다.

그렇다면 사랑하는 사람인 저를 교활한 처자식 살인범으로 만들고, 다른 한편에서는 쓸모없어진 남편을 재빨리 폐기 처분한다. 이런 일견 모순돼 보이는 당신의 행동이 의미하는 바는 무엇일까요.

머리만 싸매고 있다가는 한도 끝도 없을 것 같더군요.

이렇게 된 이상 당시 기억도 최대한 소환할 겸 이번에
저희가 주고받은 편지를 다시 한번 검토해야 했습니다.
기억 속 어딘가에는 분명 수수께끼를 풀 힌트가 숨겨져
있을 테니까요.

궁리를 거듭하던 제게 또다시 광명이 찾아든 것은 당
신의 편지 속 어떤 문장을 읽을 때였습니다.

그런 상황에서 그 누구보다 이성적이고 인내심이 강한 당
신이 왜 아내인 사와코 언니를 죽인다는 말인가요. 제가 하
루시게 님의 무죄를 안다는 것은 다시 말해 그런 뜻입니다.

그래서 당신이 경찰에 체포된 후 저를 가장 괴롭힌 것은
당신에 대한 의혹이 아니었습니다.

하루시게 님은 나에게 왜 한마디 상의 없이 자수를 택했을
까. 그리고 왜 나를 만나기를 한사코 거부하며 면회실에 나
타나지 않을까. 수없이 묻고 물어도 해답이 나오지 않는 이
의문이야말로 저를 끝 모를 우울의 바다로 떨어뜨린 원흉이
었습니다.

당신은 이렇게 쓰면서 무고한 제가 자수한 사실을 한
탄했습니다.

그러나 이 문장을 천천히 곱씹으면 그때 당신을 괴롭

히던 건 제가 수감된 사실이 아니라 제가 당신에게 말없이 자수했다는 사실, 그리고 그 뒤에 저와 말을 주고받을 기회를 얻지 못하는 현실이었음을 알 수 있습니다.

즉, 당신은 그때 제게 뭔가 하고 싶은 말이 있었고, 그것만 전하면 제가 무고하게 교도소에 갇힐 일도 없을 거라 생각하신 게 아닐까요.

돌이켜보면 당신은 같은 10월 15일 자 첫 번째 편지에서 사와코 범인설을 강력히 주장하셨습니다.

사와코 언니가 범인이라면 커피 잔 하나에만 몰래 흠집을 내고 그 안에 독을 집어넣는 것, 그리고 독이 든 잔이 자기 앞에 놓이게 스미에 씨에게 미리 지시하는 것도 손쉬웠습니다.

그뿐만이 아닙니다. 당신의 재킷 주머니에 독 초콜릿 포장지 조각을 몰래 집어넣는, 당신을 제외하면 아무도 할 수 없었다고 결론 난 이 위장 공작도 범인이 사와코 언니라면 이야기가 달라집니다.

심지어 그 상복을 준비한 사람은 언니 자신이었습니다. 어려울 게 하나도 없지요. 당신이 재킷 소매에 팔을 집어넣을 때 이미 은박지 조각이 주머니에 들어 있었던 것입니다.

결국 당시 하루시게 님의 재킷에 손댈 수 있었던 사람을 필사적으로 찾은 것도 다 헛수고였다는 말이 됩니다.

바로 이 단락이 모든 것을 암시하고 있습니다.

실은 사건 발생 당시부터 당신의 머릿속에는 사와코 범인설을 뒷받침할 줄거리가 처음부터 끝까지 완성돼 있었던 게 아닐까. 그러니 제가 자수하는 상황을 막으려고 한 게 아닐까. 저는 그런 생각에 이르렀습니다.

자, 여기까지 왔으니 도코 님도 눈치채셨겠지요. 저는 마침내 그날 사건의 전모를 파악하는 데 성공했습니다. 그것은 실로 흥미진진한 스토리를 갖추고 있습니다.

그럼 도코 님. 지금부터 제가 도달한 사건의 진상을 처음부터 차례대로 설명드리겠습니다.

이 모든 악의 근원은 우리가 서로를 사랑한 것에 있다. 굳이 위선적인 표현을 쓰자면 그렇게 표현해야 할지도 모르겠습니다.

가족의 생살여탈권을 쥐고 있던 전제 군주 이이치로 씨의 죽음은 필연적으로 우리 관계에도 영향을 미쳤습니다. 권력자의 사망은 그전까지 일정하게 유지되던 힘의 균형이 무너지는 것을 의미합니다.

마음의 준비도 하지 않은 상태에서 느닷없이 집안 가장 자리에 오른 저는, 그 중책을 소화하는 데 정신이 팔린 나머지 당신의 마음속 미묘한 변화를 미처 못 보고 넘어갔을지도 모릅니다.

물론 저 나름대로는 최선의 선택을 했다고 생각합니다.

우리 두 사람이 각자 다른 상대와 결혼한 현실을 바꿀 수 없는 이상 지금 그대로 조용하면서도 결연하게 둘의 관계를 이어 가자. 상의 끝에 우리가 내린 결론은, 그러나 당신에게는 기만에 불과하지 않았을까요.

당신은 우리가 처한 현실을 손 놓고 방관하고 싶지 않았을 것입니다. 남들의 훼방 없이 우리가 떳떳하게 맺어지려면 어떡해야 하는가. 그렇게 고민하던 당신은 제 앞에서도 진심을 숨긴 채 남몰래 계획을 세웠지요.

그리고 일단 한번 결심이 선 다음부터는 살해법 등으로 고민할 필요도 없었습니다.

아비산, 즉 비소를 활용한 독살. 타깃은 사와코와 요시오. 당시 흰개미 구제용으로 쓰다 남은 아비산이 창고에 있었으니 니레 저택에 사는 사람이면 누구든 쉽게 비소를 입수할 수 있습니다.

또 손님들을 초청한 티타임 자리에서 만약 커피 잔 하나에 작은 흠집이 있다면 사와코는 어떻게 행동할 것인가.

당신과 사와코는 주부였고 사와코의 평소 성격을 누구보다 잘 아는 당신은 쉽게 예측했을 것입니다. 그렇다면 이용하지 않을 도리가 있을까요.

니레 집안 딸인 당신은 저택 안 어디든 당당하게 드나들 수 있습니다. 남몰래 커피 잔 손잡이에 흠집을 내거나 빈틈을 노려 잔 안에 아비산을 넣는 것, 그리고 아비산을 넣은 초콜릿을 몰래 요시오에게 주는 것도 자유자재로 할 수 있었을 것입니다.

오히려 문제는 당신에게 이런 일들이 너무나 쉬운 나머지 향후 당신에게 혐의가 쏠릴 가능성이 크다는 점이었지요.

아무리 결정적인 증거가 없어도 용의자 명단에 올라서는 안 된다. 확실한 안전지대에 있으려면 누가 봐도 범행을 저지를 수 없었다고 판단할 연출이 반드시 필요했고, 그때가 바로 당신의 남편 요헤이 씨가 투입된 시점이었다고 저는 생각합니다.

그리고 그 연출이 저를 끝없는 번뇌에 빠뜨린 그야말로 불가사의한 사실, 즉 요시오의 목숨을 앗아 간 독 초콜릿 포장지 조각이 제 상복 재킷 주머니에서 나오는 괴기 현상이었다는 것은 굳이 설명하지 않아도 되겠지요.

원래라면 하나로 이어질 행위를 두 명이 각자 수행하고 서로 전혀 관련 없는 행위처럼 보이게 한다. 조금 전에도 말씀드렸듯 그날 그곳에서의 두 분의 행동을 떠올리면 잔뜩 뒤엉킨 실타래가 조금씩 풀리기 시작합니다.

그날은 이이치로 씨의 법요식 때문에 저를 비롯한 남자들은 초등학생인 요시오를 제외하고 모두 상복을 입었습니다. 상복이니 당연히 재킷이 검정 일색이고 언뜻 보면 누구 재킷인지 잘 구분할 수도 없었죠.

또 그날은 유독 무더위가 기승을 부렸습니다. 거기에 뜨거운 커피까지 나와서 남자들은 결국 참지 못하고 재킷을 벗었는데 그때 재킷을 받아 의자 등받이에 걸어 준 사람이 지카코 씨와 당신이라는 점이 문제를 풀 열쇠가 됐습니다.

그 원탁에는 구와코 씨를 가운데에 두고 왼편에는 지카코 씨, 요시오, 효도, 사쿠라, 오른편에는 사와코, 도코 님, 요헤이 씨, 저 순으로 앉아 있었습니다. 그것은 바꿔 말해 당시 효도와 사쿠라의 재킷을 받아 든 사람은 지카코 씨, 그리고 요헤이 씨와 저의 재킷을 받아 든 사람은 도코 님, 당신이었음을 암시합니다.

지극히 일상적인 풍경에 누가 주의를 기울였을까요. 돌이켜보면 그때 제 재킷을 요헤이 씨 의자에, 그리고 요헤이 씨 재킷을 제 의자에 넌지시 거는 것은 당신에게 하나도 어려운 일이 아니었던 것입니다.

그 뒤로도 당신의 책략은 이어졌습니다.

"실례지만 담배 한 대 피워도 될까요?"

일찍이 커피 잔을 비운 당신은 가방에서 담뱃갑을 꺼내 궐련 담배를 천천히 입에 물었습니다.

아직 사와코에게 비소 중독 증상이 나타나기 전이었죠. 지금 생각하면 다소 무례했던 당신의 행동도 전부 이해가 됩니다.

요헤이 씨는 그런 당신을 보고 자리에 앉은 채로 곧장 손을 뻗어 등받이에 걸린 재킷 주머니에서 라이터를 꺼냈습니다. 물론 당신의 담배에 불을 붙여 주기 위해서였지만 그때 그가 한 행동이 과연 그것뿐이었을까요.

이때 그는 바지 주머니에서 미리 꺼내 둔 라이터와 초콜릿 포장지 조각을 재킷 주머니에 집어넣고 마치 처음부터 그 안에 있었던 것처럼 라이터만 꺼내서 우리 앞에 보인 것이 틀림없다. 저는 그렇게 생각합니다. 물론 은박지에 지문이 묻지 않도록 손가락에도 어떤 조치를 미리 해 놓았겠지요.

그렇게 제 재킷과 요헤이 씨의 재킷은 당신과 요헤이 씨 외에는 아무도 바뀐 것을 알아채지 못하고 경찰의 소지품 검사 전까지 그대로 식당에 방치돼 있었습니다.

당신과 요헤이 씨 모두 '제 재킷 주머니에 손을 집어넣을' 기회가 없었던 건 누가 봐도 명백했습니다. 이 훌륭한 협력 플레이 덕에 두 분은 결국 용의자 명단에서 제외되는 데 성공합니다.

그것만으로도 충분히 경이롭지만 당신의 작전은 물론 거기서 그치지 않았습니다.

제 재킷 주머니에 요시오를 죽인 걸 암시할 결정적인 증거를 넣은 사람이 누구인가. 경찰이 마땅히 떠올릴 의문을 당신은 미리 꿰뚫어 보고 다음 단계로 나아갈 준비도 확실히 해 둔 것입니다.

상식적으로 생각하면 제 재킷 주머니에 손을 넣을 수 있었던 사람은 저 또는 아내 사와코입니다. 그러나 사와코는 피해자이니 의혹의 눈길이 제게 쏠릴 것은 불 보듯 뻔한 일이었죠.

요시오에게 줄 독 초콜릿을 재킷 주머니에 몰래 넣을 때 무심코 찢어진 포장지 조각을 남기고 만 얼빠진 범인. 실제로 경찰은 저를 두고 사실상 표적 수사를 펼쳤습니다.

그리고 저와 기시가미 모두 향후 어떤 전개가 우리를 기다리고 있을지를 알았으니 결국 자수라는 마지막 수단을 택했습니다만, 그렇다면 당신은 과연 정말로 그런 결말을 바랐을까요.

이 마당에 와서까지 자의식 과잉이냐며 비웃을지도 모르지만, 저는 반드시 그랬을 거라고 생각하지 않습니다. 총명한 당신은 거기에도 어떤 대책을 세웠을 게 분명하다. 이건 남자의 직감이라고 해야 할까요.

제 머리를 스친 게 바로 예의 그 '타살로 연출하는 자살' 수법입니다. 타살로 가장해 자살하여 자신을 배신한 남편에게 복수한다. 당신이 제시한 사와코 범인설의 메인 트릭이죠.

이 사와코 범인설이 실제로는 성립할 여지가 없다는 건 지난 편지에서 말씀드렸지만 당시만 해도 당신이 그것까지 알 수는 없었습니다.

당신은 제가 막다른 골목에 몰리면 천천히 사와코 범인설을 꺼내 들어 저를 절체절명의 위기에서 구해 줄 심산이었겠지요.

피해자인 사와코를 진범으로 만든다. 그것은 야구로 비유하자면 9회 말 역전 끝내기 홈런이나 마찬가지고 성공하면 모든 이목은 저와 사와코의 부부 관계에 쏠리게 됩니다.

그럼 자연스럽게 당신과 요헤이 씨는 그늘에 묻히고 아무도 둘을 의심하지 않겠죠. 당신이 창조해 낸 타의 추종을 불허하는 고도의 전략이었던 것입니다.

그건 그렇고, 당신은 왜 그렇게까지 해서 사와코를 제거하고자 한 걸요. 의문은 남습니다.

단지 사와코를 세상에서 없애는 게 목적이라면 다른 살해법이나 장소도 얼마든 있을 것입니다. 그렇다면 둘 사이에 단순히 자매들의 갈등을 넘어선 뭔가가 있었다고 해석할 수밖에 없지요.

다음은 그 부분에 대한 저 나름의 견해를 말씀드리고자 합니다.

당신이 제 자수라는 결말을 바랐다고 생각하지 않는다. 저는 조금 전에 그렇게 말씀드렸고 그 말에 거짓은 없습니다.

그러나 당신이 굳이 그런 잔재주를 부린 것은 적어도 사건 발생 직후에는 저에게 의심의 눈길이 쏠리는 상황을 용인했다는 것, 더 정확히 말해 당신이 그런 상황을 노렸다는 것을 암시합니다. 당신도 부인 못 할 것입니다.

그렇다면 도코 님. 이제 남은 가능성은 하나밖에 없습니다.

나중에 보란 듯이 사와코의 악행을 폭로하여 제 증오를 부르고 결과적으로 우리의 사랑을 한층 더 완벽한 것으로 만든다. 당신의 진짜 노림수는 바로 그것 아니었을까요.

도코 님은 치밀한 사람입니다. 사전에 포석도 잘 깔

아 두었겠죠.

솔직히 말씀드리면 사와코가 그동안 꼭꼭 숨겨 왔다는 그 증거 사진. 그것도 실제로는 당신이 만든 위장 증거 아닌가. 저는 그렇게 추측하고 있습니다. 사와코 범인설을 성립시키려면 사와코가 평소에 저를 원망했다는 복선을 깔아 두어야 하니까요.

그리고 이건 제 상상이지만 만약 당신이 사와코의 이름을 사칭해 우리의 불륜 사진을 찍도록 흥신소에 의뢰했다면 사진 역시 당신은 손쉽게 입수할 수 있었습니다. 그다음은 그중에서 한 장, 즉 당신 얼굴이 찍히지 않은 뒷모습 사진을 사와코의 책장에 꽂아 두면 그만인 것입니다.

말이 나온 김에 조금 더 해 볼까요. 사와코가 이노하라 종합 병원에서 세상을 뜨기 전 담당 의사를 향해 "살려 주세요. 절 죽이려고 해요"라고 호소했다는 일화. 거기에도 실은 다른 이면이 있지 않았을까요.

이를테면 지카코 씨가 자리를 비운 사이 당신이 사와코에게 거짓 정보를 심었을 가능성이 있습니다.

"언니 증상만 놓고 보면 누가 언니에게 독을 먹인 게 확실해. 설마 그럴 리 없겠지만 혹시 형부 짓 아닐까? 여기서만 하는 이야긴데, 실은 얼마 전에 형부가 모르는 여자랑 거리를 걷는 모습을 본 적이 있어."

당신이 만약 사와코에게 이런 이야기를 했다면 사와코는 당연히 의심과 불안의 구렁텅이에 빠졌을 겁니다.

그리고 당신의 의도대로 경찰이 제게 의혹을 품은 시점에 마치 막 떠올린 것처럼 사와코 범인설을 제시한다. 그것이 바로 당신의 계획이었던 것입니다.

유일한 불안 요소라면 요헤이 씨일 테고, 그가 당신에게 협력한 건 당신이 진정으로 언니 일가의 소멸을 바란다고 믿었기 때문일 것입니다. 요헤이 씨의 가장 큰 관심사는 당신의 환심을 사는 것이었다고 봐도 무리는 없겠지요. 그것이 곧 자신의 이익으로 이어지기 때문입니다.

그런데 당신이 실은 제 편이고 이 모든 것도 저를 구하기 위한 소동극이라는 걸 그가 알게 된다면 어떨까요. 과연 대수롭지 않게 넘어갈까요.

물론 그도 범행에 한 다리 걸치고 있었으니 곧바로 경찰서에 찾아가지는 않았겠지만 어쨌든 당신에게 요헤이 씨의 존재가 위협적이었다는 것에는 의심의 여지가 없습니다. 당신은 그 문제를 어떻게 담판 지으려 했을까요.

거기서 저는 당시 재판 기록에 있던 요헤이 씨의 진술을 떠올렸습니다.

저와 사쿠라 씨는 법요식이 끝나고 차를 마시러 식당에 가기 전까지 응접실에서 한 발짝도 움직이지 않았습니다. 하늘에 맹세컨대 사실입니다. 저택 안에서 재떨이가 있는 곳은 응접실과 식당뿐이고 피곤해서 별로 움직이고 싶지도 않았거든요. 실은 제가 요새 몸이 좀 안 좋습니다. 아내가 주는 한약을 먹고 있긴 한데 잘 듣지도 않고요. 금연이 중요하다는 건 저도 압니다만…….

이 진술에서 알 수 있듯 요헤이 씨는 이때부터 이미 컨디션 불량을 호소했습니다.

원인은 알 수 없습니다. 다만 확실한 것은 당시 그는 당신이 주는 한약을 먹고 있었다는 사실입니다.

당신도 인정했듯 감초를 비롯해 잘 듣는 약에는 반드시 부작용이 있습니다. 증세 역시 다양하고 개중에는 약이라기보다 독, 심지어 극약에 가까운 것도 있겠지요.

그렇다면 한약을 활용한 당신의 요헤이 씨 살해 계획은 실제로는 훨씬 오래전부터 진행돼 왔는지도 모릅니다.

그렇게 만전을 기한 당신의 계획이 뒤틀린 이유는 굳이 말할 것도 없겠지요. 사형 판결을 두려워한 나머지 제가 스스로 죄를 인정하고 만 것입니다.

죄 없는 사람이 스스로 나서서 무고한 피의자가 되기

를 희망한다. 그런 상상도 못 할 전개에 당신 역시 동요를 감추지 못했을 것입니다.

그러다 결국 사와코 범인설을 꺼내 들 타이밍을 놓친 당신은 요헤이 씨 살해 계획을 일단 보류했지만, 그 뒤에도 남편에 대한 평가는 바뀌지 않은 것으로 보입니다. 저에게 무기 징역형이 확정되자 당신은 또다시 요헤이 씨 살해 계획에 나섰습니다.

자, 여기까지가 제 추리입니다. 어떤가요. 제 해석이 완전히 적중하지는 않아도 그렇다고 크게 빗나가지도 않았을 거라고 믿습니다.

지금껏 충동에 휘둘려 펜을 마구 휘갈겼습니다만, 슬슬 이 편지도 끝을 향해 가는 듯합니다.

지금 이 시간에도 제 마음은 두 개의 상반된 감정으로 나뉘어 일분일초도 가라앉지 않고 요동치고 있습니다. 이 모든 게 나를 향한 당신의 사랑 때문에 벌어진 일이다. 그것은 의심하지 않습니다. 그러나 그 때문에 제 인생이 엉망진창이 돼 버린 것 또한 엄연한 사실입니다.

당신의 고백은 제 안에 있는 악마를 일깨웠습니다.

몸속 깊숙한 곳에서 부글부글 끓어오르는 분노. 세상 가장 모진 고통을 선사한 후 능지처참하고 짓밟아도 아쉬울 이 증오. 당신의 오장육부를 내 손으로 찢어발긴다면 얼마나 속이 후련할까.

이토록 잔인한 꿈을 꾸는 저 자신을 믿을 수 없습니다.

그리고 그토록 당신을 증오하고 원망하는데도 언젠가 꼭 한 번은 당신을 가슴에 품고 영원히 내 것으로 만들고 싶다. 그렇게 바라는 또 한 명의 제가 있습니다.

이 모든 것이 제가 맞서야 하는 현실입니다.

제가 잃어버린 42년이라는 세월은 아무렇지 않게 물에 쓸려 보내기에는 너무나 긴 시간이었습니다. 범인을 용서할 수 있을 리 없지요. 저는 그 기나긴 시간을 일분일초도 허투루 쓰지 않고 사건을 돌아보며 진실을 찾는 데 바쳤습니다.

그리고 뜻밖에도 제 염원이 이뤄진 지금, 이제는 뭘 어떡해야 하는가. 그렇게 갈팡질팡하는 저를 보며 또다시 아연실색하고 있습니다.

아니면 도코 님. 혹시 도코 님은 인간과 세상이 영원히 한결같을 수 없다. 그러니 과거의 은원 따위 잊고 본능으로 살아가야 한다고 생각하시나요.

거듭 말씀드리지만 42년은 터무니없이 긴 시간이었습니다.

그동안 이 세상도 급격히 변화했습니다.

무려 미국 대통령 선거에 아프리카계 미국인인 버락 오바마가 당선됐을 정도입니다. 저희가 힘들고 서글픈 청춘을 보낸 쇼와의 그 시절, 즉 미국에서 흑인 운동이 격렬히 일어나던 1960년대에는 상상도 못 할 일입니다.

동서의 냉전이 끝나 미국 부호가 러시아 우주선으로 우주여행을 즐기고, 평범한 서민이 지구 뒤편에 있는 가족 친구들과 휴대 전화로 소통하는, 당시에는 꿈도 못 꿀 일들이 현실에서 일어나고 있습니다.

이런 현실에서 절대적인 것이 무엇이고 정답이 무엇인지를 단언할 수나 있을까요.

도코 님. 솔직히 지금 저는 매우 혼란스럽습니다.

저에게 시간을 조금만 주십시오.

앞으로 나는 무엇을 하며 어떻게 살아가야 하는가. 그리고 당신을 어떻게 마주해야 하는가. 그런 것을 냉정하게 떠올릴 순간이 찾아오기를 기다리며 다시 한번 깊이 고민해 보고자 합니다.

2008년 11월 4일
니레 하루시게 드림

2008년 겨울

2008년 12월, Q현 후쿠미시에서 기묘한 동반 자살 사건이 발생했다.

기묘하다고 표현한 이유는 다른 게 아니다. 보통의 동반 자살 사건과 달리 사망한 남녀가 각자의 자택 욕실 욕조에서 옷을 입은 채로 손목을 그어 과다 출혈로 사망했기 때문이다.

두 사람 다 체내에서 알코올과 수면제 성분이 검출됐다. 유서는 발견되지 않았다.

고령의 두 사람이 평소 혼자 살면서 교류하는 사람이

극단적으로 적었던 점이 화를 낳았다. 사후 6, 7일이 경과할 때까지 그들을 찾아온 사람은 없었다고 한다.

둘 중 먼저 발견된 쪽은 여성으로 이름은 니레 도코, 69세. 한때 후쿠미시에서 명문가로 이름을 날린 니레 가문의 생존자였다.

세상을 떠들썩하게 한 그 니레 저택 살인 사건이 일어나기 전까지 그녀도 부잣집 아가씨로 우아하게 살았다지만, 무슨 일이 일어날지 알 수 없는 것이 인생이다. 당시 니레 법무세무사무소의 소장이자 니레 집안의 젊은 당주가 처자식을 독살한 전대미문의 사건은 그녀의 운명을 송두리째 바꿔 놓았다. 이후 니레 가문도 몰락 일변도를 걸었다.

그녀가 니레 법무세무사무소 소속 변호사이자 남편 오가 요헤이의 사후 남편 집안과 연을 정리하고 니레 저택으로 돌아간 지는 40년이 넘었다.

모친이 세상을 뜬 뒤로는 친지들과도 연락을 끊고 일상의 장보기를 제외하면 외출하는 건 병원 또는 미용실, 그리고 1년에 한두 번 백화점에 갈 때뿐. 이웃과의 교류도 끊겨 거의 은둔 생활을 하고 있었다고 한다.

시신의 최초 발견자는 그 집을 드나들던 가사 도우미였다.

매주 월요일에 가서 정원 손질을 비롯한 집안일 전반을 맡았던 그녀는 근속 17년의 베테랑이었다. 근무 시간은 아침 7시부터 오후 3시까지로 시신을 발견한 12월 8일 그날도 시간에 맞춰 저택에 갔는데 내부 상황이 뭔가 심상치 않아 금세 이변을 눈치챘다고 한다.

항상 일찍 일어나는 부인의 모습도 보이지 않았지만 어두운 집 안은 모든 덧문과 커튼이 꼭 닫힌 채 쥐 죽은 듯이 고요했다.

그전까지는 부인이 말없이 집을 비운 적이 한 번도 없었고 만약 볼일이 있어 나갔다면 그전에 연락했을 터였다. 건강 쪽에 무슨 이상이라도 생긴 게 틀림없고 나이도 고령이니 최악의 사태까지 떠올렸을 것이다.

가사 도우미는 안채에 있는 안방 앞에 가서 "사모님. 혹시 안에 계시나요?" 하고 조심스럽게 물었지만 대답은 들리지 않았다.

마음을 굳게 먹고 장지문을 열자 그 안에도 사람은 없었다. 입을 쩍 벌린 어둡고 휑한 공간을 보며 미처 가슴을 쓸어내릴 새도 없이 또다시 불안감이 몰려왔다. 방 안에는 이불 등이 깔려 있던 흔적도 없었다.

서둘러 저택 안을 샅샅이 둘러본 결과 부인이 발견된 곳은 그 넓은 저택 안에서 가장 후미진 곳이었다. 싸늘하게 식은 오래된 석조 욕실, 그 안에서 마찬가지로 세월의 영향을 받아 거무스름해진 노송나무 욕조 속 새빨간 물속에 부인은 쓸쓸히 잠겨 있었다고 한다.

그리고 욕조 바닥에는 저택에서 쓰는 날 길이 약 16센티미터의 회칼이 있었다. 평소 생선 손질을 즐겨하던 도코의 애용품이었다.

복장은 회색 캐시미어 카디건에 검은색 울 팬츠. 수수한 차림새였지만 꼼꼼하게 매만진 머리와 가슴에 매단 다이아 펜던트 목걸이에서는 최대한 아름다운 모습으로 최후를 맞이하고자 하는 마음이 읽혔다.

알코올과 온수 때문에 혈액 순환이 활발해진 상태에서 팔을 심장보다 아래에 두고 칼날이 동맥에 닿도록 깊숙이 집어넣는다. 다른 사람에게 폐를 끼치거나 추태를 보이지 않고 세상을 뜨기 좋은 방법으로 알려졌지만 정작 현실에서는 보기 드문 자살법이기도 하다.

칼날이 동맥에 닿으려면 예상보다 훨씬 더 세게 힘을 넣어야 하고 거기에 본능적인 공포가 더해지면 성인 남성도 도중에 포기하는 경우가 많다.

니레 도코 역시 한 번에 일을 마치지 못했는지 시신의 왼쪽 손목에 치명상이 된 상처 말고도 여러 주저흔이 남아 있었다고 한다.

대체 이 고독한 노년의 여성에게 어떤 사정이 있었을까.

시신으로 발견되기 일주일 전인 월요일 가사 도우미가 저택을 나설 때만 해도 이상한 낌새는 없었고 오히려 평소보다 기분이 좋아 보였다고 하니 인간의 마음을 헤아리기란 정말 어려운 것이다.

다만 도코는 그날 가사 도우미를 보내고 평소와 달리 택시를 타고 외출했다는 것이 지갑에 있던 영수증으로 밝혀졌다.

그 뒤로 밝혀진 몇 가지 사실을 더해 경찰은 그녀가 목숨을 끊은 시점을 그날 밤 시간대로 추정했는데 참으로 운이 나빴다고 할 수 있다. 시신 발견이 일주일이나 늦어졌기 때문이다.

그 니레 도코에 이어 시신으로 발견된 사람이 71세 남성 니레 하루시게였다. 니레 가문의 예전 당주로 도코와는 형부와 처제 사이였다.

평생을 니레 저택이라는 따뜻한 온실에서 살아온 도코와 달리 그의 인생은 파란만장했다.

잘나가는 엘리트 변호사에서 순식간에 살인 사건 범인으로 전락 후 무기 징역 판결이 확정. 무려 40년이 넘는 복역 생활을 거쳐 얼마 전 막 가석방된 몸이었다. 신원 인수인을 맡은 그의 친구이자 변호사 기시가미 요시유키의 집에서 작은 셋집으로 이사한 지 얼마 안 된 무렵이었다.

그 집은 1평 남짓한 부엌과 3평과 1.5평짜리 다다미방, 화장실과 세면실, 욕실로 구성된 간소한 구조였고 교도소에 비하면 천국이라고 할 수 있지만 호화로운 니레 저택과는 역시 하늘과 땅 차이였다. 집 안을 확인한 경찰도 그 둘 사이의 격차에 그에게 동정심을 느꼈다고 한다.

당연히 이웃과 교류는 없었다. 이웃들은 그가 거의 일주일 넘게 집 밖에 나오지 않은 것도 눈치채지 못했다. 겨울이라 시신 부패 속도도 느렸으니 만약 경찰이 찾지 않았다면 발견은 더 늦어졌을 것이다.

현장인 욕실은 부엌 바로 옆에 있었다.

그 역시 도코처럼 붉은 물속에 잠긴 채 숨져 있었지만 크게 다른 점은 욕조가 작은 분리형 플라스틱 욕조였다는 점이다. 성인 세 사람이 들어가도 남을 니레 저택의 욕조와 달리 남자 한 명이 몸을 제대로 눕힐 수도 없어서 그는 타일 벽에 등을 기댄 채 웅크리고 있었다고 한다.

복장은 평소 입는 감색 트레이닝복 상하의. 복역 생활 중 습관이 남았는지 짧게 깎은 스포츠머리에 턱에는 수염이 푸르스름하게 자라 있었다.

남녀 차이, 아니면 자살을 바라보는 가치관 차이인지 몰라도 몸단장을 확실히 하고 떠난 도코에 비하면 마지막 모습에 간극이 있었다.

그러나 그 역시 각오한 자살만큼은 틀림없어 보였다. 무엇보다 그의 시신에는 주저흔이 없고 왼쪽 손목의 접히는 부분에 예리한 칼에 깊숙이 베인 상처가 선명히 남아 있었다고 한다.

자살에 쓰인 흉기는 도코와 마찬가지로 날 길이 16센티미터의 회칼. 세면대에는 날 길이 약 72밀리미터의 독일산 고급 면도칼도 있었지만 군이 회칼을 선택한 이유는 여자와 같은 자살법을 택한 것으로 추정됐다. 칼은 산 지 얼마 안 된 양산품으로 시신의 무릎 위에 고이 놓여 있었다고 한다.

원거리 동반 자살. 몇몇 차이는 있을지언정 이 두 자살이 관련 없이 진행됐을 수는 없다. 경찰의 견해는 확고했다.

그러나 그들이 처음부터 도코와 하루시게의 관계를 파악한 것은 아니다.

도코의 시신 발견 후 경찰이 자살에 니레 하루시게가 관련됐을 가능성을 짐작해 그의 집을 급히 찾아간 데는 명확한 이유가 있었다.

　도쿄의 방에 있는 작은 상자에서 니레 하루시게가 도코 앞으로 보낸 총 세 통의 편지가 발견됐기 때문이다.

　히가시이노하라 경찰서는 2년 전 리모델링을 마쳐 밝고 기능적인 청사를 갖췄다.

　그곳 2층의 회계과, 생활 안전과, 교통과처럼 시민의 삶과 직결된 부서를 지나면 후쿠미시 중심부가 내려다보이는 남향 명당자리에 형사과가 있었다.

　그런 형사과 안에서도 상석은 물론 형사과장의 자리로, 햇빛이 쏟아지는 유리창을 등지고 2층 구역 전체가 한눈에 보였다. 뒤에서 히가시이노하라 경찰서의 비공식 서장이라 불리는 실력자의 자리로 걸맞은 자리였다.

　그러나 아무리 실력자라도 늘 의기양양할 수는 없다.

　그날은 오랜만에 구름 한 점 없는 하늘이 창밖에 깔렸지만 마키무라 가즈히로 형사과장은 조금 전부터 심각한 표정으로 생각에 잠겨 있었다.

　경찰서를 찾아온 손님이 돌아간 뒤에도 마음이 정리되지 않았다. 평소에 판단과 결정이 빠른 베테랑 형사로서는 보기 드문 일이었다.

　마키무라가 니레 도코 자살 소식을 접한 것은 이틀 전

오전이었다.

위세가 예전만 못하다 해도 이곳 히가시이노하라 경찰서에서 니레 가문의 존재감은 여전해 그 이름을 모르는 경찰은 없다고 해도 과언이 아니다.

42년 전 사건이 미친 충격이 워낙 컸기 때문이지만 특히 최근에는 무기 징역형을 살던 니레 하루시게가 가석방돼 후쿠미시에 돌아왔다. 그런 상황에서 니레 저택을 홀로 지키는 여자 당주가 스스로 목숨을 끊었다면 심상치 않은 일이 벌어졌다 의심하는 게 당연했고 경찰서 안에는 줄곧 긴장감이 흘렀다.

문제는 그뿐만이 아니다. 현장 보고에 따르면 시신의 최초 발견자인 가사 도우미에게 유서를 찾도록 했는데 어떤 의미에서 유서보다 더 엄청난 물건이 사망한 도코의 방에서 나왔다.

니레 하루시게가 도코 앞으로 보낸 장문의 편지 세 통. 모두 그가 가석방된 후에 보낸 것으로 그 안에는 해석하기에 따라 히가시이노하라 경찰서뿐 아니라 Q현 경찰 본부까지 뒤집힐 정도의 충격적인 사실이 적혀 있었다고 한다.

절대로 예삿일이 아니다. 전화로 소식을 듣자마자 직감한 마키무라는 그 자리에서 부하에게 편지를 낭독시켜 전문을 확인했다.

내용은 놀라웠다. 편지에는 하루시게가 형을 살게 된 니레 저택 살인 사건의 발단부터 재판까지의 상세한 과정, 그리고 진실에 한 걸음씩 다가서는 하루시게의 주장과 고찰이 자세히 적혀 있었다.

그중에서도 가장 눈길을 끈 것은 마지막 편지로 도코가 스스로 목숨을 끊은 이유를 파악하는 의미에서도 결코 간과할 수 없었다. 11월 4일 자 소인의 봉투에 담긴 그 편지는 웬만한 추리 소설을 뛰어넘는 박진감 넘치는 내용으로 읽는 이들의 눈과 마음을 사로잡았다.

하루시게와 도코가 42년 전 사건 당시부터 남몰래 서로를 사랑하고 있었다는 것.

비열하기 그지없는 하루시게의 처자식 독살 사건이 실은 오가 요헤이, 도코 부부가 꾸민 교묘한 작전이었다는 것.

그리고 사고라고만 생각한 오가 요헤이의 추락사에 도코가 의도적으로 개입했다는 것.

좀처럼 믿기 어려운 사실을 냉정한 필치로 논리 정연하게 써 내려가다가 마지막에는 도코를 향한 사랑과 증오의 갈림길에서 격렬하게 흔들리는 심정을 토로하면서 끝을 맺었다.

편지 내용이 사실이라면 희대의 스캔들이 일어나는 건 시간문제였다. 하루시게 본인이 직접 자수했다고 해도 사법부의 섣부른 판단과 오인 체포가 만든 원죄* 사건. 검경의 엄청난 실책으로 기록될 터였다.

그러나 지금은 그런 걱정보다 우선 하루시게를 찾는 게 급선무라고 판단한 잔뼈 굵은 형사과장은 그 즉시 하루시게를 찾으라고 부하들에게 지시했다.

본인에게 편지 내용의 진위를 확인하고 그가 도쿄 앞으로 편지를 보낸 게 사실이라면 도쿄가 하루시게에게 보낸 답장도 있을 테니 하루빨리 확보할 필요가 있었다.

형사의 본능이 자극된 이유는 그것만이 아니었다. 사건의 한쪽 당사자인 도쿄가 스스로 목숨을 끊은 이상 다른 쪽 당사자인 하루시게의 안위에도 중대한 위험이 생길 가능성이 컸다.

마키무라의 예감은 적중했다.

형사가 그의 집에 도착했을 때 그 또한 자택 욕조 안에서 시신으로 발견됐고, 방 책상 서랍에서는 도쿄가 직접 쓴 편지 두 통이 나왔다.

* 억울하게 뒤집어쓴 죄.

한때 잘나가는 인텔리였던 하루시게라면 자살을 택한 이유 정도는 남겼을 거라고 예상했지만 끝내 유서는 발견되지 않았다.

주말과 월요일은 쓰레기 수거일이 아니니 혹시 쓰다가 만 것이라도 남아 있지 않을까. 현장에 입회한 기시가미 변호사와 쓰레기통 안까지 샅샅이 뒤졌지만 유서는 고사하고 이번 일과 관련돼 보이는 증거는 나오지 않았다.

행동으로 모든 것을 보이겠다. 변명 따위 필요 없다. 집 안에서는 죽은 이의 그런 확고한 의지가 느껴졌다.

이렇게 된 이상 세상에 남은 그 다섯 통의 편지와, 이후 그들의 행동을 추적해 진실을 밝힐 수밖에 없었다. 그리고 그것은 거듭 재심을 청구한 하루시게의 주장이 정당한 근거에 기초했다는 것. 그리고 하루시게가 니레 저택 살인 사건의 가장 큰 피해자였다는 것을 인정하는 것으로 이어졌다.

그러나 싸늘하게 식은 시신 앞에서 무죄라는 두 글자는 공허할 뿐이었다. 현장은 우울한 분위기에 휩싸였다.

하루시게는 바라마지않던 가석방을 이뤘지만 그것이 그에게 정말로 행운이었다고 할 수 있을까.

사형이라는 최악의 결말을 피하려고 자수라는 길을

선택한 책사도 사랑하는 여자가 자신을 몰락시킨 범인일 줄은 꿈에도 몰랐을 것이다. 그는 매일 번민하며 괴로워하지 않았을까.

한편 하루시게에게 마지막 편지를 받은 도코는 어땠을까. 그와 관련된 진실은 아직 밝혀지지 않았다. 도코가 하루시게에게 보낸 세 번째 편지가 나오지 않았으니 두 사람은 이후 전화 등으로 연락한 것으로 추정됐다.

어쨌든 반론이 없다는 점 자체가 그녀 스스로 죄를 인정한 증거라 할 것이고, 두 사람이 남긴 이 왕복 서간이 그들 나름의 '유서'인 것은 틀림없었다.

자신의 인생을 나락으로 떨어뜨린 원흉이어도 한때는 사랑하던 사람이었다.

이 모든 악의 근원은 우리가 서로를 사랑한 것에 있다. 하루시게는 편지 속에서도 그렇게 말했다. 절망과 혼란, 고민 끝에 두 사람이 함께 죽기로 마음먹었을 것은 상상하기 어렵지 않다.

그러나 하루시게의 행동에 미심쩍은 부분이 전혀 없다는 것도 거짓말이었다.

과연 그까지 죽을 필요가 있었을까. 오랜 복역 생활을 마치고 간신히 세상에 나온 그가 너무도 허망하게 목숨을 던졌다는 사실이 마키무라는 영 석연치 않았다.

위화감을 느낀 사람은 마키무라만이 아니었다. 형사들 중에도 의문을 제기하는 사람이 있었지만 그 후 부검 결과를 비롯한 여러 정보를 종합하자 그의 선택에 합당한 이유가 있었던 것이 밝혀졌다.

하루시게는 사실 폐암 환자였다. 그에게 남은 시간은 6개월에서 길어야 1년. 낙타 바늘구멍 통과하기보다 어려운 가석방을 거머쥔 배경에도 건강 문제가 있었다면 납득할 수 있다. 하루시게가 출소 후 후쿠미 시립병원 호흡기 내과에 다니며 통원 치료를 받았다는 사실도 밝혀졌다.

그러나 정작 하루시게에게 삶에 대한 애착이 있었는지는 불분명했다.

"전과 다르게 지금은 치료법도 발전했습니다. 일단 해 볼 만큼 해 보는 게 어떨까요?"

담당 의사가 화학 요법과 방사선 치료를 제안해도 그는 "살 시간을 조금 늘리려고 고생하는 것보다 지금 이 순간에 충실하고 싶습니다"라며 단호히 거절하고 거의 민간요법에 의지했다고 한다.

42년이라는 시간 동안 줄곧 도전한 난문의 해답을 얻었으니 더 이상 살아갈 의미를 잃었을지도 모른다.

이후 수사를 통해서 하루시게와 도코가 원거리 동반

자살을 결행한 당일 두 사람이 하루시게의 집에서 배달한 장어 덮밥과 장국에 맥주를 곁들여 저녁 식사를 한 사실이 밝혀졌다.

그날 저녁 하루시게의 집을 찾은 도코는 사망 당시와 같은 회색 카디건에 검은 울 팬츠 차림이었고 목격자의 눈에 즐겁고 활기차 보였다고 한다.

당시 장어 덮밥을 배달한 배달원은 고령의 남녀가 즐겁게 담소를 나누는 모습을 목격했다. 돈을 지불한 사람은 남자였고 배달 음식을 접시에 담아서 안쪽에 가져간 사람은 여자였다고 한다. 시간은 오후 6시 정각.

"나이 든 분들도 이렇게 오붓한 시간을 즐기는구나 싶어 조금 놀랐습니다."

사이좋은 노년의 커플. 30대 젊은이의 눈에 두 사람은 그렇게 비쳤다고 한다.

최후의 만찬이라고 부르기에는 지극히 평범한 풍경. 죽음을 각오한 노인들의 엄청난 정신력이 엿보이는 일화였다.

덧붙이자면 직원이 이튿날 배달 용기를 찾으러 갔을 때 깨끗이 세척한 두 사람 몫의 용기가 현관 앞에 가지런히 놓여 있었다고 한다. 도코는 오래전부터 장어 요리를 즐겼다고 하니 그들이 생애 마지막 메뉴로 장어 덮밥을 선택한 건 틀림없어 보였다.

그러나 그것은 별로 중요치 않은 일이고 실은 경찰이 그들의 최후의 만찬에 주목한 데는 좀 더 현실적인 이유가 있었다.

부검 결과 하루시게의 위 속에서 미처 소화되지 않은 장어구이와 밥알, 야채 절임과 장국 속 나물이 검출돼 사망 추정 시각이 당일 오후 8시에서 10시 사이로 판명됐기 때문이다.

반면 도코의 위장에는 소화되지 않은 음식물이 나오지 않았다.

도코는 당일 오후 8시 30분이 지나 하루시게의 집 근처에서 택시를 타고 9시 전에 니레 저택에 도착한 것이 밝혀졌다. 지갑에 영수증이 남아 있었고 당시 그녀를 태운 나이 든 택시 운전사가 동년배 여성 승객과 이런저런 잡담을 나눴다고 진술했다. 그는 도코의 얼굴과 목소리를 생생히 기억하고 있었다.

음식물이 위장에 머무는 시간은 대략 세 시간에서 다섯 시간. 그중 육류와 생선처럼 지방분이 많은 음식은 보통 네다섯 시간이 걸린다.

그렇다면 도코가 하루시게보다 늦게 사망한 것이 거의 틀림없었고 따라서 그녀의 사망 추정 시각은 일러도 오후 10시나 11시 이후로 추정됐다.

두 사람이 복용한 수면제는 도코가 단골 의사에게 처방받은 것이었다. 니레 저택 찻장에 보관된 약 봉투에서 복용 간격을 넘어서는 양의 약이 사라진 것도 확인됐다.

각오한 자살이어도 본능은 정직한 법이다. 쥐 죽은 듯이 고요한 욕실 안에서의 외로운 죽음. 공포를 누그러뜨리려면 역시 수면제의 도움이 필요했으리라.

하루시계가 자살에 사용한 회칼은 사건 전날 구입한 것으로 밝혀졌다. 그의 자택 부엌 서랍에 막도장과 필기구, 가위와 셀로판테이프 같은 잡동사니에 섞여 시내 슈퍼마켓 영수증 한 장이 메모장에 끼워져 있었다.

빈틈이라고는 거의 찾아보기 힘든 완벽한 동반 자살이지만, 그들은 왜 하필 둘이 함께가 아닌 각자 다른 곳에서 목숨을 끊었을까.

정확한 건 당사자들에게 물어야겠지만 이 마지막 의문에도 마키무라는 자신만의 해답을 찾았다.

두 사람이 각자 존엄을 지키며 언론 등지에 추문 기사로 오르내리는 상황을 막으려면 그것이 최선의 선택 아니었을까.

그를 뒷받침하듯 니레 저택에는 세상을 뜨기 전 도코

가 집 안을 꼼꼼히 둘러보며 점검한 흔적이 남아 있었다.

드넓은 저택의 덧문과 커튼이 모조리 닫혀 있었고 전자 제품 콘센트도 전부 뽑혀 있어서 그대로 일주일 방치돼도 도난과 누전 염려는 없었다.

죽은 이후에도 니레 저택만은 지키고 싶었을까.

아무리 살인범이어도 자긍심만은 지킨다. 니레 가문 여인이 마지막으로 보여 준 긍지에 저택을 확인한 형사들도 만감이 교차하는 듯 보였다.

자살 사건은 기본적으로 경찰에 부담이 덜하다.

범죄와 달리 형사 사건으로 입건할 일이 없어서 유명인의 자살이나 교내 집단 괴롭힘으로 인한 자살 같은 사례를 제외하면 뉴스에도 잘 나오지 않는다. 당연히 형사과장이 개입할 일도 없다.

그러나 모든 일에는 예외가 있는 법. 니레 집안에서 이번에 발생한 일은 가석방된 살인범이 자살로 모자라 심지어 그가 살해한 아내의 여동생과 원거리에서 동반자살한 사건이었다. 뉴스에 나오지 않기는커녕 모든 언론의 토픽감이었다.

마키무라를 괴롭히는 또 다른 문제도 있었다.

세상을 떠난 도코와 하루시게의 집에 남은 다섯 통의

편지를 어떻게 처리해야 하는가. 그것은 히가시이노하라 경찰서뿐만 아니라 검경 전체의 위신과도 관련된 문제였다.

그러나 일이 커진 이상 마키무라 혼자 머리를 싸매고 고민할 필요는 없었다. 니레 도코, 하루시게 동반 자살 사건에 대한 경찰의 공식 견해는 이미 정해졌다. '유서가 없는 이상 자살 동기는 불명'. 윗선은 그렇게 밀어붙이기로 정한 듯했다.

두 사람이 주고받은 편지는 어디까지나 내밀한 사적 대화이니 제삼자가 함부로 공개할 수 없고 그 내용이 진실이라는 확증도 없다. 하루시게가 억울하게 옥살이를 했다는 건 억측에 불과하다.

한마디로 그런 편지는 처음부터 세상에 없었던 것으로 하고 싶다는 게 경찰 상층부의 속내였다.

조직 내부에서 당시 사건을 맡았던 이들도 사라지고 없는 상황. 40년도 더 된 사건 때문에 현직 수장이 책임질 리 없지만 그래도 경찰이 무고한 피해자를 낳았다는 이야기가 나오는 건 최대한 막아야 했다. 조직의 태생적인 방어 본능이라 할 것이다.

또 42년 전 사건은 평범한 흉악 범죄 사건과 조금 달랐다. 어디까지나 '가족'이라는 소우주 안에서 벌어진 일이고 진범이 하루시게인지 도코인지는 세상 사람들에게 크게 상관도 없는 일이다. 더욱이 그 두 사람이 모두 세상을 뜬 지금 괜히 일을 복잡하게 만들 이유가 어딨는가. 상층부의 입장에 마키무라도 공감 가는 측면은 있었다.

가장 우려스러운 것은 경찰이 편지 공개를 망설이는 동안 언론을 통해서 편지가 공개되는 상황이었다. 역사적으로 경찰의 불상사는 언론의 가장 좋은 먹잇감이니 경찰의 제 식구 감싸기, 조직적 은폐 같은 비난이 쏟아질 것은 불 보듯 뻔했다.

떠올리기만 해도 속이 쓰리지만 지금 마키무라에게는 그보다 먼저 해결할 일도 있었다. 관할 경찰서의 형사과장으로 경우에 따라서는 자신의 책임 문제로 발전할 일이 진행 중이다. 한시라도 빨리 결단해야 했다.

시작은 오늘 경찰서를 찾아온 기시가미 요시유키 변호사가 형사과장에게 면담을 신청한 것이었다.

기시가미는 하루시게의 변호인이고 가석방된 그의 신원 인수인을 맡았다. 따라서 하루시게가 살아 있을 때는 그의 생활 전반을 책임졌고 하루시게가 살던 셋집의 계약자 이름도 기시가미로 돼 있었다. 가석방 중인 살인범에게 집을 임대할 주인은 만무하니 필연적으로 경찰도 모든 일을 기시가미와 상의할 수밖에 없었다.

하루시게의 시신 발견 당시에도 기시가미는 처음부터 끝까지 현장에 함께 있었고 덕분에 여러 절차가 상당히 원활하게 진행됐다는 보고를 받았다.

경찰과 변호인은 보통 적으로 만나지만 사건 당사자가 사망한 마당에 굳이 대립할 이유도 없다. 마침 좋은 기회라고 판단한 마키무라는 그를 만나 편지에 대한 의견을 들어 보기로 했다.

그러나 궁금증을 해소할 거라는 예상과 달리 면담을 마친 마키무라의 표정은 심각했다. 면담 자리에서 기시가미가 입에 담은 뜻밖의 한마디가 가슴에 박힌 채 좀처럼 떨어지지 않았기 때문이다.

형사과에 돌아온 마키무라는 기시가미와의 대화를 다시 떠올렸다.

"검찰과 경찰이 그 다섯 통의 편지를 어떻게 받아들일지는 모르겠습니다만, 저는 처음부터 그의 결백을 믿었습니다.

그 사건은 범행을 저지를 수 있었던 사람이 당시 현장에 있던 몇 명으로 한정됐지요. 그런데 솔직히 도코 씨가 진범인 것을 알게 되어도 그리 놀랍지는 않더군요. 오히려 뭔가 이해되는 측면이 있었다고 할까요."

윤기 나는 은빛 머리에 혈색 좋은 피부. 기시가미는 현재도 현역 변호사로 일하는 정정한 노인이었다. 말투도 외모만큼이나 냉정하고 지적인 느낌을 줬다.

하루시계와 고등학교 동창이라고 하는데 전혀 동갑처럼 보이지 않았다. 밀랍 인형 같았던 하루시계의 시신과 주름이 깊게 팬 그의 얼굴이 마키무라의 머릿속에 자연스럽게 떠올랐다.

"선생님은 그렇게 말씀하셔도 저희는 그 편지가 나왔다고 해서 당시 재판이 잘못됐다고 보지는 않습니다."

마키무라의 사적인 견해를 떠나 경찰을 대표하는 입장에서 반드시 해야 할 말이었다. 마키무라는 그와 논전을 시작했다.

"편지 같은 건 어차피 사문서입니다. 선서 후에 하는 진술 등과 다르게 신빙성이 떨어지죠. 내용을 뒷받침할 증거가 없거니와 그것이 사실이라는 보장도 없습니다. 또 두 사람이 주고받은 편지를 읽어 보면 뭔가 추리 놀이라고 할까요. 마치 게임을 하는 것 같기도 하더군요."

마키무라의 단정적인 말에도 노련한 변호사는 "네. 분명 그런 측면이 없는 건 아닙니다. 애초에 공개를 전제로 쓴 글도 아니고요" 하고 상대의 의견을 전면 부정하지 않고 온화하게 고개를 끄덕였다.

"하지만 편지 속에서 그들이 나눈 이야기를 완전히 허튼소리 취급하기도 어려운 게 사실입니다. 그건 경찰도 인정하지 않나요?"

"뭐 그건……."

"어쨌든 그런 편지를 주고받은 후 두 사람은 함께 목숨을 끊었습니다. 보통 일은 아니지요. 그저 게임 같은 것을 하다가 죽을 리는 없을 테니까요."

"네. 그건 그렇습니다."

마키무라도 그 말에는 동의했다.

"하지만 그렇다고 해서 42년 전 사건의 진범을 도코 씨로 결론 내릴 수는 없습니다. 도코 씨가 하루시게 씨의 추리를 인정했다는 증거도 없으니까요.

또 하루시게 씨는 폐암을 앓고 있었습니다. 남은 시간이 그리 길지 않았던 게 사실이죠. 두 분이 동반 자살을 택한 것은 오래전 사건의 진실보다 두 사람 사이의 애정과 관련된 감정 문제로 보는 게 자연스럽지 않을까요?"

마키무라가 그렇게 지적했지만 기시가미는 단호하게 고개를 흔들었다.

"저는 그렇게 생각하지 않습니다. 정말로 오로지 애정과 관련된 감정 문제가 원인이라면 그들이 그렇게 서둘러 죽을 이유는 없을 테니까요. 모처럼 자유의 몸이 된 마당에 하루시계의 여명이 다할 때까지 살아도 됐을 겁니다. 도코 씨가 목숨을 끊는 시점은 그 이후여도 늦지 않아요.

또 자살 동기가 정말 치정 때문이었다면 두 사람이 함께 죽지 않았을까요? 니레 저택 안 욕조는 두 사람이 들어가도 남을 만큼 넓었습니다. 아닌가요?"

논리 정연한 반론에 마키무라는 반박할 말이 떠오르지 않았다.

"그럼 선생님은 두 분이 사망한 이유가 뭐라고 보시는 겁니까?"

저도 모르게 목소리가 커졌다.

"선생님이 말씀하신 것처럼 두 분의 자살 이유가 치정 문제 때문이 아니라면 하루시계 씨가 범인으로 지목한 도코 씨는 그렇다 쳐도 하루시계 씨는 대체 왜 목숨을 끊는다는 말인가요? 도코 씨와 함께 죽음을 택할 이유가 어딨습니까?"

"실은 그게 바로 핵심입니다."

기시가미는 마치 그 말을 기다리기라도 한 것처럼 마키무라를 정면으로 마주 봤다.

"제가 오늘 이렇게 찾아뵌 것도 두 사람의 죽음에 석연치 않은 부분이 있어서입니다. 도통 납득이 되지 않습니다. 이번 일은 절대 단순한 자살 사건이 아닙니다.

　그런데 제가 보기에 경찰은 이번 사건에 어떤 의문도 품지 않는 것 같더군요. 이대로 가다가는 42년 전 사건의 진상은 고사하고 이번 사건의 진실까지 흐지부지하게 묻히게 생겼습니다. 그러니 제가 직접 형사과장님을 찾아가 담판을 지을 수밖에 없겠다고 생각한 겁니다."

　"그렇군요. 그래서 변호사님은 정확히 어떤 부분이 미심쩍다는 겁니까?"

　마키무라가 진지한 눈빛으로 쳐다보자 나이 든 변호사의 얼굴에도 긴장감이 깃들었다.

　"애초에 저는 하루시게가 스스로 목숨을 끊었다는 것을 인정하기 어렵습니다. 하루시게가 폐암을 앓은 건 엄연한 사실이고 그는 자신의 몸 상태와 남은 시간도 비교적 정확히 파악하고 있었죠. 그래도 그는 삶에 대한 애착이 강했고 제 앞에서 약한 소리를 한 적도 한 번도 없습니다.

　그런 하루시게가 이렇게 목숨을 끊은 것 자체도 매우 이상하지만, 그보다 더 이해 안 되는 건 그가 제게 한마디 인사나 메모 한 줄 남기지 않고 죽었다는 사실입니다.

　물론 이런 말을 듣고 '피고인이 항상 변호인을 신뢰한다고 보기는 어렵다. 당신 혼자 그렇게 믿은 것이다'라고 반박하실 분도 있겠지만, 저희 두 사람의 사례는 조금 다릅니다. 하루시게와 저는 반세기가 넘는 시간 동안 끈끈하게 교류했고 무엇보다 42년 전 사건 때문에 체포 이후부터는 거의 일심동체가 되어 싸워 왔습니다. 그 사건의 진실을 마침내 밝힌 상황에서 그가 제게 한마디 말도 없이 세상을 뜰 리가 없다는 말입니다. 이건 확신을 갖고 말할 수 있습니다. 지금껏 그는 다른 사람이 아닌 제 앞에서만큼은 무엇이든 숨김없이 털어놓았으니까요."

변호인이기 전에 평생을 함께한 죽마고우였던 점을 강조하고 싶었을 것이다. 잠시 말을 멈춘 기시가미에게서는 숨길 수 없는 고뇌가 절실히 느껴졌다.

"그럼 선생님은 하루시게 씨와 도코 씨가 그런 관계였던 것도 처음부터 알고 계셨다는 말인가요?"

놀라운 고백이었다. 무심코 목소리가 커진 마키무라를 보며 기시가미는 고개를 끄덕였다.

"물론입니다. 원래 변호라는 일이 피고인의 하나부터 열까지를 전부 알아야 하는 일이기도 하고요."

"그럼 하루시게 씨가 그때 자수를 선택한 건 사형을 피하기 위한 고육지책이라는 이유 외에도 당시 내연 관계였던 도코 씨를 지킬 목적도 있었다는 말인가요?"

"저는 생각이 다르지만 하루시게는 그랬을 수도 있지요."

"적어도 선생님은 그 시점에 도코 씨에게 사와코 씨와 요시오를 살해할 동기가 있다는 것도 아셨다는 말이군요."

"그렇게 되겠군요."

"그런데도 도코 씨가 진범일 수 있다고는 생각하지 않으신 겁니까?"

"지금에 와서 보면 제 불찰이지만 솔직히 그때만 해도 그렇게 생각할 수 없었습니다."

원체 책임감이 강한 성격일 것이다. 기시가미는 분통을 터뜨렸다.

"그 사건의 범인은 철저하게 하루시게를 노렸습니다. 그의 재킷 주머니에 누가 봐도 명백한 범행 증거를 집어넣었죠. 설마 하루시게를 사랑하는 도코 씨가 그런 짓을 저지를 리 없다고 단정 지은 게 제 패착이었습니다."

"그리고 그건 하루시게 씨도 마찬가지였다?"

"네. 그러니 그에게도 편지를 통해 밝혀진 사실들이 청천벽력이었을 겁니다. 조금만 더 일찍 사건의 진실을 깨달았더라면 사태는 전혀 다른 방향으로 흘러갔겠지요. 참으로 아쉬울 따름입니다."

"그 말씀은 만약 42년 전에 이번과 같은 결론이 나왔

287

다면 하루시게 씨는 도코 씨를 용서하지 않았을 거라고 받아들여도 될까요?"

"아마도."

기시가미는 망설임 없이 대답했고 마키무라는 나직이 한숨을 내쉬었다.

도코를 진정으로 용서하지 못하는 사람은 어쩌면 그녀를 사랑한 하루시게가 아닌 그와 친구로서 오랜 세월 우정을 쌓아 온 이 남자 아닐까.

기시가미는 하루시게의 변호인이다. 피고인을 지켜야 할 변호인으로서는 마땅히 진범을 규탄해야 하고, 그런 진범과 동반 자살을 선택한 하루시게 본인의 심경과도 다를 것이다.

이런 상태라면 어쩌면 경찰의 눈치를 보지 않고 기시가미가 그 편지를 공개할 수도 있다. 마키무라는 경계하면서 마음을 다잡았다.

경찰 조직 안에도 언론과 내통하는 이들은 있으니 영원히 숨길 수는 없겠지만 어쨌든 일이 터지면 기자와 여론의 추궁을 온몸으로 받아내야 하는 형사과장으로서 상상만 해도 우울한 일이었다.

"만약 그게 정말 사실이라면 하루시게 씨는 왜 지금에 와서 도코 씨를 용서했을까요? 대체 두 사람이 함께 죽음을 선택한 이유가 뭡니까? 선생님은 어떻게 생각하시나요?"

마키무라가 잇달아 캐묻자 기시가미는 다시 그를 정면에서 마주 봤다.

"그래서 제가 조금 전에도 말씀드리지 않았습니까. 이번 사건에는 영 석연치 않은 부분이 있다고요."

눈빛이 한층 날카로워졌다.

말문이 막힌 마키무라에게 기시가미는 뒤이어 허를 찌르는 한마디를 내뱉었다.

"애초에 이번 사건이 정말 동반 자살이 맞기는 할까요?"

히가시이노하라 경찰서 형사과장에게 예전 하루시게의 변호인은 그렇게 물었다.

"하루시게의 시신을 처음 봤을 때 이상하다고 느낀 점이 한두 가지가 아니지만 그중에서 유독 눈에 띈 것이 바로 그의 왼쪽 손목에 있는 지나치게 완벽한 절창입니다."

기시가미는 담담하게 설명을 시작했다.

"자살한 이에게서 흔히 보이는 주저흔 같은 게 하나도 없고 마치 생선 대가리라도 쳐낸 것처럼 단번에 벴는지 상처 입구가 깔끔하게 벌어져 있었습니다. 평소 그가 무도 등에 소양이 있었으면 모를까 어지간한 담력이 아니고서는 불가능한 일입니다.

　한 가지 더 꼽자면 그가 자살에 쓴 흉기가 평소 애용하던 면도칼이 아닌 새것 느낌이 물씬 나는 회칼이라는 점입니다."

　말을 잠시 멈춘 기시가미에게서는 자신감이 흘러넘쳤다.

　마키무라는 그가 설명하는 광경을 머릿속에서 재현하며 오늘 몇 번째일지 모를 깊은 한숨을 내쉬었다.

　"애초에 이번 사건이 정말 동반 자살이 맞기는 할까요?"

　기시가미의 이 발언으로 시작된 논전은 결과적으로 마키무라의 방어 일변도로 끝났다. 그러나 마키무라가 처음부터 무작정 당한 것은 아니었다.

　법률문제면 모를까 적어도 수사에 관해서만큼은 아마추어인 변호사의 공격에 넋 놓고 있을 수 없었다.

　"말도 안 됩니다. 동반 자살이 아니면 대체 뭐라는 겁니까?"

　마키무라가 정색하며 묻자 기시가미는 "살인이지요. 하루시게는 도코 씨에게 살해된 겁니다" 하고 딱 잘라 말했다.

　이 남자는 무슨 근거로 이런 낭설을 늘어놓는 걸까. 마키무라가 반감을 드러내면서도 다소 머뭇거린 것은 기시가미가 느꼈다고 하는 위화감, 그것은 그 역시 가슴 한구석에서 의식하면서도 애써 눈을 돌려 온 감각이었기 때문이다.

핏기를 잃고 밀랍 인형처럼 굳은 하루시게의 시신을 보면서 마키무라는 그의 지적인 외모와 어울리지 않게 무릎 위에서 섬뜩하게 빛나던 회칼이 그야말로 언밸런스하게 느껴진 것을 새삼 떠올렸다.

"하루시게는 직접 생선을 손질할 일이 없고 무턱대고 회칼 따위를 휘두르는 야쿠자도 아니었습니다. 심지어 그는 인생 대부분을 교도소에서 보냈죠. 교도소 안에서 취사를 맡지 않는 이상 복역수가 회칼 같은 건 손에 들 기회도 없습니다.

실제로 그 집에서 자취를 시작한 하루시게는 슈퍼에서 사 온 평범한 부엌칼로 모든 취사를 해결했습니다. 회칼 같은 건 하루시게에게 익숙한 도구가 아니었을 것입니다."

기시가미의 설명은 강의처럼 부드럽고 막힘 없었다.

"또 꼭 그런 이유가 아니어도 하루시게 나이대의 남자가 욕조에서 스스로 손목을 긋는다면 회칼보다는 면도칼을 선택하지 않을까요? 매일 면도를 할뿐더러 전에는 연필을 깎거나 공작 시간 등에도 그런 칼을 썼으니 평범한 남자에게는 면도칼 쪽이 훨씬 익숙한 겁니다.

특히 하루시게는 출소 이후 굳이 독일산 고급 면도칼을 사서 썼습니다. 교도소에서도 수염을 깎을 수 있지만 수형자는 날붙이 종류를 직접 고를 수 없지요. 그런데도 그는 교도소에서 보급되는 T자형 면도기가 아닌 자비로 사들인 전기면도기를 썼습니다. 그만큼 평소에도 잘 드는 면도날에 대한 집착이 있었던 것입니다.

그런 그가 자살이라는 일생일대의 거사를 감행하는데 왜 하필 손에 익지도 않은 회칼 따위를 쓸까요? 아무리 생각해도 도무지 납득이 안 됩니다. 그는 역시 스스로 손목을 그을 마음이 없었다고 볼 수밖에 없습니다."

"글쎄요. 과연 그럴까요."

기시가미가 한숨 돌리는 동안 마키무라는 이의를 제기했다.

그의 의견에도 일리는 있지만 면도칼 문제만큼은 수긍할 수 없었다.

"회칼과 면도칼은 예리함 수준이 다르죠. 회칼은 조리 도구라 애초에 고기 따위를 썰 용도로 만들어졌습니다. 정말로 죽음을 결심했다면 손에 익은 것보다 적절한 도구를 고르는 게 맞지 않을까요?"

마키무라가 지적하자 기시가미는 뜻밖에도 "뭐 그런

견해도 있을 수는 있겠습니다" 하고 순순히 인정했다. 마키무라는 좀 더 과감하게 나가 보기로 했다.

"게다가 이번 일이 동반 자살이 아니라 만약 도코 씨가 하루시게 씨의 손목을 그은 거라면 도코 씨는 하루시게 씨를 어떻게 욕실까지 데려갔다는 말입니까? 수면제 같은 걸 먹여서 재운다고 해도 몸집이 큰 성인 남자를 여자가 끌고 가는 건 절대 쉽지 않습니다."

한 발짝 들어간 마키무라의 반론에도 기시가미는 "일반적으로는 그 말씀이 맞겠지요" 하고 이번에도 온화한 얼굴로 고개를 끄덕였다.

"그러나 방법이 아예 없지는 않을 겁니다. 음식에 섞었을 수면제 약효가 돌아 조금씩 의식이 흐려질 무렵 어떤 구실로 그를 꼬드겨 데려갈 수는 있었을 테니까요. 하루시게는 키는 커도 병 때문에 몸이 초췌한 상태였습니다. 도코 씨가 옆에서 부축하면서 걸을 수는 있었을 것입니다.

그리고 그 욕조는 바닥부가 욕실 바닥보다 아래에 있었습니다. 오래된 나무 욕조와 다르게 측면 높이도 낮아서 가장자리를 넘어가기도 그리 어렵지 않겠죠. 그 문제만 해결하면 그다음에는 회칼을 꺼내 오기만 하면 끝입니다."

기시가미의 설명에 마키무라도 내심 그럴 수 있겠다고 납득했다. 어차피 가설이라 논파해 봐야 득 될 것도 없다.

그러나 회칼 문제만큼은 확실히 해 두는 게 좋을 것 같았다.

"그 사건 전날 날짜가 찍힌 회칼 영수증이 하루시게 씨 집에서 발견됐다고 합니다. 하루시게 씨가 자신의 의지로 칼을 구입했다는 가장 큰 증거 아닐까요?"

마키무라가 추궁해도 기시가미는 "글쎄요" 하고 여유로운 모습이었다.

"아무리 그의 집에서 영수증이 나왔어도 칼을 산 사람이 꼭 하루시게였다고 단정할 수는 없죠."

"도코 씨가 칼을 산 후에 마치 하루시게 씨가 산 것처럼 꾸몄다는 말씀인가요?"

"터무니없는 낭설은 아닐 겁니다."

기시가미는 부드럽지만 단호하게 말했다. 수사 전문가를 상대로도 양보할 마음이 없는 게 확실했다.

"문제의 영수증을 발행한 슈퍼에 가서 확인하니 아쉽게도 방범 카메라 같은 건 없더군요. 그러나 그 영수증이 부엌 서랍 속 메모장에 끼워져 있는 것을 제 눈으로도 확인했습니다. 그러나 만약 하루시게가 평소부터 영수증을 모으는 습관이 있었다면 한 곳에 전부 모아 보관하지 않았을까요? 하지만 그 메모장 안은 물론 서랍과 옷장을 통틀어서 집에 영수증은 오직 그 한 장밖에 없었습니다.

말이 나온 김에 조금 더 하자면, 꼭 보란 듯이 영수증이 그 안에서 등장한 것도 제가 이번 사건이 뭔가 미심쩍다고 느낀 원인 중 하나입니다."

생각지도 못한 반격에 마키무라는 "그건……" 하고 말을 더듬거렸다. 기시가미는 이때라는 듯이 "심지어 그뿐만이 아닙니다" 하고 더욱 기세를 끌어올렸다.

"더 주목해야 할 것은 산 지 얼마 안 된 그 회칼을 하루시게가 케이스에서 꺼낸 흔적이 전혀 없다는 점이죠."

"그게 무슨 말씀입니까?"

"말 그대로 하루시게가 칼을 케이스에서 꺼내지 않았다는 뜻입니다. 이건 아주 중요한 문제예요."

"하지만 하루시게 씨가 직접 케이스에서 칼을 꺼냈는지를 제삼자가 어떻게 알 수 있죠?"

마키무라는 의문을 제기했지만 이미 상대에게 휘말린 느낌이 들었다.

"간단합니다."

기시가미는 빙그레 미소 지었다.

"전 그 슈퍼에서 똑같은 회칼을 사 봤습니다. 전문 요리사가 쓰는 고급 제품이면 모를까 가정용 회칼은 전부 양산품에다 가격이 저렴하죠. 또 그런 칼들은 거추장스러운 나무 상자가 아닌 간이 플라스틱 케이스에 담겨서 팔립니다.

그건 칼이 케이스 밖으로 훤히 보인다는 뜻입니다. 총포 도검류 소지 등 단속법, 이른바 총도법에서는 날 길이가 6센티미터가 넘는 날붙이를 개인이 휴대하는 것을 금하지만, 미성년자든 강력범이든 대형 마트나 슈퍼 같은 곳에 가면 손쉽게 회칼을 살 수 있지요. 그러고 보면 법률이란 건 참 허점이 많다고 할 수 있습니다.

뭐 그건 그렇다 치고 제가 궁금한 게 바로 그 플라스틱 칼 케이스의 행방입니다. 그날 제가 형사분들과 그 집 쓰레기통을 확인했을 때는 일반 쓰레기나 재활용 쓰레기 더미에서 칼 케이스는 나오지 않았습니다.

아시다시피 쓰레기 수거일은 동네마다 요일이 정해져 있는데 그가 사는 동네에서는 일반 쓰레기는 매주 화요일과 금요일, 그리고 재활용 쓰레기는 수요일에 수거합니다. 사건이 일어난 날이 월요일이고 회칼 영수증에 찍힌 날짜는 그 전날인 일요일이니 만약 하루시게가 직접 케이스에서 칼을 꺼냈다면 빈 케이스가 집에 남아 있어야 자연스럽습니다.

평소 꼼꼼했던 그답게 쓰레기는 분리수거가 잘 돼 있었고 무엇보다 남자 혼자 사는 집이었습니다. 쓰레기의 양 자체가 적으니 만약 그 안에 칼 케이스가 있다면 발견 못 했을 리 없지요.

물론 케이스를 버리지 않고 그대로 뒀을 가능성도 있습니다. 죽기로 마음먹은 사람에게는 언뜻 모순된 행동이지만 인간은 원래 나이를 먹으면 물건에 집착이 강해지니까요. 그러나 저와 형사분들은 그날 유서를 찾느라 온 집 안을 샅샅이 뒤지고 다녔습니다. 그런데도 케이스는 고사하고 슈퍼 이름이 적힌 비닐봉지 한 장 나오지 않더군요.

그런 점들을 종합하면 애당초 칼을 케이스에서 꺼낸 곳은 하루시게 집이 아니라는 뜻이 됩니다. 그것은 무엇을 의미할까요?"

기시가미가 설명을 멈추자 마키무라는 말없이 뒷이야기를 재촉했다.

역시 하루시게와 일심동체로 뛴 변호인답다. 이 남자가 하는 일에 빈틈 따위 있을 리 없다고 절감했다.

섣불리 머리로 동반 자살로 결론짓고 수사를 소홀히 한 부하들에게도 책임은 있지만 아무래도 이 베테랑 변호사를 너무 만만히 본 듯했다. 전부 납득은 안 돼도 일단 이 사람의 말에는 귀를 기울이라고 형사의 본능이 경고했다.

"결론부터 말씀드리면 하루시게는 그날 그런 식으로 도코 씨와 함께 자살할 마음은 손톱만큼도 없었을 겁니다."

기시가미 변호사는 꼭 법정에서 변호인이 최종 변론을 하듯 말했다.

"범행에 쓰인 회칼은 사건 전날 도코 씨가 구입 후 니레 저택 안에서 케이스에 담긴 칼을 뽑았겠죠. 그 후 천 같은 것을 둘둘 감아 가방에 넣고 하루시게의 집에 가져갔을 겁니다."

마키무라가 속이 타는 것을 아는지 모르는지 기시가미는 여전히 표정에 변화가 없다.

"애초에 이번 비극은 가석방으로 출소한 하루시게가 도코 씨의 협조를 받아 42년 전 사건의 진실을 파헤치려 한 것으로 시작됐습니다. 그리고 하루시게는 사건의 진실에 도달하자마자 진범인 도코 씨의 손에 살해됐지만 도코 씨 역시 하루시게를 죽이고 자신만 뻔뻔하게 살아갈 마음은 없었겠죠.

명목상으로는 하루시게에게 용서받았다고 해도 사랑하는 남자의 무언의 비난을 감내하며 살아가기는 힘들었을 겁니다. 또 그런 도코 씨가 하루시게를 살해하는 데 양심의 가책을 못 느꼈을 거라고 생각하지도 않습니다.

스스로 목숨을 끊으면서도 하루시게에게서 온 편지를 버리지 않고 그대로 남겨 둔 것이 바로 그녀 나름의 속죄 아닐까요.

그렇게 해석하면 그들이 각자 다른 곳에서 사망한 것, 도코 씨가 하루시게보다 늦게 사망한 것, 그리고 그 고지식한 하루시게가 제게 작별 인사 한마디 남기지 않고 세상을 뜬 것까지 모두 이해할 수 있습니다."

"그럼 도코 씨가 억지로 그를 끌어들여 강제 동반 자살을 했다는 말씀이군요."

마키무라의 말은 거의 경찰의 백기 투항이나 마찬가지였지만 기시가미는 "아뇨, 저는 조금 다르게 생각합니다" 하고 조용히 고개를 가로저었다.

"어떻게 정의하느냐에 따라 다르겠지만 보통 강제 동반 자살이라고 하면 상대가 어린아이이거나 상대의 동의를 얻지 못한 상태에서 억지로 상대를 죽여서 함께 저세상에 가는 행위를 뜻합니다. 내가 상대를 죽인 사실을 굳이 감출 필요도 없으니 회칼 영수증을 메모장 사이에 끼워 두는 잔꾀를 부릴 이유도 없는 것입니다.

그렇게 보면 이번 일은 엄연한 살인 사건이고, 범인이

범행을 저지른 후 자살한 사례로 봐야 할 것입니다."

"그렇군요. 그럴지도 모르겠네요."

마키무라는 이해하면서도 무겁게 입을 뗐다. 기시가미가 말을 이었다.

"하지만 말입니다. 지금 제가 말씀드린 것도 어디까지나 하나의 가설에 불과합니다. 증거라고 할 만한 게 전혀 없으니까요. 저도 잘 압니다. 그러나 수사를 통해 증거를 찾아가는 것이 일개 변호사의 능력으로는 벅찬 것도 사실입니다.

따라서 저는 이번 기회에 경찰분들이 움직여 주셨으면 합니다. 특히 부탁드리고 싶은 것이 니레 저택 내부 수색입니다. 굼벵이 앞에서 주름잡는 격이지만 원래 쓰레기라는 건 절대 우습게 볼 수 없는 증거물의 보고니까요. 뭐가 묻혀 있을지 알 수 없죠.

마키무라 형사과장님. 저에게는 죽은 하루시게의 명예를 회복할 의무가 있습니다. 그래서 오늘 이렇게 과장님께 직접 부탁드리러 온 겁니다."

나이 든 변호사의 입가에는 당찬 미소가 떠올라 있었다.

"덧붙이자면 제가 조사해 보니 니레 저택이 있는 곳에서는 일반 쓰레기 수거일이 월요일과 목요일, 그 밖의 쓰레기는 화요일이라고 하더군요."

마키무라가 완패를 절감한 순간이었다.

일단 결심이 서면 실천은 빨랐다. 마키무라는 곧장 행동을 개시했다.

하루시게의 죽음은 평범한 동반 자살이 아니라 동반 자살로 위장한 살인 의혹이 있다. 형사과장의 갑작스러운 심경 변화에 모두 놀랐지만 그의 지시는 결과적으로 엄청난 성과를 가져왔다.

니레 저택 쓰레기통 속에서 범행에 쓰인 회칼의 플라스틱 케이스와 함께 해당 칼을 판매한 슈퍼마켓 비닐봉지까지 나온 것이다.

두 가지에서는 모두 도코의 지문이 검출됐지만 하루시게의 지문은 나오지 않았다. 기시가미의 가설을 뒷받침할 결정적인 증거였고 나이 든 변호사의 혜안에 마키무라는 속으로 혀를 내둘렀다.

반면 흉기로 사용된 회칼에서는 하루시게 본인의 지문만 나왔고 도코의 지문은 나오지 않았다. 도코가 장갑 등을 착용한 상태에서 하루시게의 손목을 그은 후 칼에 그의 지문을 묻혔을 것으로 추정했다.

하루시게의 집에서 나온 영수증에서도 마찬가지로

하루시게의 지문만 나왔다. 하루시게와 도코가 아닌 제
삼자의 지문도 있었는데 슈퍼마켓 직원으로 밝혀졌다.

또 도코가 스스로 목숨을 끊을 때 쓴 회칼에서는 예상
대로 도코가 아닌 다른 사람의 지문이 나오지 않았다.

한때 추리 소설 애독자였다는 도코는 경찰이 의혹을
품을 상황에 대비한 것으로 보였다. 그러나 지문에는
신중을 기해도 칼 케이스와 비닐봉지 처리까지는 떠올
리지 못한 듯했다.

마키무라는 그럴 수도 있겠다고 생각했다. 그 역시
기시가미가 지적하기 전까지는 그런 쪽에 생각이 미치
지 않았기 때문이다.

섣부른 단정만큼 무서운 것도 없다. 일단 결론을 한
번 내리면 베테랑 형사도 좀처럼 고정관념에서 벗어나
기 어려운 것이다.

그렇게 이번 사건을 다른 방향에서 보니 도코가 하루
시게와 주고받은 편지를 세상에 남기고 목숨을 끊은 것
또한 속죄나 양심의 가책 따위와 무관한 그녀 나름의
책략일 가능성이 나왔다. 마키무라는 뒤늦게 그녀의 진
의를 깨달은 느낌이 들었다.

적어도 다섯 통의 그 편지를 읽은 사람들은 동반 자살
을 의심하지 않을 것이다. 바로 그것이 도코의 노림수

였던 것이다.

다음 날 마키무라는 니레 저택을 찾아 내부를 다시 한 번 꼼꼼히 확인했다.

형사과장이 현장을 직접 찾는 건 거의 드문 일이라 할 수 있다.

안내를 맡은 부하 형사는 혹시라도 미진한 초동 수사를 질책당할까 봐 바짝 긴장한 모습이 딱할 정도였다. 그만큼 이번 사건이 유별나다고 할 수 있지만 사실 마키무라는 범인이 스스로 목숨을 끊은 현장에는 별 관심이 없었다.

친언니를 죽이고, 조카를 죽이고, 남편을 죽인 것으로 모자라 42년이라는 세월 동안 한 남자를 철저하게 농락한 희대의 악녀. 니레 도코라는 여자가 태어나고 자란 곳은 대체 어떤 곳인지 두 눈으로 직접 확인하고 싶었다.

호화로운 유령 저택. 지금은 잃어버린 옛 위용의 잔해. 한 여인의 무시무시한 정념이 살아 숨 쉬는 무덤가. 그렇게 마키무라가 막연히 품고 있던 니레 저택의 이미지는 현실 앞에서 맥없이 무너지고 말았다.

니레 도코는 평소에 성격이 수수하고 내성적이었다고 하니 집에 대한 애착이 강했던 걸까. 외관은 낡고 여기저기 세월의 흔적이 보이지만 내부는 그야말로 깔끔

했다. 도쿄가 사랑한 니레 저택은 구석구석까지 깨끗이 청소됐고 방 정리와 정원 손질에도 한 치의 흐트러짐이 없었다.

오래전 독살 사건의 무대인 식당도 장식용 난로와 식기장, 그리고 낡은 원탁과 의자까지 당시 모습 그대로 남아 있었다.

드라마에 흔히 등장하는 옛 귀족 또는 대부호의 저택을 방불케 하는 풍경. 동서양의 조합이 언뜻 언밸런스하면서도 레트로한 느낌 가득한 인테리어를 보며 그 시절을 살지 않은 마키무라도 왠지 모를 향수를 느꼈다.

식기장에는 흰 바탕에 쪽무늬가 그려진 국산 다기 세트가 하나 덩그러니 놓여 있었다. 앞으로 두 번 다시 쓰일 일이 없을 것이다. 니레 저택 살인 사건의 주역이었던 문제의 커피 잔은 흔적조차 보이지 않았다.

이 드넓은 저택에서 나이 든 여인이 홀로 살았다. 이따금 자신이 죽인 가족들의 환영이 나타날까 봐 두려움에 떨지 않았을까. 마키무라는 그런 삶이 어떨지 상상도 되지 않았다.

이웃 주민을 찾아가 탐문 수사를 벌인 결과 마지막 편지를 보낸 후 적어도 두 번 하루시게가 니레 저택을 찾은 사실이 밝혀졌다.

도코와 하루시게가 택시에서 내려 어깨를 나란히 맞대고 저택 정문을 지나는 모습을 이웃집 주부가 목격했고, 산책을 마치고 돌아온 것으로 보이는 두 사람이 자판기 앞에서 사이좋게 음료수를 사는 모습을 본 사람도 있었다.

하루시게가 마지막 편지를 보낸 이후 약 한 달 조금 넘는 기간에 두 사람은 이 니레 저택 식당에서 차를 마시기도 했을 것이다. 그렇다면 하루시게가 최종적으로 도코를 용서했다는 건 의심하지 않아도 될 듯 보였다.

그럼에도 결국 뭔가가 도코의 살의를 부채질했다면 그것은 지금껏 그녀가 견뎌 온 '고독'이라는 이름의 공포였을 수 있다.

사랑하는 남자와 함께 세상을 떠난다. 도코의 마지막 바람은 그것이었다.

"다른 곳도 보시겠습니까?"

차렷 자세로 서 있는 부하를 앞에 두고 마키무라는 그 자리에 잠시 우두커니 서 있었다.

백조의 노래

고 니레 시게하루의 변호인 기미가미 요시유키에게 한 통의 두툼한 편지가 도착한 것은 하루시게가 사망한 지 두 달이 조금 지날 무렵이었다.

풀로 단단히 입구를 봉한 편지 봉투의 보낸 사람은 니레 하루시게. 도착 하루 전 소인이 찍혔고 심지어 후쿠미시가 아닌 도쿄에서 보낸 편지였다.

언론을 떠들썩하게 한 니레 도코의 강제 동반 자살 사건은 최근에서야 간신히 일단락되었고, 니레 도코의 손에 죽은 하루시게가 살인범은커녕 실은 억울한 피해자였다는 사실도 세간에 널리 알려졌다.

물론 거기에는 두 사람이 죽기 전에 남긴 편지—편지
내용 중 일부를 검게 칠하기는 했지만—가 공개된 점이
가장 큰 영향을 미쳤다. 전화위복이라고 할 수는 없겠
지만 그나마 하루시게의 한을 풀어 주고 기시가미도 원
래 자기 위치로 돌아갔다. 그렇게 차츰차츰 일상을 되
찾아 가던 와중에 도착한 편지였다.

　편지를 본 순간 기시가미는 눈을 의심했지만 죽은 사
람을 악용한 장난이 아닌 것은 확실했다. 도코 앞으로
보낸 세 통의 편지처럼 평소 애용한 블루블랙 잉크의
만년필로 힘주어 쓴 정갈한 글씨는 누가 봐도 하루시게
의 글씨였다.

　그러나 죽은 사람이 되돌아왔을 리 없다.

　생전에 죽음을 예감한 하루시게가 지인을 시켜서 자
신의 변호인이자 죽마고우였던 친구에게 마지막 전할
말을 보낸 것일까. 기시가미는 그렇게 추측하며 두근거
리는 가슴을 애써 진정시켰다.

　역시 하루시게는 친구를 소홀히 하지 않았다. 깊은
안도감과 함께 가슴이 멨지만 한편으로 긴장도 됐다.

　기시가미는 가위로 봉투를 열고 안에 있는 여러 장의
편지지를 꺼냈다.

　나선이 그려진 옛 흰 편지지에는 역시나 눈에 익은 작

은 글씨가 빼곡하게 채워져 있었다.

기시가미는 심호흡을 한 번 하고 하루시게가 자신에게 남긴 마지막 편지를 읽기 시작했다.

기시가미 요시유키에게

자네가 이 편지를 읽을 때 이미 난 세상에 없겠지.

편지를 받고 예상했겠지만 난 어떤 믿을 만한 인물에게 이 편지를 대신 부쳐 달라고 부탁했네.

만약 가까운 시일 안에 내가 목숨을 잃으면 그로부터 정확히 두 달 후에 이 편지를 우체통에 넣어 줬으면 한다고 말이야. 그리고 자네가 지금 이렇게 편지를 읽는다는 건 그 사람이 나와의 약속을 충실히 지켰다는 것을 의미하네.

반세기가 넘는 시간 동안 깊은 우정과 신뢰를 쌓고 항상 물심양면으로 나를 도와준 자네와 마지막 인사도 나누지 못하고 떠나는 게 실로 아쉬울 따름일세.

하지만 나라는 사람을 누구보다 잘 아는 자네라면 분명 그 안에 어떤 부득이한 사정이 있을 거라 짐작하지 않을까.

내가 이 편지를 쓴 이유는 두 가지일세. 하나는 자네의 그 의문에 답하기 위해, 또 하나는 자네에게만큼은 진실을 알려 주고 싶어서 편지를 쓰기로 결심했네.

다만 앞으로 내가 이 편지에 쓸 이야기는 자네의 이해와 공감을 사기 어려울 것이고 그걸 넘어 나 자신에게도 견디기 힘든 고통을 수반하는 것일세.

내가 저지른 죄에 대해서는 어떤 비난도 감수하겠지만 적어도 내가 지금껏 자네에게 감사와 존경을 잃은 순간은 한 번도 없었다는 것만은 자네가 알아줬으면 하네.

이 편지에 굳이 제목을 붙이자면 나, 니레 하루시게의 '백조의 노래'라 하고 싶군.

물론 자네가 각별히 좋아한 슈베르트의 '백조의 노래'와 비교할 수는 없겠지. 그러나 이 편지가 기로를 잘못 들어서서 인생 대부분을 담장 안에서 보내고 만 남자의 마지막 마음속 외침인 것만은 틀림없네.

돌이켜보면 나의 싸움은 잊으려야 잊을 수 없는 42년 전, 마음에도 없는 자수를 하기 위해 자네와 함께 히가시이노하라 경찰서에 출두한 그날부터 시작됐네.

사형 판결. 당시 우리는 그 단어가 주는 압도적인 공포 앞에서 벌벌 떨며 앞으로 다가올 일들을 냉정하게 떠올릴 여유가 없는 상태였지.

무엇이 옳고 무엇이 그른가. 과거에 한 행동은 그 순간순간의 상황과 장소에서 느낀 감정 없이 설명할 수 없는 법. 그때 우리의 작전이 정말 최선이었는지 아닌지도 쉽게 답을 내릴 수 없을 걸세.

하지만 지금 다시 냉정히 분석해도 당시 형사 재판의 경향을 직시하면 일부러 죄를 인정해 자수하는 선택이 꼭 무모했다고 하기는 어려울 걸세. 실제로도 난 사형되지 않았고 지금도 이렇게 멀쩡히 살아 있으니 말이네.

우선 무기 징역 판결을 확실히 따내고 그 후 전력을 다해 재심을 준비한다. 그것이 우리가 선택한 길이었네.

그리고 자네는 그 말 그대로 평생에 걸쳐서 날 위해 싸워 주었네. 그런 의미에서 우리는 분명 일심동체였다고 할 수 있겠지.

그러나 현실은 원래 상상 이상으로 엄혹한 법. 나이를 먹을수록 담장 안에 있는 사람과 밖에 있는 사람은 인식과 생각에 미묘한 차이가 생기는 걸 피할 수 없지.

재심 청구에 이르는 과정이 얼마나 험난한가. 또 범죄자의 낙인이 찍힌 사람이 그 낙인을 없애는 게 얼마나 어려운가. 교도소 안에서 몸소 그것을 깨달은 나는 점차 자네와 다른 결의를 남몰래 가슴에 품게 되었네.

자네의 목적이 내 무죄를 밝히는 거라면, 나의 목적은 진범을 찾는 것으로 한다. 이는 언뜻 비슷하게 들릴 수도 있지만 전혀 성격이 다른 문제일세. 방어와 공격의 차이라고 해야 할까.

　내 결백함을 증명하기보다 진범을 밝히고 싶다. 나를 몰락시키고 내 인생을 엉망진창으로 망가뜨린 녀석이 사형을 받을 때까지는 살아도 사는 게 아니다. 그런 집념이 내가 살아간 이유가 됐다고 해도 과언은 아닐 걸세.

　하지만…… 그 지경에서도 일본의 사법 체계를 믿은 나는 그 얼마나 어리석은 인간이었을까. 내가 생각해도 그때의 나를 비웃고 싶은 심정이네.

　무엇보다 나를 각성시킨 건 사건이 일어난 지 15년이 지나 니레 저택 살인 사건의 공소 시효가 만료된 일이었네. 살인죄의 공소 시효가 고작 15년. 처음부터 알고 있었다고 해도 현실로 겪어 보니 충격이 실로 어마어마하더군.

　이로써 내가 진범을 밝혀 봐야 무의미해진 거네. 국가가 그 녀석을 처벌해 줄 수도 없으니까. 제아무리 나 자신은 재심으로 무죄를 인정받는다고 해도 내 가슴에 새겨진 상처가 아무는 날은 평생 오지 않는 걸세.

　그렇다면 이 손으로 직접 복수하는 길밖에 없다. 나

는 결의를 단단히 굳혔지만 그것을 이루기에는 너무나 거대한 현실의 장벽이 내 앞을 가로막고 있었네.

무엇보다 그때 난 아직 복역 중인 신세였고 교도소 밖에 나가지 않는 이상 할 수 있는 일은 전무했지.

그리고 교도소 밖으로 나가는 게 그리 쉬울 리 있겠나.

웬일인지 이 세상에는 중대 범죄를 저지른 무기 징역수도 몇 년 복역하면 가석방을 받아 쉽게 돌아온다는 속설이 퍼져 있는 듯하고, 나 역시 처음에는 비슷한 생각을 품고 있었지만 실제로 법이 운용되는 과정을 보니 허들은 상상 이상으로 높더군.

난 현실을 알아 갈수록 절망에 빠졌네. 이대로 담장 안에서 늙어 죽을 수밖에 없나……. 그렇게 꺾이려던 마음을 항상 다잡아 준 것은 백 번 죽여도 시원치 않을 진범을 향한 증오였어.

그런데 사람의 인생 역시 알 수 없는 거 아니겠나. 꼭 나쁜 일만 일어나라는 법은 없더군. 그 증거로 교도소 안에서 나는 내 힘으로 사건의 진범을 찾아낼 단서를 차곡차곡 쌓아 갔네.

단조롭기 그지없는 감옥 생활 중에 내게 주어진 자유 시간 대부분을 그 문제를 푸는 데 썼지. 판례 연구는 물론이거니와 각종 범죄를 다룬 신문, 잡지 기사부터 동서고금의 수많은 범죄 소설까지 내가 닥치는 대로 독파했다는 건 자네도 잘 알 걸세.

어쨌든 그 당시 내게는 적어도 시간만큼은 차고 넘칠만큼 많았네. 그런 의미에서 잡무와 잡념에 시달리지 않아도 되는 교도소 생활은 어떤 것을 탐구하고 공부하는 데는 아주 최적의 환경이라 할 수 있을 거야.

그런데 솔직히 판례나 과거 범죄 사례보다는 내게 훨씬 도움된 것이 바로 추리 소설을 읽으며 쌓은 지식이라고 하면 자네는 어떤 반응을 보일까.

절대 우연이 아니었네. 거기에는 그 사건의 범인이 열렬한 추리 소설 애독자라는 아주 독특한 사정이 있었거든. 그런 의미에서 그 니레 저택 살인 사건은 출발점부터 아주 훌륭한 추리 소설로 만들어질 요소를 전부 갖추고 있었던 셈이야.

어쩌면 이 사건은 단순한 물욕이나 원한이 초래한 것이 아닌, 어떤 책사가 극한의 책략을 세우는 것에 도전한 하나의 작품 아닐까. 내가 그런 생각에 이르렀을 때 마침내 내 앞에 길이 열렸네.

그날 그곳에서 범행을 저지를 수 있었던 인물, 그리고 실현 가능했던 방법은 한정돼 있네.

내 재킷 주머니에 독 초콜릿 포장지 조각을 몰래 집어

넣은 사람은 누구인가. 선입견과 억측을 지우고 이런저런 가능성을 검토하다 보면 유일무이한 진실이 떠오르는 건 시간문제였지.

지금도 잊지 못하네. 공소 시효가 만료된 지 7년이 지난 그날. 내가 내린 결론인데도 너무나 큰 충격에 말문이 막힌 그날. 난 아마 하루 종일 온몸을 부들부들 떨면서 보냈을 걸세.

그렇다면 그 진실이 무엇인가. 현명한 자네라면 이미 한참 전에 해답을 찾았겠지.

무엇보다 도코와 나의 동반 자살 이후 자네는 당연히 사건 현장에 달려가 그녀와 내가 주고받은 다섯 통의 편지를 읽어 봤을 테니.

말할 것도 없이 그 편지들은 우리의 유서라 할 수 있네. 그걸 읽으면 42년 전 사건의 진실을 비롯해 우리가 왜 함께 죽음을 택했는지 사정을 전혀 모르는 제삼자도 이해할 거야.

그러나 눈에 보이는 게 다 진실이라 할 수는 없네. 그 안에는 약간 복잡한 문제도 엮여 있지만 그건 잠시 후에 찬찬히 설명하기로 하고 일단 우리의 대화, 그중에서도 내가 도코에게 보낸 11월 4일 자 편지를 떠올려 줬으면 하네.

그 마지막 편지에서 나는 도코가 나를 절망의 나락에 떨어뜨린 니레 저택 살인 사건의 주모자이자 실행범이라고 지적했네.

그리고 내 추리의 핵심에 도코와 요헤이 씨가 멋진 협력 플레이로 만든 그 재킷 바꿔치기 트릭이 있다는 건 굳이 설명하지 않아도 되겠지. 그것이 정곡이 찔렸을 거라고 난 지금도 의심하지 않네.

물론 증거는 없네. 그러나 내 가설로는 범행 동기와 실행 가능성, 그리고 그 후 요헤이 씨가 불의의 사고로 사망한 것까지 모든 것을 모순 없이 설명할 수 있지. 이보다 더 설득력 있는 가설이 어딨겠나.

곰곰이 생각하면 내가 이런 단순한 트릭을 놓친 건 설마 도코가 요헤이 씨와 공모할 리 없다는 일방적인 믿음 때문이었네.

평소 눈엣가시 같고 깔보던 남편이니 더욱 유용한 도구로 활용할 수 있었다는 점. 그런 생각을 떠올리지 못한 나를 미숙하다고 비난해도 할 말은 없네. 어쨌든 그 덕분에 난 추리 과정에 유연한 사고가 얼마나 중요한지를 뼈저리게 느끼게 되었어.

이렇게 사건이 일어난 지 22년이 지나 마침내 진범을 밝혔지만 당연히 그걸로 끝은 아니었네. 문제는 오히려 그다음이었지.

이제 무엇을 해야 하고, 또 무엇을 할 수 있는가. 쉽게 해답이 나올 문제가 아니었지. 난 또다시 머리를 싸매고 말았어.

하지만 오해하지 않아 줬으면 하네. 난 그녀를 용서해야 할지 말지로 고민한 게 아니야. 그 동기가 아무리 나를 향한 사랑이었다고 해도 그녀의 행동이 인간의 도리를 벗어난 행동인 것만은 확실했으니까.

나는 사와코와 요시오를 사랑하지 않았을 수 있지만 그렇다고 미워했던 것도 아닐세. 그런 사와코에게 살인자 누명을 씌우고 나의 증오를 부채질해서 우리의 사랑을 보다 완벽하게 만든다. 도코의 그 발상은 침을 뱉어 주고 싶을 만큼 구역질이 치미는 것이었네.

아무 죄 없는 두 사람의 한을 풀어 주기 위해서라도 그녀를 용서할 수 없었어.

아니, 이런 입바른 말은 그만하지.

나는 도코를 향한 부글부글 끓어오르는 분노, 내게 고통을 주고 나를 파멸로 이끈 여자를 향한 증오를 원동력 삼아 내 남은 인생을 오직 복수에 바치기로 마음먹었네.

하지만 공소 시효가 지나서 국가 권력에 의지할 수 없

는 이상 내가 자유로운 몸이 되어도 복수가 쉽지 않을 건 자명했지. 복수라는 게 그저 상대를 죽이면 끝인 것도 아니니까.

그녀가 자신의 범행을 인정하고, 그것을 대외적으로 고백하고, 죽을 때까지 그 죄를 갚게 한다. 머리로는 이상적인 복수의 형태를 끝없이 그렸지만 실현 가능성은 별개의 문제였네. 보통내기가 아닌 그녀가 순순히 죄를 인정할 것 같지도 않았고.

결국 나는 차선책을 마련할 필요가 있었네.

당사자 동의 없이도 42년 전 니레 저택에서 도코가 저지른 죄를 세상에 알려서 내 명예를 회복한 후 의심을 사지 않고 그녀에게 죽음의 철퇴를 내리려면 어떡해야 하나. 그렇게 고민하는 내 모습을 봤다면 자네는 허황된 생각이라며 비웃었을까.

결국 내가 내린 결론은 동서고금의 무수한 추리 소설을 장식한 영악한 범인들이 그랬던 것처럼 나 역시 나 자신의 창의력에 의지할 수밖에 없다는 것이었네.

그렇다면 내 유일한 아군인 자네에게 이 일을 상의해야 하나, 말아야 하나.

솔직히 고백하자면 애초에 그건 내 선택지에 없었네. 현직 변호사인 자네를 내 사적 복수 계획에 끌어들이는 건 어불성설이었던 거야.

어쨌든 담장 안에 갇혀 있는 동안 내가 할 일이라고는 잠자코 때를 기다리는 것뿐이었네.

다행히 구상을 다듬을 시간은 얼마든지 있었지. 도코가 수많은 동서양 추리 소설을 섭렵한 추리 소설 마니아라는 점. 그리고 내가 그런 그녀에게 사건의 진상 규명을 도와 달라고 요청하면 그녀는 분명 거절하지 않으리라는 점. 난 오직 거기에 집중하기로 했네.

이후 시간이 흐르며 내 복수의 청사진은 더욱 구체적인 형태를 갖게 되었고 어느새 더할 나위 없을 만큼 완성도가 높아졌어.

이제 남은 거라고는 실행뿐. 기회가 오는 순간을 간절히 바라는 나를 하늘도 동정했을까. 마지막 문이 닫히기 일보 직전 마침내 내게 기적이 찾아왔네. 무려 가석방 기회가 주어진 거야.

당연히 그 배경에는 자네의 헌신적인 노력이 있었겠지만 무엇보다 내 건강 상태가 가장 큰 영향을 준 것은 부인할 수 없겠지. 그런 타이밍에 내가 불치병을 얻은 것 또한 신의 뜻이라는 생각에 감사할 따름일세.

이 기회를 어떻게든 살려야 한다. 세상에 돌아온 나는 그 즉시 계획을 실행에 옮겼네.

시작은 그녀에게 편지를 보내는 것이었네.

당분간은 서로 만나지 않고 편지를 주고받으며 상황을 진전시킨다. 이건 내 계획을 달성하는 데 필수적인 조건이었어.

편지를 쓰는 것 자체가 하나의 트릭이었던 거네.

도코와 나 사이에 오간 편지들. 내가 노린 건 비단 그녀에게 필요한 정보를 끌어내는 것만이 아니었네. 향후 이 일을 조사할 경찰을 위해 우리가 나눈 대화를 실물로 남겨 두는 게 중요했지. 사랑하는 남녀가 주고받은 편지만큼 기록으로 적절한 게 어딨겠나.

그리고 이 대화 속에서 도코라는 여자의 악행을 최대한 자연스럽게 부각하려면 어떡해야 할까. 나는 주도면밀하게 작전을 세웠네.

작전의 골자가 무엇이었는지는 자네도 알 거야. 상대가 잘 아는 분야로 상대를 끌어들여서 승부할 것. 즉, 추리의 세계로 그녀를 데려와 모든 생각과 행동 과정을 그녀 스스로 설명하게 하는 것. 상대의 의욕까지 북돋울 수 있는 최적의 수였지.

물론 그녀가 반드시 진실을 이야기하리란 보장은 없었네. 아니, 가장 중요한 부분에서는 거짓말을 할 게 뻔했지. 그러나 자네도 알다시피 인간은 자고로 자기 이야기를 떠들기 좋아하는 동물이야. 많은 대화를 주고받다 보면 자연스럽게 속내도 드러날 것으로 예상했네.

물론 42년 전 사건의 진실을 알고 싶다는 구실로 그녀와 추리 대결을 펼치려면 나 또한 나름대로 구상한 추리를 선보일 필요가 있었어.

결국 난 없는 머리를 열심히 굴려 가며 과제에 임했네.

자네는 읽고서 분명 쓴웃음을 지었을 그 물엿을 활용한 트릭도 그런 과정에서 내가 얻은 빛나는 성과 중 하나일세. 심지어 내가 제시한 효도 범인설을 그녀가 논파할 것도 처음부터 계산했으니 나도 참 사악하지. 안 그러나?

어쨌든 그렇게 10월 10일 자 첫 번째 편지는 무사히 도코에게 전달됐네.

당연히 그 안에 사건 이야기만 담긴 건 아니었네. 도코와의 첫 만남부터 시작해 내가 일부러 자수를 선택한 이유와 그 대가로 감수해야 했던 41년간의 감옥 생활까지 담겨 있었지.

그녀의 동정과 환심을 사는 동시에 나중에 편지를 읽을 사람들에게 내 행동을 납득시키려면 합리적인 설명이 필요했어. 이 모든 건 도코와 내가 서로를 사랑한 것으로부터 비롯됐다. 웬만한 멜로드라마 뺨칠 연애담이 편지 속에 그려진 이유가 다 있었던 거야.

유일한 불안 요소라면 그녀가 내 편지를 무시하는 상황. 즉, 답장이 오지 않는 상황이었지만 내 걱정은 다행히 기우에 그쳤네.

기다리고 기다리던 도쿄의 답장. 그녀의 10월 15일 자 편지가 도착한 건 그다음 날인 10월 16일이었네.

그 두꺼운 편지 봉투를 본 순간부터 작전의 성공을 예감했지만 편지지 안에 적힌 내용은 내가 기대한 것보다 훨씬 농밀하고 뜨겁더군.

꿈에서나 그리던 내 편지를 받은 기쁨과 그전까지 그녀가 겪어 온 괴롭고 쓰라린 날들. 남편과 가족을 먼저 떠나보내고 은둔자처럼 살면서도 나에 대한 사랑만큼은 변함없이 지켜 왔다는 이야기.

그러면서 내 사랑은 확인할 길이 없으니 그녀 나름대로 괴로웠겠지. 죄인 낙인이 찍힌 나를 지금 당장에라도 니레 저택의 당주로 다시 맞으려는 그 마음씨는 그간의 은혜와 원한을 떠나 약간 감동적이기도 했네.

지금껏 쌓아 온 울분을 토해 낸 듯한 그 편지 속에서 그녀는 자신을 비롯한 니레 집안 여자들이 겪은 수난도 이야기했네.

그중 몇 가지 에피소드는 나도 처음 듣는 것이었는데,

남들이 우러러보는 부잣집 규슈였던 사와코와 도코, 지카코 씨가 실은 당시 가족 제도에 뿌리 깊게 남아 있던 구습들 때문에 얼마나 인권을 유린당했는지 알게 되니 늦었지만 섬뜩하면서도 안쓰럽더군.

도코가 친언니를 죽이고 죄 없는 조카마저 죽인 것의 기저에도 그로 인한 뒤틀린 심리가 있었다면 일정 부분 동정의 여지가 있다고 할 수도 있을 걸세.

그리고 나 자신은 의식하지 못했어도 나 역시 그녀들에게 고통을 준 남자 중 하나였을지 모르네. 하지만 그런 나조차도 이이치로 씨가 고른 잠시 쓰다 버릴 도구에 불과했으니 말해 봐야 무슨 소용 있겠나.

그런 의미에서 나와 도코는 처지가 엇비슷했다고 할 수도 있지 않을까.

물론 그렇다고 내가 도코를 용서할 수 있느냐면 그건 또 다른 문제였네. 나는 내 계획을 그대로 진행하는 것에 일말의 망설임도 없었어.

내가 깔아 놓은 덫. 즉, 효도 범인설에 득달같이 달려든 도코는 의기양양하게 가설의 결함을 지적하고 자신이 떠올린 사와코 자작 연출설을 반격으로 제시했네.

죽은 사와코에게 죄를 덮어씌워서 나를 궁지에서 구하고 우리의 사랑을 명실상부하게 완벽한 것으로 만든다. 원래라면 42년 전 성과를 봤어야 할 그녀의 작전이 이제야 빛을 보게 된 거야.

물론 도코는 그것으로 만족하지 않았네.

범인은 사와코다.

하루시게 님. 당신은 이미 오래전에 그 결론에 도달하셨겠지요. 동시에 아내를 그렇게 만든 장본인이 다름 아닌 자신이란 것도 깨달으셨을 테고요.

내가 아내를 감싼다고 주장하면서 사랑의 깊이를 가늠하고 싶었을까. 그녀는 집요하리만치 나를 몰아세우더군.

그러나 나는 그런 식의 밀고 당기기를 즐길 여유가 없었어. 상대가 그렇게 나오면 그걸 이용할 뿐이지.

도코의 답장을 받은 나는 곧장 다음 수를 쓰기로 했네.

10월 22일 자로 보낸 두 번째 편지도 그렇게 도코에게 전달됐네.

책략과 기만. 내가 생각해도 교활한 수법이었지. 우직하고 올곧은 자네는 내 고백에 분명 눈살을 찌푸리지 않을까.

내 두 번째 편지의 핵심은 크게 두 가지였네.

하나는 도쿄가 주장한 사와코 자작 연출설을 완벽히 부정하는 것.

당시 내 재킷 주머니에 은박지 조각을 넣은 사람이 사와코고 그런 사와코가 나를 이 지경에 빠뜨린 장본인이라고 내게 주입함으로써 내 마음을 자기 쪽으로 되돌리는 것. 그런 수법은 통하지 않는다는 걸 그녀 스스로 깨닫게 해야 했지.

그러려면 도쿄의 가설을 하나부터 열까지 논파해야 했는데, 실은 내게는 그 무엇보다 강력한 비장의 무기가 있었네.

바로 그날 요시오가 흘린 주스를 닦아 주려고 내가 재킷 주머니를 뒤졌다는 사실. 그것은 앞으로 시간이 흘러도 절대 뒤집힐 리 없는 진실 그 자체지.

또 그것은 사와코의 명예 회복을 비롯해 내가 사건의 진상을 규명하는 데도 가장 큰 도움을 준 행운이었다고 할 수 있네.

그리고 또 하나가 바로 내가 새로이 구상한 제2의 가설, 즉 요헤이 씨, 사쿠라, 스미에 씨의 3자 공범설을 그녀에게 정면으로 제시하는 것이었어.

남편인 요헤이 씨를 진범으로 몰면 도쿄는 어떤 반응

이라도 보일 수밖에 없을 테니까.

내가 범인인 사와코를 감싸는 건 사와코가 나의 아내이기 때문이다. 10월 15일 자로 내게 보낸 첫 편지에서 도코는 그렇게 나를 비난했지.

나는 그것을 역이용해서 당신이야말로 요헤이 씨를 감싸는 건 요헤이 씨가 남편이기 때문이다. 그렇게 되받아쳐 줌으로써 그녀가 품고 있던 중대한 비밀, 다시 말해 요헤이 씨의 추락사가 사고나 자살이 아닌 교묘한 책략에 의한 실질적 살인이었다는 것을 그녀 입으로 고백하게 하는 전술에 나선 걸세.

결론부터 말하자면 나의 이 작전은 대성공을 거두었네. 내 사랑이 식을까 봐 초조해하던 그녀는 당황한 나머지 결국 남편 살해에 관한 전말을 자백하게 됐으니까.

도코가 저지른 짓이 엄밀한 의미에서 살인의 실행 행위에 해당하는지 아닌지는 여기서 왈가왈부할 필요가 없겠지. 그보다 그녀가 남편 살해를 계획했다는 사실이 그 어떤 증거보다 강력히 나의 추리를 뒷받침해 주었네. 나는 마침내 승리를 확신했어.

내 목적은 오직 하나. 나의 인생을 송두리째 무너뜨린 상대에게 마땅한 대가를 치르게 하는 것. 오직 그것에만 맞춰져 있었네. 그리고 목표 달성을 위한 준비는 착착 진행돼 갔지.

도쿄의 반응에 성취감을 맛보며 나는 드디어 마지막 승부에 나서기로 했네.

11월 4일 자 내 마지막 편지는 여러 의미에서 내 계획의 중추라 할 수 있을 걸세.

내 예상대로라면 자네도 당연히 그 편지를 읽었을 테니 여기서 자세히 내용을 설명할 필요는 없겠지만 어쨌든 나는 그 편지 속에서 내가 최종적으로 도달한 가설을 정면으로 꺼내 들었네.

물론 세세한 곳에는 착오가 있을 것이고 그녀가 강력히 반발할 것도 예상했지만 큰 줄기는 들어맞으리라는 확신이 있었네. 무고하게 감옥에 갇힌 피해자가 진범에게 보내는 고발장. 누가 봐도 그건 명백했겠지.

그러나 본심을 말하자면 내 노림수가 그것 하나인 것만은 아니었네. 전폭적으로 신뢰하고 사랑하던 여자가 실은 나를 지옥에 빠뜨린 장본인이었다. 그런 충격적인 사실을 받아들이지 못하고 동요하고 당황하는 내 적나라한 모습을 강조하는 것도 편지에 포함할 중요 요소였지.

내가 아무리 마지막에는 도쿄를 용서한다고 해도 그

녀가 저지른 죄가 사라지는 것은 아닐세. 아무것도 모르는 제삼자가 편지를 읽으면 악행이 다 밝혀진 마당에 그녀가 절대 태연할 수는 없을 거라 생각하겠지.

수치심과 조바심에 사로잡혀 발을 동동 굴리다가 결국 견디지 못해 스스로 목숨을 끊는다. 편지를 읽은 이들은 도코가 그런 결정을 내렸다고 납득하지 않을까.

그리고 내가 의도한 바도 정확히 그것이었네.

난 처음부터 그녀와 함께 죽을 각오를 하고 있었네. 자네도 알다시피 내가 앞으로 살날이 얼마 남지 않은 시한부인 것도 더 이상 삶에 대한 집착을 끊고 철저히 계획을 수행하라고 신이 날 도와준 결과 아닐까.

늙고 병든 살인범과 외로이 살아가던 나이 든 여자의 원거리 동반 자살. 이후 두 사람이 주고받은 편지가 남아 있다는 게 밝혀지면 분명 사람들의 입방아에 오르내릴 자극적인 사건이 되겠지. 그리고 그 뒤에 어떤 전개가 펼쳐질지는 불 보듯 뻔한 것 아니겠나.

난 자신감을 갖고 계획을 실행에 옮겼네.

혹시 내 이야기가 거짓말 같나? 그렇다면 실력은 뛰어나지만 고정관념에서 한 발짝도 못 벗어나는 일본 경찰이 현실에서 우리의 동반 자살에 어떤 반응을 보였나. 그리고 그 뒤에 어떤 전개가 펼쳐졌을지도 내가 한

번 맞혀 볼까.

내 예언은 아마 거의 틀리지 않을 거야.

내가 말하기도 뭐하지만 가석방 중인 살인범의 자살은 관할 경찰서에 큰 충격을 안기겠지. 그리고 마치 세상에 보란 듯이 남겨진 다섯 통의 편지. 그중 특히 11월 4일 자의 마지막 편지 내용은 그들에게 청천벽력일 걸세.

조직에 커다란 오점으로 남을 수도 있는 원죄 사건의 발각. 천하의 극악무도한 살인자인 내가 실은 그 사건의 가장 큰 피해자일 가능성이 뜬금없이 부상한 거야.

아무리 사형을 피할 목적이라고 해도 저지르지도 않은 죄를 제 입으로 자백한 책임이 작지 않다. 그래. 그 말이 옳다고 해도 당시 사건을 맡았던 수사진이 과연 그것을 떳떳하게 면죄부 삼을 수 있을까.

그래도 나의 죽음이 부당 판결에 대한 저항이 아닌 치정이 얽힌 동반 자살이라는 건 그들에게 불행 중 다행이었을 걸세.

자살. 즉, 죽은 이들이 스스로 목숨을 끊은 사건에 경찰은 필요 최소한으로 관여하지. 애초에 자살은 범죄가 아니니 유서를 공개할 필요도 없고 그렇다면 42년 전 수사진의 실수가 드러날 염려도 없지 않겠나.

그리고 무엇보다 그들을 안심시킨 것은 죽은 도코와

나 모두 법정 상속인이 없다는 점일 걸세. 상속인은 고사하고 평소 교류하던 가족 친척, 지인마저 전무하다는 건 신원 인수인인 자네와 잘 합의만 하면 편지의 존재를 사실상 없는 것으로 만들 수 있음을 의미하네.

그래. 오직 자네 한 사람만 이해해 준다면.

경찰의 그런 계산이 빗나간 것은 그들이 자네의 능력을 과소평가했기 때문이겠지.

자네는 타고난 관찰력을 발휘해 흉기로 쓰인 회칼 케이스의 행방을 찾아 나설 것이고 그것을 단서로 추리를 이어 가다가 결국 내 죽음이 실은 자살이 아닌 자살로 위장된 살인임을 곧 간파해 낼 걸세.

하물며 범인이 도쿄로 밝혀지는 상황에서 자네가 가만있을 사람인가. 곧장 경찰서를 찾아가 어려움 없이 그들을 논파하겠지. 그리고 자네의 지적대로 니레 저택 쓰레기통 안에서는 확실한 증거가 발견될 테고.

상황이 그렇게 되면 경찰도 단단히 마음먹을 수밖에 없을 거네. 사안을 어설프게 은폐했다가는 점점 더 악화할 수 있으니까.

언니를, 조카를, 남편을, 연인을 죽인 여자. 니레 도쿄는 희대의 악녀였다. 경찰은 우리가 주고받은 편지 속 내 가설을 바탕으로 결국 그것을 인정할 수밖에 없을 거야.

이렇게 자네는 나를 죽인 범인으로 도코를 고발함과 동시에 42년 전 나의 무죄를 밝히는 데도 성공했네.

변호인으로서 이보다 큰 영예가 있을까. 당초 목표와 조금 달라졌다 해도 결국 우리의 염원은 이뤄졌네. 기뻐할 일이지. 자네는 진심에서 우러나오는 안도의 한숨을 내쉬었을 거야.

그건 그렇지만……. 이쯤에서 나도 자네가 무슨 말을 하고 싶을지 아네.

조금 전부터 편지에서 이 모든 게 결국 내가 계획한 대로 됐다며 변죽을 울리는 내게 자네는 지금 대체 무슨 소리를 하느냐며 화를 내고 싶겠지.

도코의 흉기에 목숨을 잃은 내가 어떻게 사전에 그 결과를 예상했는가. 그리고 지금 이 편지에서 왜 마치 자랑스러운 것처럼 그 이야기를 늘어놓고 있는가.

자네가 당연히 이상하게 느낄 만하네.

자, 그럼 솔직하게 털어놓겠네. 기시가미, 난 자네에게 사죄해야 해.

왜냐하면 내 계획은 도코와 그 배후에 있는 경찰을 덫에 빠뜨리는 것만이 아니었으니까. 내 변호인이자 죽마고우였던 자네마저도 속이는 것이었으니까.

자네가 눈이 빠져라 읽었을 11월 4일 자 내 마지막 편지. 도코 앞으로 보낸 그 편지가 실제로는 도코의 손에 들어가기는커녕 우체통에도 들어가지 않은 가짜 편지였다고 고백하면 자네는 어떤 반응을 보일까.

편지를 쓰는 것 자체가 하나의 트릭이다. 조금 전에도 그렇게 적었지만 그것은 이번 내 계획의 핵심이었다고 해도 과언이 아니네.

그러나 편지 속에서 내가 선보인 추리, 즉 도코, 요헤이 씨 공범설은 내가 최종적으로 도달한 결론이 맞고 거기에는 그 어떤 허위와 과장도 없네. 아니, 오히려 틀림없는 사실이니 그 편지를 도코에게 보여 줄 수 없었다고 해야 할까.

내가 도코를 의심한다는 걸 그녀가 알게 되면 어떻게 될까. 그녀는 누구보다 자존심이 강한 사람일세. 어떻게 반응할지가 눈에 선하지. 그래서 나는 소기의 목적을 달성하기 전까지는 철저하게 내 본심을 숨길 필요가 있었던 거야.

증오라는 이름의 광기에 사로잡힌 인간은 믿기 어려울 만큼 추악해지는 법이네. 내가 부치지 않은 그 편지 대신 현실에서 도코가 받아 든 편지는 내가 봐도 구역질이 날 정도로 달콤한 말로 가득 찬 연애편지였지.

나는 도코가 나를 위해 요헤이 씨를 죽였다는 사실에

경악한 척하고 그럼에도 당신을 사랑하고 그것도 모자라 내 남은 인생을 당신과 함께하고 싶다고 고백했네.

이후 어떤 결과가 발생했는지는 굳이 설명하지 않아도 되겠지. 도코는 한달음에 나에게 달려와 주었네.

결국 자살 현장에 남아 있던 그 마지막 편지는 경찰에게 읽히기 위해, 그리고 그 누구보다 자네에게 읽히기 위해 내가 나중에 봉투 속 내용물을 바꿔치기한 편지였던 거야.

물론 세상에 둘도 없는 친구를 속이는 건 생각보다 훨씬 괴로운 일이더군.

그러나 이번에 나는 그저 장난이나 놀이가 아닌 내 목숨을 건 싸움을 펼쳤네. 자네도 결국 그런 날 이해해 줄 거라고 믿을 뿐이네.

그렇다면 자네를 고민에 빠지게 한 이번 동반 자살 사건은 도대체 왜 일어난 것인가.

그리고 사건 당일, 이라고 해 봐야 내게는 바로 오늘이지만 도코와 나 사이에 무슨 일이 있었는가.

이번에야말로 나는 자네에게 거짓 없는 진실을 털어놓으려고 하네.

도코 본인은 물론 제삼자도 우리 두 사람이 한 몸이

나 마찬가지였다고 믿게 할 덫을 깐다. 이번 내 계획을 한마디로 표현하자면 역시 '위장 동반 자살 작전'이라고 불러야 할지 모르겠군.

물론 계획의 의도는 자네와 수사 관계자에게 우리의 죽음에 대한 의혹과 내가 혹시 도코에게 살해된 건 아닐지 하는 의심을 심는 것이었네.

그러려면 우선은 그녀에게 최대한 맞춰 주면서 그녀의 가슴에 들어가 방심하게 만드는 것부터 시작해야 했네. 11월 4일 자의 내 마지막 편지는 그녀와 나를 하나로 만들어 주었지.

무려 42년의 공백을 뛰어넘어서 다시금 불붙은 늘그막의 사랑. 이제는 화려한 불길 없이도 천천히 고요하게 열기를 발산하며 사라져 가는 잿불 같은 사랑. 우리의 밀회는 그 누구에게도 알려지지 않고 조용하면서 깊숙이 진행됐네.

그전까지 나는 수없이 니레 저택을 찾았지만 반대로 그녀가 나를 찾은 적은 한 번도 없었네. 도코는 그 점이 불만인 듯했지만 가석방 중인 살인범이 사는 곳에 여자가 드나들면 쓸데없는 오해를 부를 수 있으니 신중에 신중을 거듭해야 했지.

그래도 도코는 내가 어떻게 사는지 몹시 궁금해하더

군. 그렇다면 내가 그런 상황을 이용하지 않을 도리가 있겠나. 결국 내 작전은 내가 사는 곳으로 그녀를 부르는 것부터 시작됐네.

휴대 전화가 없는 도코와의 연락 수단은 집 전화였네.

작전 실행 이틀 전인 토요일, 평소처럼 전화로 일상 이야기를 하다가 내가 "다음 주 월요일에 괜찮으면 우리 집에 오지 않겠어? 맛있는 장어 덮밥을 파는 가게를 찾았어" 하고 넌지시 제안하자 아니나 다를까 도코는 "어머, 좋아요!" 하고 환호성을 지르더군.

마침내 소원을 이룬 듯한 기쁨이 목소리에서 배어났지.

그때 내가 장어 덮밥을 선택한 것 또한 치밀한 계산의 결과였네. 도코는 오래전부터 장어 요리를 아주 좋아했으니 거절할 리 없다고 봤지. 노년 커플의 마지막 만찬으로 장어 덮밥은 그림이 좋고 소화에 시간이 걸린다는 점도 마음에 들더군.

"장어 덮밥은 정말 오랜만이에요. 당신만 괜찮으시다면 하루 앞당겨서 내일은 어떨까요?"

도코는 역시나 일분일초도 빠르게 나를 만나고 싶어 했네.

"그건 곤란해. 일요일에는 가게가 쉬어서 말이야."

나는 도코가 그렇게 나올 것을 예상해 어린아이 달래

듯 말했네. 작전 실행일이 월요일인 건 처음부터 이 계획의 절대 조건 중 하나였으니까.

니레 저택에 가정부가 출근하는 요일이 월요일이고 시신 발견은 사후 일주일이 가장 이상적인 데다 쓰레기 수거일을 고려해도 월요일이 가장 조건에 부합했기 때문일세.

그 이튿날인 일요일, 나는 시내 슈퍼마켓에 가서 회칼을 샀네.

수많은 날붙이 중에 굳이 회칼을 고른 건 면도칼보다 잘 든다는 이유도 있지만 물론 그것만은 아니었네.

회칼은 도코가 평소 자주 쓰는 주방 도구고 이번 작전에는 사건 전날 날짜가 찍힌 슈퍼마켓 영수증과 플라스틱 칼 케이스가 꼭 필요했으니 굳이 따지면 그 이유가 더 컸다고 해야 하지 않을까.

부엌 서랍 메모장에 일부러 꽂아 놓은 듯한 영수증 한 장과, 집 안을 샅샅이 뒤져도 나오지 않는 빈 플라스틱 칼 케이스. 자네가 이런 신호를 놓칠 사람인가. 나는 결국 내 트릭의 성공 여부를 탐정 역할을 맡을 자네에게 전적으로 맡기기로 한 거야.

하지만…… 자네는 나에게 이렇게 묻고 싶겠지.

자네는 왜 그렇게까지 해서 도코의 손에 죽기를 바란

건가? 결국에는 자네도 죽을 마음이었다면 동반 자살을 위장하는 것만으로 충분하지 않은가. 자네는 그 점이 의문스러울 거야.

분명 그녀가 현실에서 저지른 범죄를 고발하는 것과, 현실에서는 저지르지 않은 범죄를 날조하는 것은 질적으로 다른 행위라는 걸 인정하겠네.

아무리 전자의 목적을 달성할 의도였다고 해도 후자는 결코 용서받지 못할 짓이라 비난받을 수도 있겠지.

하지만 한번 생각해 보게나. 42년 전 사건의 진범은 니레 도코였다. 만약 나의 그 추리가 사실로 밝혀진다고 해도 그것을 증명할 증거는 이제 이 세상에 없네. 도코 자신이 사실을 인정하지 않는 한 제삼자를 납득시키는 건 불가능하다는 말일세.

그렇다면 그런 상황을 역이용하는 게 제일 아니겠나.

니레 집안의 홀로 남은 여자 당주가 겉으로는 합의된 동반 자살로 꾸며 실은 가석방 중인 형부를 살해 후 자신도 뒤따라 목숨을 끊었다. 그런 충격적인 사건이 일어나면 희대의 스캔들로 언론과 세간의 관심이 쏟아지겠지.

곧이어 세상에 공개될 두 사람의 교환 편지. 그 편지 글 속에는 내가 추리 대결을 펼친 끝에 도코의 진실을 파헤치고 그녀의 죄를 규탄하는 내용이 담겨 있네.

무려 도코가 자신의 친언니인 사와코와 조카 요시오를 독살한 진범이었다. 세상은 42년 전 니레 저택 살인 사건의 경악할 진실에 마침내 눈을 뜨겠지.

그리고 그 도코가 공범이었던 남편의 입을 틀어막고 끝내는 나까지 데리고 함께 저세상에 간 걸 보며 사람들의 머릿속에 니레 도코란 여자는 영원히 살인범으로 남게 되는 거세.

현실적으로 이보다 더 강렬하면서도 선명하게 도코 범인설을, 그리고 나 자신이 무고한 피해자였다는 사실을 강조할 작전이 어딨겠나.

내게는 시간도 얼마 안 남았으니 고민할 새가 없었네. 결국 나는 무슨 일이 있어도 도코의 손에 죽어야 했던 거야.

그리고 그러려면 난 반드시 동반 자살로 연출해서 그녀를 죽여야만 했네.

회칼 못지않게 작전에 꼭 필요했던 수면제는 작전 실행 사흘 전 도코에게서 나눠 받은 상비약을 활용했네.

평소 대범하지만 다소 신경질적인 면도 있던 그녀는 오래전부터 불면증을 앓아 의사에게 수면제를 처방받아서 복용한 듯하더군.

"실은 나도 요즘 밤에 잠이 통 안 와서 말이야. 수면제
를 먹으면 좀 낫나?"

넌지시 떠보자 도코는 그 즉시 반응을 보였지.

"그럼 제 약을 좀 나눠 드릴 테니 드셔 보시는 게 어때
요? 오늘 아침에 받아 왔는데 아주 잘 듣는답니다."

그러더니 찻장 서랍에서 약 봉투를 꺼내서 일주일 치
알약을 내게 나눠 주더군.

거기까지는 괜찮았지만, 문제는 그럼 이 수면제를 작
전 당일 그녀에게 몰래 먹이려면 어떡해야 하는가. 나
는 그것을 다음 과제로 삼고 고민하다가 퍼뜩 어떤 아
이디어를 떠올렸네.

도코는 원래부터 단것을 아주 좋아했네. 그중에서도
단맛이 진한 전통 과자를 좋아했고 식후 디저트를 꼭
빠트리지 않았지. 그래서 나는 그녀를 위해 한입 크기
의 녹차 양갱을 직접 만들어 보기로 한 거야.

수제 양갱이라고 하면 뭔가 거창하게 들리지만 실은
만드는 법은 아주 간단하네. 시판 양갱을 잘게 썰어서
설탕과 녹차, 물을 넣어 졸인 후 작은 형틀에 부으면 끝.
그중 절반에는 물론 가루로 빻은 수면제를 넣었지. 녹
차의 진한 맛과 향기가 약 특유의 쓴맛과 냄새를 없애

줄 것을 기대하면서 말이야.

뭐, 맛이 조금 이상하더라도 사랑하는 사람이 직접 만든 디저트를 당사자가 보는 앞에서 뱉기도 어려운 법 아니겠나. 아무튼 그렇게 만든 한입 크기 양갱은 생각보다 훨씬 그럴싸하더군. 내 솜씨에 감탄했을 정도야.

이로써 준비는 마쳤고 이제 실행만 남았다. 그러나 예상 못 한 사고는 얼마든 일어나니 긴장하고 있다가 당일 약속 시간에 정확히 맞춰서 나타난 도코를 보며 나는 진심 어린 미소를 지어 보였네.

물론 도코도 기쁨을 감추지 못했지. 나이에 걸맞게 다소 조심스럽기는 해도 사랑하는 남자 앞에 선 수줍은 여인의 향기를 물씬 발산하더군.

물론 외모만 놓고 보면 그녀보다 아름다운 여자도 많겠지만 역시 이 여자는 특별하다는 생각이 문득 머리를 스쳤네. 세월과 나이를 어딘가에 두고 온 것 같은 초연한 모습을 보며 나는 오래전 내가 이 여자에게 반했었다는 것을 새삼 납득할 수밖에 없었어.

좁은 집이기는 해도 대충 집 안을 안내하고 잡담을 주고받는 동안 미리 주문해 둔 장어 덮밥과 장국이 도착했네.

도코는 꼭 집의 안주인이라도 된 것처럼 아주 신이 나

보였지. 배달부가 그런 우리 모습을 목격하게 하는 것도 당연히 내 계획에 포함돼 있었지만, 실은 내가 장어 덮밥을 시킨 데는 또 하나의 의미가 있네.

사망 추정 시각은 위장 속 음식물의 유무와 소화 정도에 영향을 받는다. 그 점에 주목한 나는 내 사망 시간도 혹시 위장할 수 있을지를 시도해 보기로 한 거야.

딱히 어려운 일은 아니었네. 우선 둘이 함께 식탁에 앉아 맥주로 건배하고 장어 덮밥을 천천히 5분의 1 정도 먹고 "흐음. 이거 어쩌지. 영 안 들어가네" 하고 젓가락을 내려놓는 것부터 시작하네.

"어머. 왜 그러세요?"

장어 덮밥을 좋아하는 만큼 그사이 벌써 절반 가까이를 비운 도코가 깜짝 놀라서 나를 쳐다보면 그때부터는 시치미를 떼고 연기해야 해.

"점심에 먹은 게 아직 소화가 덜된 것 같군. 조금만 기다리면 다시 식욕이 돌겠지. 나머지는 나중에 먹어야겠어."

그렇게 장어 덮밥을 옆으로 치우면 "그럼 다행이기는 한데……"라며 자신도 젓가락을 내려놓고 걱정하는 도코에게 "당신은 신경 쓰지 말고 먹어. 당신을 위해서 주문한 거니까" 하고 자상하게 미소 짓는 것도 잊으면 안 되네.

부검 결과 내 위에서 소화되지 않은 장어 덮밥과 장국 재료가 검출되려면 나머지는 내일 먹어야 했어. 그것도 죽기 한두 시간 전쯤에 말일세.

그러니 막 만든 장어 덮밥은 따뜻하고 맛도 훌륭했지만 난 그 이상 먹을 수 없었네.

그런 내 계획은 꿈에도 모르는 도코는 자기 그릇을 내려다보며 "그럼 전 좀 더 먹을게요. 이렇게 맛있는 장어 덮밥은 정말 오랜만이에요" 하고 다시 젓가락으로 밥을 떠서 입에 가져가더군.

그렇게 오붓한 시간을 보내고 도코가 집에 돌아간 건 저녁 8시 30분이 지날 무렵이었네. 당연히 택시를 불렀을 테니 아마 9시 전에는 니레 저택에 도착하지 않았을까.

나는 10시 도착을 목표로 그녀를 뒤따라가기로 했네.

10시라면 저택 주변에 사람이 거의 없을 시간대지만 누가 나를 보지 않을 거라 확신할 수 없지. 굳이 내가 집에서 5백 미터 정도 걸어가 택시를 잡아타고 니레 저택에서 멀리 떨어진 곳에 내린 것도 만에 하나 목격자가 나오는 상황을 경계했기 때문이네.

니레 저택 열쇠는 그전에 도코에게 이미 받아서 가지고 있었네. 언제든 원할 때 올 수 있게 주겠다고 했지. 그런 배려가 독이 될 줄은 그녀도 상상 못 하지 않았을까.

조용히 현관문을 열어 저택 안에 발을 들이자 아직 잠들기 이른 시간이었는지 도코는 거실 겸 응접실에서 책을 읽고 있었어.

"어머, 이 시간에 무슨 일이에요."

갑작스러운 방문에 놀라는 그녀에게 나는 "당신을 보고 싶어서" 하고 최선을 다해 사랑에 빠진 남자를 연기했네.

"그리고 아까 밥 먹을 때 내가 만든 디저트를 대접하는 걸 깜빡했지 뭐야. 조금 늦었지만 지금이라도 함께 먹지 않겠어?"

그렇게 말하고 어깨에 멘 가방에서 포장지에 싼 작은 상자를 두 개 꺼냈네. 백화점에 있는 전통 과자점의 다과 상자였는데 원래는 색색의 라쿠간* 과자가 들어 있었지.

붉은 상자가 도코 것, 파란 상자가 내 것으로 각 상자에 한입 크기의 특제 양갱이 네 개씩. 물론 작은 대나무 이쑤시개도 잊지 않았네. 두 상자에 든 양갱은 겉으로 보기에는 완전히 똑같지만 도코 것에는 수면제가 들고

---

* 녹말가루에 물엿과 설탕을 섞어서 건조해 만드는 일본 전통 과자.

내 것은 수면제가 없었다는 건 설명하지 않아도 되겠지.

"어머. 정말 당신이 만들었어요?"

도코는 눈을 휘둥그레 뜨더군. 그럴 만도 했지.

"얼마 전 신문에서 만드는 방법을 봐서 말이야. 당신이 기뻐할 모습을 상상하면서 만드니 의외로 괜찮은 게 나왔어."

그렇게 말하고 애정이 듬뿍 담긴 눈빛으로 쳐다보자 도코는 "지금 당장 차를 끓여 올게요. 조금만 기다리세요" 하고 서둘러 부엌으로 향했네.

직접 만든 디저트를 대접하는 걸 깜빡해서 왔다니 빤히 보이는 거짓말이에요. 총총걸음으로 걷는 뒷모습이 나를 향해 그렇게 말하는 것 같더군. 아무튼 분위기는 조금씩 무르익어 갔네.

그러나 나는 달콤한 여유를 즐길 시간이 없었지. 머릿속으로 사망 추정 시각을 계산하느라 바빴으니까.

도코가 나보다 늦게 죽었다고 경찰이 판단하려면 시신 부검 때 그녀의 위장 속은 거의 비어 있어야 해. 그런데 장어 덮밥은 기름기가 많은 음식이라 소화까지 보통 네다섯 시간은 걸리지.

도코가 저녁 식사를 마친 시간이 저녁 6시가 조금 넘었으니 그때 장어 덮밥과 장국은 이미 거의 소화됐겠지

만 수면제가 든 녹차 양갱을 먹어야 한다는 것도 잊어
서는 안 되네. 녹차 양갱이 위장을 완전히 통과하는 시
간은 일러도 새벽 1시 이후. 일을 확실히 처리하려면 앞
으로도 두 시간은 더 필요했던 거네.

그 말은 곧 도코를 죽이는 걸 그때까지 미뤄야 한다는
뜻이고 결국 나는 어쩔 수 없이 저택에서 하룻밤을 보
내고 싶어 하는 남자를 연기하게 되었어.

그래도 상관없었네. 무엇보다 내가 만든 특제 녹차
양갱의 효과가 기대 이상이었거든.

"아아, 너무 맛있어요."

녹차와 설탕이 잔뜩 든 양갱은 혀가 마비될 정도로 단
맛이 진했지만 도코는 내 성의를 봐서인지 양갱 네 개
를 눈 깜짝할 사이에 먹어 치우더군.

"이런. 녹차를 너무 많이 넣었나. 그만큼 설탕도 많이
넣었건만."

나는 양갱을 억지로 입안에 쑤셔 넣으며 함께 즐기는
척했지.

그러는 동안 도코가 혹시라도 내 계획을 눈치챌까 봐
조마조마했지만 결국 기우로 끝났네.

도코는 양갱을 처음 먹을 때만 해도 소녀처럼 신나 보
이더니 시간이 갈수록 발음이 점점 꼬이고 움직임이 둔

해지는 듯하다가 어느새 응접실 탁자에 엎드린 채 숨소리를 내며 잠들어 버렸어. 그 뒤로는 볼을 툭툭 두드려도 찰흙 인형처럼 눈을 뜰 기색이 없더군.

그제야 나는 비로소 안도의 한숨을 내쉬었네.

자, 이제는 행동을 서둘러야 할 시간. 나는 미리 가져온 장갑을 끼고 우선 욕실에 가서 욕조에 따뜻한 물을 가득 채웠네.

그날 전에도 내가 몇 번인가 니레 저택을 찾았다는 건 굳이 숨길 필요가 없을 터. 저택에서 내 지문이 나와도 상관없지만 그때부터는 역시 나도 주의해야 했지.

도코의 몸집이 작다고는 해도 욕조까지 옮기는 건 쉽지 않았네. 간신히 욕실 바닥에 몸을 눕혔을 때는 숨이 턱 밑까지 차오르더군.

이제 부엌에서 도코가 자주 쓰던 회칼을 가져와 옷을 벗으면 준비 완료. 나는 심호흡을 한 번 했네.

그리고 그 순간 아직 중요한 일이 남은 것을 문득 깨달았지.

내가 보낸 편지 세 통을 도코가 자기 방 안의 작은 상자에 넣어 두고 있다는 건 이미 알고 있었네. 그중에서 세 번째, 즉 11월 4일 자 편지를 봉투에서 꺼낸 후 미리 가져온 같은 날짜의 가짜 편지를 집어넣으면 그야말로 간단한 오도^{誤導} 트릭이 완성되는 거야.

그 밖에는 도코가 내온 찻주전자와 찻잔을 치우고 양갱 상자를 가방에 넣고 슈퍼마켓에서 산 회칼의 플라스틱 케이스와 마켓 이름이 적힌 비닐봉지를 꺼내서 쓰레기통에 넣으면 끝.

그 지역의 쓰레기 수거일은 일반 쓰레기가 월요일과 목요일, 나머지 쓰레기가 화요일이라는 것도 물론 사전에 조사해 두었지.

내 손목을 그은 회칼의 케이스와 칼을 판매한 슈퍼 비닐봉지가 무려 니레 저택 쓰레기통 안에서 발견되는 걸세. 도코가 동반 자살로 위장해 나를 살해했다는 이보다 더 확실한 증거가 있겠나.

새벽 3시, 나는 마침내 도코를 죽였네.

생선 손질을 좋아하던 도코가 잘 갈아 둔 회칼은 날이 아주 잘 들었지만, 연약한 노파가 스스로 목숨을 끊었다는 설정이잖나. 그러면 주저흔 같은 것을 만드는 것도 소홀할 수는 없지.

피가 줄줄 흐르는 욕조에서 반쯤 눈을 뜬 채 놀란 듯이 알몸의 나를 올려다보던 도코. 그때 그녀는 무슨 생각을 했을까.

한밤중에 저택을 나가 경찰이라도 만나면 큰일이지.

그래서 난 매사 꼼꼼했던 도코가 했을 법한 행동, 이를 테면 집 안 구석구석에 있는 문들을 꼭 닫고 전자 제품 콘센트를 모조리 뽑아 둔 채 새벽 5시가 되기를 기다렸 다가 니레 저택을 뒤로했네.

자, 이제 내가 해야 할 일은 마지막으로 몸과 마음을 가다듬고 어제 남겨 둔 장어 덮밥을 저녁으로 먹고 맥 주까지 마시고 도코에게 받은 수면제를 입에 털어 넣는 것. 그리고 철저한 살인 사건의 피해자를 연기하는 것 뿐이네.

도코와 내 시신이 발견되는 시점은 가정부가 니레 저 택을 찾을 다음 주 월요일일 것이고, 부검을 통해 밝혀 질 우리 두 사람의 사망 시간에는 상당한 차이가 생기 겠지.

이제 내 고백도 슬슬 마칠 때가 왔군. 이것이 바로 자 네가 아끼던 친한 친구, 니레 하루시게라는 남자의 본 모습일세.

솔직히 말해서 지금 내 가슴에는 성취감과 거리가 먼 허탈감만이 가득하네.

어차피 애정과 증오, 후회와 만족은 종이 한 장 차이 이고 인간의 감정은 죽 끓듯이 변한다고도 하지.

그러니 나를 향한 애정 때문에 사와코를 죽인 도코, 그리고 도코를 향한 증오 때문에 도코를 죽인 나는 어쩌면 일란성 쌍둥이 같은 존재 아닐까.

도코를 그토록 증오했으면서도 현실에서는 또다시 그녀를 품에 안고 말았으니 결국 나는 끝까지 그녀에 대한 미련을 버리지 못했을지도 모르겠어.

기시가미. 어쨌든 나는 목표를 달성했네.

자네가 부디 나를 경멸하고, 조롱하고, 그리고 연민해 줬으면 하네.

그리고 살면서 가끔 내가 알던 친구 중에 이렇게 어리석은 녀석이 있었다고 떠올려 준다면 나는 더 바랄 것이 없을 거야.

추신

기시가미 요시유키 법률 사무소는 Q현 청사와 후쿠미 시청을 비롯한 관공서 건물이 늘어선 후쿠미시 중심가의 9층 오피스 빌딩 8층에 있었다.

　지은 지 30년 정도 된 오래된 건물이지만 견실한 중소기업과 개인 사무소가 입주해 있고 요즘 보기 드문 고즈넉한 분위기가 방문객에게 좋은 인상을 줬다. 변호사 사무소로써 법원과 검찰청까지 걸어갈 수 있는 최적의 입지 조건도 갖추고 있다.

　니레 하루시게가 사망한 지 3달 조금 지난 지금, 기시가미 요시유키 법률 사무소 응접실에서는 또다시 마키무라 형사과장과 기시가미 변호사가 마주 보고 있었다.

마키무라의 완패로 끝난 지난 대결의 결과는 당초 예상했던 것보다 경찰에 큰 타격을 안기지는 않았다. 모든 이들이 니레 도코의 악행에 치를 떨었고 덕분에 히가시이노하라 경찰서의 초동 수사 실수도 거의 묻히게된 것이다.

아니, 그 이후 이어진 정확하고도 완벽한 대응으로 마키무라의 경찰 내 평판은 오히려 더 좋아졌지만, 지금기시가미와 대치하고 있는 마키무라의 얼굴에서 밝은기운이라고는 찾아볼 수 없었다.

그는 조금 전부터 움직임을 멈춘 채 줄곧 심각한 표정을 하고 있다.

"조만간 형사과장님께 연락이 올 것이라 생각했습니다."

기시가미가 천천히 먼저 입을 열었다.

노련한 변호사는 여전히 이성적이고 냉정한 모습이지만 그의 눈빛에서도 숨기지 못할 우울감이 배어났다.

"역시 선생님은 처음부터 눈치채고 계셨군요."

마키무라는 눈앞의 남자를 날카롭게 노려봤다.

니레 도코의 강제 동반 자살 사건은 애당초 평범한 자살 사건으로 취급되어 제대로 된 수사가 이뤄지지 않았다. 따라서 두 사람이 주고받은 다섯 통의 편지 역시 처음에는 하루시계의 신원 인수인인 기시가미 변호사가 보관했고 이후 경찰에 임의 제출하기는 했지만 거기서 문제가 발생했다.

편지는 어디까지나 두 사람이 사적으로 주고받은 것인 만큼 공개 예정이 없었고 아무리 죽은 자라 하더라도 최소한의 명예는 지켜 줘야 한다며 기시가미 변호사가 편지를 경찰에 건네기 전 일부 내용을 검은 먹으로 칠해 없앤 것이다.

그것은 바로 2008년 11월 4일 자 하루시계 편지 속 끝에서 서른세 번째 줄부터 다섯 번째 줄까지의 스물아홉 줄. 문장으로 적자면 '지금껏 충동에 휘둘려 펜을 마구 움직였습니다만'으로 시작해 '이런 현실에서 절대적인 것이 무엇이고 정답이 무엇인지를 단언할 수나 있을까요'까지였다.

처음에는 사안을 형사 사건으로 보지 않았으니 증거 인멸죄를 물을 수는 없다. 노련한 변호사가 그렇게 미래를 내다보며 움직이는 동안 경찰은 그저 닭 쫓던 개가 지붕 쳐다보듯 당하고 있었던 셈이라 마키무라는 화가 치밀었다.

그러나 검게 칠한 그 내용은 어차피 사건의 진실을 깨

달은 하루시게가 흥분하여 마구 써 갈긴 폭언이고 범죄 예고는 물론 협박이라 하기도 어렵지만 변호인으로서 그냥 간과할 수는 없었다고 기시가미는 일관성 있게 주장했다.

"선생님도 아시다시피 저희는 애초에 그 사건을 단순 자살 사건으로 봤습니다. 그러니 문제의 편지가 나왔을 때도 그저 성가신 게 나왔구나 정도로만 생각했죠. 최대한 무시하고 넘기려고 했는데 결국 그런 공무원스러운 보신주의가 화를 불렀습니다. 그 편지, 특히 하루시게 씨의 마지막 편지에는 중대한 문제가 있다는 걸 미처 못 보고 넘어갔으니까요."

괴로운 심정이 담긴 마키무라의 목소리가 조용한 사무실 안에 천천히 울려 퍼졌다.

"선생님 같은 분이 눈치채지 못하셨을 리 없죠. 편지를 읽고 그냥 내버려 뒀다가는 큰일이라고 판단한 선생님은 죽은 자의 명예를 지켜 주고 싶다는 구실을 들어 편지 속 일부 내용을 지워 없애셨습니다만, 그것은 결국 하루시게 씨의 치명적인 실수를 감싸기 위한 고육지책이었을 겁니다.

그뿐만 아니라 선생님은 그 뒤로 태연하게 저를 찾아와 니레 도코의 강제 동반 자살설을 제시하셨는데 그때 저는 정말 얼빠진 멍청이였습니다. 선생님의 계략에 감쪽같이 속아 넘어가 도코 씨를 하루시게 씨를 죽인 살인범으로 만드는 데 일조했으니까요.

하지만 이제는 저도 압니다. 선생님이 진정 숨기고자 한 것은 죽은 자의 폭언 따위가 아니었습니다. 도코 씨가 하루시게 씨를 죽인 게 아니라 오히려 하루시게 씨가 도코 씨를 죽인 살인범이라는 사실. 그리고 그걸 뒷받침할 확고한 증거의 존재였죠.

그가 편지에 굳이 쓰지 않아도 됐을 한 문단. 그것만 없었다면 하루시게 씨도 완전 범죄를 이룰 수 있지 않았을까요?"

마키무라가 잇달아 물어도 기시가미는 대답하지 않았다.

결국 마키무라는 고개를 흔들고 다시 입을 열었다.

"경찰이 하루시게 씨의 마지막 편지라고 믿은 11월 4일 자 편지. 그것은 실제로는 시간이 조금 더 흐른 뒤에 쓴 편지였습니다. 그 증거로 제 기억이 옳다는 가정에서 말씀드리면 그 편지에는 명백하게 2008년 11월 4일 이후 일어난 일들이 적혀 있었죠.

그동안 이 세상도 급격히 변화했습니다.

무려 미국 대통령 선거에 아프리카계 미국인인 버락 오바마가 당선됐을 정도입니다. 저희가 힘들고 서글픈 청춘을 보낸 쇼와의 그 시절, 즉 미국에서 흑인 운동이 격렬히 일어나던 1960년대에는 상상도 못 할 일입니다.

바로 이 문단입니다.

버락 오바마가 제44대 미합중국 대통령으로 선출된 날짜는 분명 2008년 11월 4일이니 그 자체는 문제가 없습니다.

그러나 그건 어디까지나 미국 시각으로 11월 4일, 그것도 대통령 선거가 실시된 날짜이고, 오바마의 승리가 정식으로 확정된 것은 미국 50개 주와 수도 워싱턴에서 개표를 끝마친 11월 19일이었습니다.

또 그걸 떠나 애초에 도쿄와 워싱턴 사이에는 열네 시간의 시차가 있습니다. 일본 시각 11월 4일에 미국에서는 아직 투표가 한창 진행 중이었습니다. 하루시게 씨에게 예지 능력이라도 없는 이상 이렇게 단언할 수는 없었을 거라는 말입니다.

국토가 광활한 미국은 이르면 하루 안에도 선거 결과가 나오는 일본과 사정이 다르지만 아무래도 복역 생활이 길었던 탓일까요. 하루시게 씨도 그 점은 간과한 것 같습니다.

그러나 같은 날짜 소인이 찍힌 봉투에 편지가 들어 있었으니 그날 그 편지와는 다른 편지가 실제로 도코 씨에게 전달된 건 맞겠지요. 그는 저희 경찰, 그리고 기시가미 선생님을 속이기 위해 아마 도코 씨의 사후 봉투 속 편지를 바꿔치기한 것으로 추정합니다.

그렇다면 하루시게 씨는 대체 왜 그런 행동을 했는가. 이건 꼭 설명하지 않아도 되겠지요. 오랜 감옥 생활 중에 추리를 촘촘히 쌓아 올린 결과 그는 도코 씨가 자신을 이 지경으로 만든 철천지원수라고 확신해서 편지라는 형태를 최대한 활용해 복수하기로 마음먹었을 것입니다.

사랑하는 남자에게서 백 번 죽여도 성에 안 찰 것 같다는 말을 들은 마당에 이후 아무리 용서받는다고 해도 여자는 늘 불안하고 초조했을 것이다. 모두가 그렇게 생각할 것을 예상해 그는 일부러 그런 과격한 문장을 남겼겠지요. 다시 말해 불안에 휩싸인 니레 도코의 손에 자신이 살해된 것으로 연출하고 실제로는 하루시게 씨가 그녀를 죽인 것입니다."

"그 말씀은 곧 42년 전 사건의 주모자가 실은 도코 씨라고 과장님도 인정한 것으로 받아들여도 될까요?"

그제야 기시가미가 입을 열어 물었다.

"그렇습니다."

마키무라는 망설임 없이 대답했다.

"그녀는 자신이 남긴 편지에서 남편 오가 요헤이를 살해한 것을 인정했습니다. 그 이유로 우유부단한 남편을 향한 분노와 원치 않은 결혼 생활에서의 절망 등을 언급했지만 남편을 죽일 동기로 그다지 납득되지는 않지요. 하루시게 씨의 말을 빌리자면 그렇게 싫었다면 그냥 이혼하면 됐을 테니까요.

오히려 하루시게 씨가 지적했다시피 남편을 자신의 야망을 이루기 위한 도구로 철저히 활용하고 일을 다 마치자 입을 틀어막으려고 죽였다고 보는 것이 훨씬 자연스럽습니다."

"그렇군요."

"어쨌든 도코라는 여자가 대단히 간계에 능한 여자였던 것만은 틀림없습니다. 추리 소설 마니아답다고 해야 할까요. 물론 그래도 피해자가 곧 범인이고 타살로 연출된 자살이라는 그 아이디어는 지나치게 무모했지만 말이죠.

실제로 42년 전 그녀의 시도는 철저한 실패로 끝났습니다. 그녀가 사와코 씨 범인설을 제시하기 전에 하루시게 씨가 자수해 버린 것도 영향을 끼쳤지만, 하루시게 씨는 처음부터 범인이 사와코 씨일 수 없다는 걸 알고 있었으니까요."

"뭐 그렇지요."

기시가미도 가볍게 고개를 끄덕였다.

"그러나 하루시게 씨 또한 근성이 대단했던 것만은 확실합니다. 그는 그 편지를 남겨서 도코 씨의 음모를 폭로하는 것으로는 만족하지 않았습니다.

타살로 연출된 자살. 그는 일부러 적의 아이디어를 차용해서까지 그 자신이 도코 씨의 손에 살해된 것처럼 위장했고 그것도 모자라 역으로 그녀를 살해했습니다. 참으로 완벽한 복수극이었다고 할 수밖에 없습니다."

"물론 그가 떠올린 계획에 그런 측면이 있는 건 부인할 수 없겠지요. 하루시게가 도코 씨를 죽인 가장 큰 이유는 자신의 추리를 경찰과 세상 사람들에게 납득시키려면 그 자신이 도코의 손에 살해되는 형태가 가장 이상적이라고 판단했기 때문 아닐까요."

연신 감탄하는 마키무라와 달리 기시가미는 지그시 허공을 응시했다.

마키무라는 말없이 그에게 뒷이야기를 재촉했다.

"니레 도코가 동반 자살로 연출해서 하루시게를 죽였

다는 사실만큼 도쿄 범인설을 강력하게 뒷받침할 증거
는 없으니까요.

　그리고 한마디 더 하자면, 하루시게쯤 되는 남자가 아
무 번민과 갈등도 없이 도쿄를 죽이고 그걸로 모자라
살인 누명까지 씌웠을 거라고는 보지 않습니다. 그는
그렇게 수치심을 모르는 인간이 아니었습니다.

　그래서 저의 견해를 말씀드리자면 과장님이 조금 전
'그가 편지에 굳이 쓰지 않아도 됐을 한 문단'이라고 하
신 그 문단, 그건 정말로 하루시게가 무심코 저지른 실
수였을까요?"

　"하루시게 씨가 의도적으로 그 문단을 넣었다는 말씀
인가요?"

　고개를 갸웃거리는 마키무라에게 기시가미는 우울한
느낌의 미소를 지어 보였다.

　"네. 일부러 그 문단을 넣어서 경찰과 제가 진실을 풀
열쇠를 남긴 것이 아닐까. 한마디로 그 문단은 그의 마
지막 남은 양심을 나타내는 것이 아닐까. 저는 왠지 그
런 느낌이 듭니다."

　"……."

　"그와 저는 지금껏 무려 42년 동안 일심동체나 마찬가
지였습니다. 제가 하루시게라는 사람을 잘 아는 것만큼

그 역시 저라는 사람을 잘 알았겠죠. 그는 편지를 남긴 시점에 제가 그 편지를 읽고 어떻게 행동할지도 다 예측했을 게 분명합니다.

그러나 제가 저지른 일들을 어떻게 평가하실지는 과장님의 자유입니다. 저는 어떤 비난도 달게 받아들일 각오가 돼 있습니다."

기시가미는 결의에 찬 목소리로 말했다.

짧은 침묵 후 마키무라가 무겁게 입을 열었다.

"이번에도 제 완패군요."

"그 말씀은 혹시 과장님은 하루시게의 이번 살인을 적발할 마음이 없다는 뜻인지요?"

기시가미가 예리하게 쳐다보며 물었다.

마키무라도 하루시게의 예전 변호인을 정면에서 마주 봤다.

"그 사건은 이미 피의자가 사망한 형태로 마무리되었습니다. 가해자와 피해자 모두 세상을 떠났죠. 이제 와서 뒤집을 필요가 있을까요."

"그렇습니까……."

"게다가 아무리 하루시게 씨가 살인범이라고 해도 그는 이미 충분할 정도로 죄를 갚았다고 봅니다. 아닌가요?"

마키무라는 온화하게 말했다.

니레 하루시게의 죄는, 곧 경찰의 죄이기도 하다.

말없이 고개를 숙인 나이 든 변호사를 마키무라는 지그시 바라봤다.

파격의 시대에 품격을 선택한
정통파 본격 미스터리

최근 몇 년 사이 일본 미스터리 소설계를 관통하는 키워드는 이른바 '특수 설정 미스터리'입니다. 정통에서 한 발짝 비껴 난 '변격變格미스터리'의 한 종류로서 호러, SF, 판타지 등 다른 장르에서 쓰이는 비현실적이고도 환상적인 설정과 요소를 빌려와 미스터리와 뒤섞은 것이 특징인데 2018년 신인 작가 이마무라 마사히로의 데뷔작 『시인장의 살인』이 큰 성공을 거두면서 주목받게 되었습니다. 이후에도 젊은 작가들의 기발하면서도 파격적인 미스터리 소설이 쏟아지며 새로운 바람이 한창 몰아치던 2020년, 미스터리 업계 관계자라면 누구나 놀랄 만한 일이 벌어졌습니다. 1932년생 작가 쓰지 마사키가 내놓은 정통 본격 미스터리 『고작 살인 아닌가』가 무려 3대 연말 미스터리 소설 랭킹을 석권한 것입니다. 어쩌면 대세를 거슬렀다고도 볼 수 있는 이 결과에 그동안 업계를 뒤에서 탄탄하게 떠받쳐 온 노장 작가들에게 주목이 쏟아졌고 『살인의 쌍곡선』으로 국내에도 알려진 니시무라 교타로, 『거꾸로 선 탑의 살인』을 쓴 일본 미스터리계의 대모 미나가와 히로코 등 여러 거장의 작품들도 다시금 조명받게 되었습니다. 일본 미스터리 소설의 기반이 대단히 넓고 단단하며 적어도 미스터리 장르에서만큼은 작가의 나이와 실력, 감각은 무관하다는 가장 큰 증거라 할 수 있을 것입니다.

『기만의 살의』를 쓴 미키 아키코 작가도 그것을 몸소 증명하는 대표적인 작가 중 한 명입니다. 1947년생인 여성 작가 미키 아키코는 도쿄대학 법학부 졸업 후 1973년부터 변호사로 활동하다가 2007년 60세를 기점으로 은퇴 후 평소 즐겨 읽던 미스터리 소설을 쓰기 시작하여 꿈에 그리던 데뷔를 이룬 이색적인 경력을 가진 작가입니다. 은퇴 후에도 쉬지 않고 좋아하는 일을 하며 새로운 인생을 개척해 낸 것도 놀랍지만, 무엇보다 철저하게 실력으로 평가받는 미스터리 소설계에서 2021년 현재까지 열두 권이 넘는 작품을 발표하며 왕성하게 활동하는 모습은 작가의 도전이 그저 무모한 도전이 아니었음을 여실히 보여 줍니다. 제목만으로도 섬뜩한 느낌의 데뷔작 『귀축의 집』은 2010년 제3회 '바라노마치 후쿠야마 미스터리 문학 신인상'을 수상했는데, 당시 심사를 맡았던 '신본격 미스터리의 아버지' 시마다 소지는 심사평에서 "도저히 신인 작가의 작품이라 볼 수 없다. 희귀한 완성도를 자랑하는 추리의 정밀 기계가 쓴 것 같은 작품"이라며 극찬한 바 있습니다. 거기서 알 수 있듯 미키 아키코는 미스터리의 세부 장르 안에서도 정교한 트릭과 치밀한 논리를 중시하는 이른바 '본격 미스터리'에 대한 애정이 유독 남다른 작가입니다. 어린 시절부터 동서양의 추리 소설을 섭렵한 열렬한 애독자였고 여가 시간에는 꼭 소설에 나오는 트릭 풀이를 게임처럼 즐겼다는 작가 특유의 '미스터리 관觀'은 잡지 인터뷰에 실린 한마디로도 알 수 있습니다.

"매일 뉴스를 보다 보면 현실 그 자체가 사회파 미스터리란 생각이 든다. 그렇다면 소설 안에서만이라도 현실과 분리되어 즐겨야 하지 않을까. 살벌한 현실을 잊게 해줄 도피처가 바로 본격 미스터리다."

2020년에 출간된 작가의 최신작 『기만의 살의』는 그런 작가의 미스터리 관이 고스란히 투영된 작품입니다. 모두가 파격을 외치는 요즘 시대에 보기 드문 정통파 본격 미스터리로 본격 미스터리 팬이라면 좋아할 만한 요소가 가득 담겨 있습니다. 서술문과 서간문을 오가는 독특한 구성부터 호화 저택을 무대로 한 독살 사건이라는 클래식한 설정, 등장인물들의 치열한 추리 대결 속에 등장하는 논리적인 가설과 교묘한 트릭, 무엇이 진실이고 무엇이 기만인지 알 수 없을 정도로 화려하게 뒤집히고 뒤집히는 롤러코스터 같은 전개, 마지막의 복선 회수와 연이은 반전까지. 이 모든 것들이 작품에 등장하는 고구마 맛탕 시럽처럼 겉으로는 윤기가 흐르지만 속은 걸쭉하고 진득진득한 남녀 주인공 사이의 애증, 그리고 무려 42년이라는 세월 동안 묵혀져 온 비밀스러운 사연과 한데 엮여 우아하면서도 현란하게 펼쳐집니다. 특히 이 작품 『기만의 살의』가 대단한 것은 작품에 등장하는 모든 추리가 하나도 낭비 없이 고스란히 다음 추리로 이어지며 활용된다는 점입니다. 이른바 '다중 추리' 소설의 정석 같은 작품이라 할 수 있고 독자는 작품의 A부터 Z, 심지어 문체와 형식까지 모든 것을 철저히 계산한 작가의 마술을 눈앞에서 즐길 수 있습니다. 거기에 원숙미 넘치는 인간 드라마까지 호평을 받은 덕에 작품은 출간 해의 여러 연말 미스터리 소설 랭킹 상위권에 올랐고 2021년 '본격 미스터리 대상' 최종 후보에도 올라 불과 네 표 차이로 2위에 선정되었습니다.

기만欺瞞의 사전적 의미는 '남을 속여 넘기는 것'입니다. 현실에서 속고 속이는 행위는 부정적인 느낌을 동반하지만 희한하게도 우리는 누군가가 나를 감쪽같이 속여 주기를 간절히 바랄 때도 있습니다. 바로 추리 소설, 그중에서도 본격 미스터리를 읽을 때입니다. 치밀한 복선과 교묘한 트릭에 깜빡 속고 있다가 마지막에 완벽한 복선 회수와 함께 드러나는 진실에 무릎을 치는 순간, 기만은 작가에게 가장 큰 무기가 되고 독자에게는 지친 일상을 살아갈 기운이 될 수 있을 것입니다. 작가 미키 아키코는 데뷔 후 가진 인터뷰에서 "앞으로도 본격 미스터리 외에는 쓸 생각이 없다"라고 단호히 선언한 바 있습니다. 그리고 그 약속을 지금껏 충실히 지켜 오고 있습니다. 풍부한 인생 경험과 장르에 대한 애정, 실력까지 갖춘 노련한 작가가 선보이는 마술 같은 본격 미스터리가 앞으로도 국내에 꾸준히 소개되어 미스터리를 사랑하는 모든 분들과 '속는 재미'를 만끽할 수 있기를 기원합니다.

2021년 가을
이연승

1판 1쇄 인쇄 2021년 11월 18일
1판 2쇄 발행 2022년 2월 22일

지은이 미키 아키코 **옮긴이** 이연승
책임편집 민현주 **표지디자인** 디자인비따 **본문디자인** 셀로판
일러스트 클로이 **제작** 송승욱 **발행인** 송호준

발행처 블루홀식스 **출판등록** 2016년 4월 5일 제 2016-000100호
주소 경기도 파주시 회동길 483-1 **전화** 031-955-9777 **팩스** 031-955-9779
이메일 blueholesix@naver.com

ISBN 979-11-89571-62-7 03830